MITOS GREGOS II

CLÁSSICOS ZAHAR
em EDIÇÃO COMENTADA E ILUSTRADA

Robinson Crusoé
Daniel Defoe

Sherlock Holmes (9 vols.)*
A terra da bruma
Arthur Conan Doyle

As aventuras de Robin Hood*
O conde de Monte Cristo*
A mulher da gargantilha de veludo e outras histórias de terror
Os três mosqueteiros*
Vinte anos depois
Alexandre Dumas

Mitos gregos
Nathaniel Hawthorne

Os livros da Selva
Rudyard Kipling

Jaqueta Branca
Moby Dick
Herman Melville

A Ilha do Tesouro
Robert Louis Stevenson

Aventuras de Huckleberry Finn
As aventuras de Tom Sawyer
Mark Twain

20 mil léguas submarinas*
A ilha misteriosa*
Viagem ao centro da Terra*
A volta ao mundo em 80 dias*
Jules Verne

* Disponível também em edição bolso de luxo
Veja a lista completa da coleção no site zahar.com.br/classicoszahar

Nathaniel Hawthorne

Mitos Gregos II
OS CONTOS DE TANGLEWOOD

Edição ilustrada

Tradução e apresentação:
Bruno Gambarotto

Ilustrações:
Virginia Frances Sterrett

ZAHAR

Copyright © 2023 by Editora Zahar

Grafia atualizada segundo o Acordo Ortográfico da Língua Portuguesa de 1990,
que entrou em vigor no Brasil em 2009.

Título original
Tanglewood Tales

Capa e ilustração
Rafael Nobre

Preparação
Angela Ramalho Vianna

Revisão
Renata Lopes Del Nero
Márcia Moura

Dados Internacionais de Catalogação na Publicação (CIP)
(Câmara Brasileira do Livro, SP, Brasil)

Hawthorne, Nathaniel, 1804-1864
    Mitos gregos II : Os contos de Tanglewood / Nathaniel Hawthorne ; tradu-
ção e apresentação Bruno Gambarotto ; ilustrações Virginia Frances Sterrett.
— 1ª ed. — Rio de Janeiro : Clássicos Zahar, 2024.

    Título original : Tanglewood Tales.
    ISBN 978-65-84952-15-7

    1. Mitologia clássica – Literatura juvenil I. Sterrett, Virginia Frances.
II. Gambarotto, Bruno. III. Título.

23-174526   CDD-028.5

Índice para catálogo sistemático:
1. Literatura juvenil   028.5

Aline Graziele Benitez — Bibliotecária — CRB-1/3129

Todos os direitos desta edição reservados à
EDITORA SCHWARCZ S.A.
Praça Floriano, 19, sala 3001 — Cinelândia
20031-050 — Rio de Janeiro — RJ
Telefone: (21) 3993-7510
www.companhiadasletras.com.br
www.blogdacompanhia.com.br
facebook.com/editorazahar
instagram.com/editorazahar
twitter.com/editorazahar

Sumário

Apresentação, por Bruno Gambarotto   7

Nota da tradução   15

Uma visita a The Wayside: Introdução   19

O Minotauro   27

Os pigmeus   57

Os dentes do dragão   79

O palácio de Circe   111

As sementes de romã   143

O velocino de ouro   177

Cronologia: Vida e obra de Nathaniel Hawthorne   215

Apresentação

ENTRE OS PRINCIPAIS AUTORES das primeiras gerações da literatura norte-americana, nenhum se dedicou tanto ao público juvenil quanto Nathaniel Hawthorne. Pode-se argumentar que contemporâneos de Hawthorne como Washington Irving, James Fenimore Cooper, Edgar Allan Poe e Herman Melville figuram já há muito tempo entre as publicações e coleções de clássicos da literatura mundial destinadas à formação de jovens leitores; a Hawthorne, porém, coube não apenas a elaboração cuidadosa de personagens infantis centrais ao desenvolvimento de suas narrativas longas (lembremos de Pearl, a filha da protagonista Hester Prynne em *A letra escarlate*, e Alice, guardiã dos segredos da família Pyncheon em *A casa das sete torres*) e curtas (como *The Gentle Boy*, *Little Annie's Ramble* e "Rappaccini's Daughter"), mas também a inclusão da infância e da adolescência em suas reflexões sobre uma literatura empenhada em um movimento de cultivo e renovação social e cultural. Em suas três décadas de produção literária (1830-50), Hawthorne dedicou a esses grupos em formação muito mais do que histórias morais baseadas na boa conduta e no autocontrole de meninos e meninas tutelados por sábios, fundamento do grosso da produção desse segmento literário que ocupava lugar estratégico nos debates sobre a construção de uma sociedade autônoma em um país ainda jovem. A relação entre jovens e adultos, postulava o autor, tinha mão dupla: o jovem tinha o potencial de exercer sobre o adulto uma influência tão grande quanto este sobre aquele, e essa noção de um desenvolvimento conjunto, fosse ele constituído no ambiente familiar, fosse no ambiente pedagógico, é decisivo para seu desenvolvimento artístico. A gestação dos dois volumes de recontos de histórias da mitologia clássica carrega muito desse olhar.

Para entendermos melhor a relação de Hawthorne com os jovens leitores, é de interesse recordar o lugar da literatura voltada para o público jovem no contexto norte-americano de seu tempo — um lugar, talvez, paradoxal. Nenhum dos grandes autores norte-americanos da primeira metade do século XIX chegou a conhecer, em solo nacional, a atenção ou a apreciação recebida por autores britânicos contemporâneos como Jane Austen, Walter Scott ou Charles Dickens — o que não significa que o público local não apreciasse *de modo geral* a literatura ali produzida. Concomitantemente à formação e às primeiras publicações da literatura dita "alta", havia uma larga e promissora produção doméstica de literatura edificante e pedagógica, derivada da necessidade de substituir os materiais didáticos elaborados na antiga metrópole por livros que respondessem, em um sentido moral e político, à construção e ao fomento de sentimentos de coesão nacional. Tais necessidades eram encampadas por uma autoria literária um tanto distinta da chamada "grande literatura", não só por uma questão de gênero — trata-se de um espaço ocupado majoritariamente por mulheres —, mas também pelo ambiente em que sua fruição e debate tinham lugar. Não estamos falando de um campo de produção literária voltado diretamente para a esfera pública e os debates estéticos: é uma literatura dedicada ora aos bancos escolares, ora ao âmbito doméstico, em que a leitura em voz alta ou o compartilhamento de um mesmo volume entre os membros da família era um importante costume. As famílias em questão, por sua vez, vinham mudando drasticamente nas primeiras décadas do século XIX nos Estados Unidos: com as significativas transformações decorrentes dos grandes influxos imigratórios e da industrialização e urbanização do país, em particular do Nordeste, forma-se uma nova classe média. Esta será, em linhas gerais, menos pressionada pelos rígidos controles morais e religiosos incorporados de fora para dentro do espaço do lar — como era comum no ambiente agrário — e mais caracterizada por um maior compartilhamento de decisões e responsabilidades entre os casais, que passam a adotar em foro íntimo uma postura cada vez menos punitiva em relação a seus filhos e (pelo menos em termos ideais) mais orientada pelo diálogo e pelo amor. Nesse novo e desejável mundo, a palmatória sai de cena e dá lugar aos livros.

A influência desse estado de coisas na produção literária de Hawthorne é fortíssima, a começar pelo fato de o autor ter aventado a possibilidade de integrar tais esforços pedagógicos como forma de conciliar a vida de escritor às urgências materiais da existência — o que se demonstra por suas contribuições, nas décadas de 1830 e 1840, aos chamados *gift books* (coletâneas de poemas, contos e ensaios publicadas sob a forma de almanaque anual, em geral no outono, em edições luxuosas trocadas entre famílias como presente e destinadas à leitura coletiva).[1] Alguns dos contos posteriormente reunidos por Hawthorne nas duas séries dos *Mitos gregos* (*Twice-told Tales*) conheceram antes esse tipo de circulação, bastante característica da ideia que o autor passa a desenvolver de uma literatura comprometida com o desenvolvimento humano de jovens e adultos, bem como dos gêneros literários que melhor auxiliariam a realização desse projeto. Não por acaso Hawthorne irá se tornar um dos mestres do gênero conto: ele serve como uma luva às pretensões do autor de criar uma literatura afeita à socialização, à medida que conserva em sua base oral (facilmente recuperada pela leitura coletiva) hábitos tradicionais de transmissão de saberes — saberes que, por sua vez, não são orientados pelo impulso dominador da ciência moderna, pelo império do indivíduo que tudo almeja conhecer, mas pelo compartilhamento de conhecimentos de caráter não especializado cuja

---

1. Hawthorne chegou a produzir uma série de narrativas de cunho didático — *Grandfather's Chair*, *Famous Old People* e *Liberty Tree* — com o expresso objetivo (malogrado) de serem adotadas por escolas do estado de Massachusetts. Com o sucesso de *A letra escarlate* e o crescimento do interesse pela obra de Hawthorne, esses livros conheceram republicação conjunta em 1851 sob o título *True Stories from History and Biography*.

transmissão se volta para a manutenção de um modo de vida coletivo. Como contista, Hawthorne é bastante sensível ao caráter comunitário da forma, do qual explora as potencialidades ao mesmo tempo que não perde de vista as mudanças sociais incontornáveis que levam esse modelo narrativo à crise e a uma necessidade de renovação.

Entre o tradicionalismo e os ventos da modernidade, o conto significa para Hawthorne uma espécie de forma utópica, na qual ecoa um engajamento que, à época, empenha as melhores mentes da elite intelectual da Nova Inglaterra na década de 1840 para transformar instituições de Estado e conter os avanços predatórios do capitalismo no país. A utopia hawthorniana fez-se presente, por exemplo, na curta experiência da comunidade de Brook Farm (1841-6), instalada nas imediações da cidade de Boston e inspirada na obra do socialista francês Charles Fourier, que buscava o desenvolvimento humano a partir da integração de trabalho intelectual e físico em um ambiente rural autossustentável destituído das tradicionais restrições hierárquicas patriarcais, de fundo religioso, moral ou de gênero. Apesar de dificuldades de adaptação que levariam a seu desligamento da comunidade, Hawthorne esteve entre seus membros fundadores e jamais abandonou de todo seus ideais — em particular os pedagógicos, que colocavam a criança e o ensino no centro do processo de transformação social a partir da constituição de subjetividades respeitadas no desenvolvimento autônomo de afetos e competências, e orientadas para a liberdade de iniciativa, julgamento e arbítrio fundamentais à vida democrática.

Os posicionamentos progressistas de Hawthorne estão bastante presentes nos chamados *Wonder Books*, as duas coletâneas de contos infantis baseados na reelaboração de mitos da tradição clássica greco-latina. Escritos sob encomenda do editor James Thomas Fields, os doze contos constituem o mais bem-sucedido esforço de Hawthorne tendo em vista o público infantojuvenil. O projeto, contudo, remonta a meados da década de 1840, quando o escritor expressa ao amigo Evert Duyckinck (como lembra Rodrigo Lacerda na Apresentação ao primeiro volume dos *Mitos gregos*) o desejo de ver resgatadas algumas histórias "do luar frio da mitologia clássica e modernizadas, ou talvez tornadas góticas, de modo a que possam tocar a sensibilidade das crianças de hoje" e purgá-las da "velha perversidade pagã, colocando algum valor moral quando for possível". Amadurecida a ideia, as duas coletâneas sugerem algo mais do que um simples esforço edificante e estilístico, seja pela elaboração engenhosa do conjunto, seja pelas linhas temáticas que enlaçam as histórias entre si, reunindo reflexões dedicadas a momentos formativos distintos e aspectos particulares da vida em sociedade a serem expostos ao público jovem.

Uma significativa diferença entre as duas coletâneas está na moldura social do narrar, presente na primeira coletânea e apenas implícita na segunda. No primeiro volume sobressai a figura de Eustace Bright, jovem estudante do Williams College que passa diferentes momentos do ano em Tanglewood, propriedade da família Pringle, com um grupo de crianças que constituem um público bastante participativo para as suas performances narrativas marcadas pela "tentativa de colocar as fábulas da Antiguidade clássica no idioma da fantasia e do sentimento modernos". Na retomada do projeto enunciado ao amigo Duyckinck (e repetido na fala do velho proprietário de Tanglewood, que antes destacamos), subentendem-se os obstáculos que o projeto pedagógico hawthorniano enfrenta: transportar os mitos clássicos — matéria exclusiva dos eruditos — para uma linguagem contemporânea e acessível (o leitor do primeiro volume lembrará, entre muitos exemplos, o tom despojado com que Hércules dialoga com o gigante Atlas em "As três maçãs douradas") significa se contrapor ao engessamento hierárquico da educação tradicional e promover o convívio horizontal entre tutor e estudantes (afinal, Bright trabalha livremente a matéria clássica ensinada em uma instituição tradicional de ensino superior para o entretenimento educativo de um grupo inquieto de crianças). Além disso, é importante destacar como os *atos narrativos* de Eustace Bright — sua presença em meio às crianças, suas discussões com os membros mais velhos da família, seu desejo de ambientar histórias que são um patrimônio de toda a humanidade em um espaço e em um ambiente humano específicos — são um belo exemplo do que se comentou antes a respeito do valor tradicional do conto como gênero fundado na coesão social e cultural de uma comunidade.

A moldura pedagógica presente em cada conto do primeiro volume ressurge condensada na apresentação do segundo volume, quando Eustace Bright visita Hawthorne, seu editor e incentivador, em The Wayside, propriedade que o escritor adquiriria em 1852. A função agregadora dos momentos que antecedem e sucedem o ato de contar no primeiro volume dá lugar, no segundo, a uma maior coesão temática. Embora Bright ainda se refira às novas histórias como resultado de seu convívio com o mesmo grupo de crianças, conservando implicitamente a interação com elas a partir do recurso a marcadores de interação ("vocês já sabem", "como é de conhecimento de vocês" etc.), suas aspirações literárias já apontam para um estágio distinto da composição narrativa do conto, mais próximo de sua estruturação moderna, agora apagada dos aspectos tradicionais antes destacados, em que a espontaneidade do contato intersubjetivo entre Bright e as crianças, que enseja os temas narrativos da primeira coletânea, abre espaço para a maior racionalização temática.

Nesse sentido, é importante que o leitor atente para um fio condutor político que atravessa as seis histórias da nova coletânea, cujas peripécias têm por fundo, de um modo ou de outro, matéria de interesse coletivo — seja ao abordar disputas entre heróis de sangue régio e reis maus ou figuras usurpadoras, como em "O Minotauro", "O palácio de Circe" e "O velocino de ouro", seja ao trazer retratos de lideranças políticas demagógicas ("Os pigmeus") ou egoístas e gananciosas ("As sementes de romã"), seja ao abordar o próprio mito fundador do continente europeu ("Os dentes do dragão") — ao qual Eustace Bright parece imprimir, em meio ao comovente drama da busca por uma filha e irmã perdida, tonalidades ligeiramente norte-americanas, afinadas com o próprio movimento de colonização do Oeste do país.

Outro tema em que a Grécia Antiga e os Estados Unidos de Hawthorne se encontram é, tristemente, a guerra. Se no primeiro volume a tônica era dada por heróis e suas peripécias — desafios compostos por enfrentamentos ou demandas —, nesta segunda série tais aventuras estão ambientadas em um mundo mais dramático e doloroso de conflitos e paixões. A realização dos feitos heroicos passa, não raro, pela superação da perversão assassina de personagens como Medeia e seu pai, o rei Eetes, ou do impulso beligerante, trágico em "O Minotauro", cômico em "Os pigmeus", porém mais bem delineado pela irracionalidade fatal dos exércitos confrontados por Teseu e Jasão nos contos que abrem e fecham a coletânea.

"O mundo sempre terá gente estúpida que em nada difere desses homens, que lutaram e morreram sem saber o porquê, imaginando que a posteridade se daria ao trabalho de lhes colocar coroas de louros sobre os capacetes enferrujados e castigados", dirá Medeia ao argonauta Jasão, que, diante da mortandade, chega a ver com melancolia a conquista do tão desejado velocino. Neste ponto, de fato parecem se encontrar o mundo que deu ensejo aos mitos gregos — um mundo cujas guerras foram largo assunto de poetas e historiadores da Antiguidade —, o século XIX norte-americano, que logo (1861-5) conheceria uma guerra civil sangrenta de meio milhão de mortos, o século XX da guerra permanente (sejam as duas chamadas guerras mundiais, seja o sem-número de longos conflitos armados em diferentes pontos do mundo, com seus milhões de mortos e sobreviventes para sempre física ou emocionalmente feridos e traumatizados) ou o século XXI, do terrorismo e da violência cotidiana e covarde, movida pura e simplesmente pelo ódio à diferença. As lições de astúcia, piedade e delicadeza deixadas pelos heróis de Hawthorne ante o mal que reside no humano ainda se mostram inspiradoras no enfrentamento dos obstáculos para construir um mundo melhor.

BRUNO GAMBAROTTO

Bruno Gambarotto é doutor em Teoria Literária e Literatura Comparada (FFLCH-USP) e tradutor de autores consagrados das literaturas norte-americana e inglesa, como Walt Whitman, Herman Melville, Nathaniel Hawthorne, Harriet Beecher Stowe, Louisa May Alcott, Aldous Huxley, George Orwell e Mary Shelley.

Nota da tradução

O leitor observará que, embora se trate de uma coletânea de narrativas baseadas em personagens da mitologia grega, os nomes de alguns de seus protagonistas correspondem à forma consagrada pela tradição latina. Assim, em "Os pigmeus" e "O velocino de ouro", o nome latino Hércules aparece no lugar de seu equivalente grego Héracles; Odisseu é nomeado Ulisses em "O palácio de Circe"; e Plutão, Prosérpina e Ceres são versões latinizadas de Hades, Perséfone e Deméter em "As sementes de romã".

Como já havia sido feito no primeiro volume dos mitos recontados por Nathaniel Hawthorne, achamos por bem manter as escolhas do autor no texto original.

MITOS GREGOS II

Uma visita a The Wayside

Introdução

Há não muito tempo fui agraciado com uma visita relâmpago de meu jovem amigo Eustace Bright, com quem não me encontrava desde que saíra das arejadas montanhas de Berkshire. Estando nas férias de inverno na faculdade, Eustace permitira-se então um pouco de descanso, na esperança, assim me disse, de recuperar-se dos desgastes que sua saúde sofrera, decorrentes de uma dedicação rigorosa aos estudos; e folguei em observar, dada a excelente condição física que ostentava ao chegar, que o remédio já viera acompanhado de sucesso bastante desejável. Ele chegava então de Boston no trem do meio-dia, em parte movido pela afeição fraterna da qual desejava dar-me as honras, em parte, como logo vim a descobrir, para tratar de assuntos literários.

Encantou-me receber pela primeira vez o sr. Bright sob um teto que, apesar de muito humilde, eu podia verdadeiramente chamar de meu. Tampouco deixei (como rezam as tradições de proprietários de terras em todo o mundo) de desfilar com o pobre sujeito de uma ponta a outra de meus parcos hectares; bastante feliz em meu íntimo, porém, com a inclemência da estação e, em particular, com os quinze centímetros de neve que então se acumulavam no chão e serviam de obstáculo à sua percepção da áspera negligência de que o solo e os arbustos do lugar haviam padecido. Era inútil imaginar, contudo, que o animado hóspede de um monte Monumento, de um Bald Summit ou do velho Graylock, com as florestas ancestrais que os cobrem, pudesse encontrar qualquer coisa digna de admiração em minha simplória encostazinha, com suas frágeis acácias devoradas por insetos. Com muita franqueza, Eustace declarou insípida a vista do alto de minha colina; e sem dúvida o era, diante das escarpas íngremes e intratáveis de Berkshire e, em especial, da região norte do condado, a que sua residência universitária o havia acostumado. Para mim, no entanto, há um encanto peculiar e tranquilo nestes largos prados e elevações gentis. Elas são melhores que as montanhas pois não se fazem marcar e estereotipar no cérebro, oprimindo-nos desse modo com a mesma impressão forte que se repete dia após dia. Umas poucas semanas de verão entre montanhas e uma vida entre verdes prados e plácidos aclives, de contornos para sempre novos, visto que se apagam continuamente da memória, esta seria minha moderada preferência.

Tenho minhas dúvidas se Eustace, em seu íntimo, não havia julgado a coisa toda um tédio até que o levei à rústica ruína da casinha de verão de meu antecessor, a meio caminho do cume. Trata-se de um mero esqueleto de frágeis troncos de árvores em vias de se desfazer, destituído de paredes ou telhado — nada além de um trançado de galhos e gravetos que a próxima tempestade de inverno provavelmente reduzirá a destroços que se espalharão por todo o terreno. Ela parece, e é, tão evanescente quanto um sonho; e, no entanto, em sua trama rústica de ramos, de algum modo conservou uma pitada de beleza espiritual e se revelou um verdadeiro emblema da mente sutil e etérea que a planejou. Obriguei Eustace Bright a sentar-se em um monte de neve que havia se acumulado sobre a cadeira musgosa, e, olhando através das janelas em arco da fachada, o jovem reconheceu o pitoresco que o cenário subitamente revelava.

— Por mais simples que pareça — disse ele —, esta pequena construção parece obra de magia. Está repleta de sugestão e, à sua maneira, nada deixa a dever a uma catedral. Ah, seria o lugar ideal para se sentar em uma tarde de verão e contar às crianças um pouco mais daquelas fantásticas histórias dos mitos clássicos!

— Seria, sem dúvida — respondi. — A casa de verão em si, tão etérea e tão arruinada, é como um daqueles velhos contos dos quais só nos recordamos imperfeitamente; e esses ramos vivos da nossa boa macieira da Nova Inglaterra, irrompendo tão rudemente janela adentro, são como suas injustificáveis interpolações. Mas, a propósito, você acrescentou mais alguma lenda à série, desde a publicação dos primeiros *Mitos gregos*?

— Muitos mais — disse Eustace. — Prímula, Pervinca e todas as outras crianças não me deixam em paz se não lhes conto ao menos uma história a cada um ou dois dias. Deixei a casa, em parte, para escapar da importunação daquelas pestinhas! Mas coloquei no papel seis das novas histórias e as trouxe para você dar uma passada de olhos nelas.

— São tão boas quanto as primeiras? — perguntei.

— Mais bem escolhidas e mais bem tratadas — respondeu Eustace Bright. — Você concordará comigo quando as ler.

— Possivelmente não — observei. — Sei por experiência própria que o último trabalho de um autor, em sua própria opinião, é sempre o melhor, até que perca por completo o calor da composição. Depois disso, ele se acomoda pacificamente em seu verdadeiro lugar. Mas vamos ao meu escritório e examinemos suas novas histórias. Elas dificilmente fariam justiça ao seu talento se você as apresentasse a mim sentado aqui neste monte de neve!

Então descemos a colina até meu pequeno e velho chalé e nos fechamos na sala sudeste, onde a luz do sol entra, calorosa e intensamente, durante a melhor metade de um dia de inverno. Eustace pôs o maço de seu manuscrito em minhas mãos, e por ele eu passei depressa os olhos, tentando descobrir seus méritos e deméritos ao toque de meus dedos, como cabe fazer um contador de histórias já experimentado.

Que se recorde o leitor de que o sr. Bright assentiu em valer-se da minha experiência literária, constituindo-me editor da primeira série dos *Mitos gregos*. Como ele não tinha motivos para se queixar, no que dizia respeito ao público, da recepção daquele erudito trabalho, estava disposto, então, a conservar-me em posição semelhante em relação ao presente volume, ao qual batizou de *Contos de Tanglewood*. Não que houvesse, como Eustace sugeriu, qualquer necessidade real de meus serviços como prefaciador, uma vez que seu próprio nome havia granjeado algum grau de boa reputação em meio ao mundo literário. Mas a relação comigo — e ele foi gentil o bastante para o declarar — fora bastante agradável; e ele não estava de forma alguma desejoso, como ocorre com a maioria das pessoas, de se desfazer da escada que talvez o tivesse ajudado a alcançar sua atual e elevada posição. Meu jovem amigo desejava, em suma, que o jovial verdor de sua crescente reputação se espalhasse sobre o desalinho de meus galhos quase destituídos de folhas; assim como por vezes pensei em domesticar uma videira, com sua ampla folhagem e frutos roxos, enredados nos postes e vigas carcomidos de vermes da rústica casa de verão. Eu não estava insensível às vantagens de sua proposta, e de bom grado lhe fiz comunicar meu aceite.

Pelo simples exame do título das histórias percebi de pronto que seus temas eram tão variados e valiosos quanto os do primeiro volume; do mesmo modo, também não duvidava que a ousadia do sr. Bright lhe havia permitido (tanto quanto tal atributo pudesse ser útil) derivar máximo proveito de qualquer potencialidade que os novos motivos lhe oferecessem. No entanto, apesar de minha experiência com suas liberdades de tratamento da matéria em questão, eu não conseguia vislumbrar, confesso, como ele teria sido capaz de contornar todas as dificuldades de maneira a torná-los apresentáveis às crianças. Essas velhas lendas, tão transbordantes de tudo quanto seja mais abominável ao nosso senso moral cristianizado, em meio às quais os trágicos gregos buscavam seus temas e os moldavam nas formas mais duras da tristeza que o mundo já conheceu — algumas delas tão horríveis, outras tão melancólicas e dramáticas —, era desse material que o divertimento infantil havia de ser feito! Como elas seriam decantadas? Como o abençoado sol as poderia tocar?

Assegurou-me Eustace, porém, que esses mitos eram das coisas mais singulares do mundo e que, sempre que começava a narrar um deles, invariavelmente o surpreendiam pela presteza com que se adaptavam à pureza infantil do público. Seus elementos censuráveis parecem um desenvolvimento parasitário, não tendo qualquer conexão essencial com a fábula original. Caem por terra e se tornam de pronto esquecidos no instante em que ele coloca sua imaginação em sintonia com o pequeno círculo inocente, cujos olhos permanecem bem abertos, sem jamais se descolar do contador. Assim, as histórias (não por qualquer maior esforço do narrador, mas em harmonia com o germe que lhes é inerente) se transformam e reassumem as formas que poderiam possuir na pura infância do mundo. Quando o primeiro poeta ou contador narrou essas maravilhosas lendas (tal é a opinião de Eustace Bright), ainda era a Idade de Ouro. O mal nunca existira; e tristeza, infortúnio, crime eram meras sombras que a mente criava fantasiosamente para si mesma, como um abrigo contra realidades muito ensolaradas; ou, no máximo, apenas sonhos proféticos aos quais o próprio sonhador não deu crédito quando desperto. As crianças são hoje os únicos representantes dos homens e mulheres daquela época feliz; e, portanto, devemos elevar o intelecto e a fantasia até o nível da infância a fim de recriar os mitos originais.

Deixei que o jovem autor falasse tanto e de modo tão extravagante quanto quisesse, e fiquei feliz em vê-lo começar a vida com tamanha confiança em si mesmo e em suas narrativas. Uns poucos anos farão o que é preciso para lhe mostrar a verdade em ambos os aspectos. Enquanto isso, é correto dizer que ele realmente parece ter superado as objeções morais contra essas fábulas, embora à custa de liberdades estruturais tais que somente a ele cabe pleitear a própria licença, sem qualquer ajuda minha. Na verdade, a não ser que houvesse necessidade disso — e que a vida interior das lendas não permanecesse intacta uma vez inteiramente apropriada por alguém —, não há defesa a fazer.

Eustace informou-me que havia contado suas histórias às crianças em várias situações — na floresta, à margem do lago, no vale de Shadow Brook, na sala de jogos, à lareira de Tanglewood e em um magnífico palácio de neve, com janelas de gelo, que ele ajudou seus amiguinhos a construir. Seu público ficou ainda mais encantado com o conteúdo deste volume do que com as histórias já entregues ao mundo. O sr. Pringle, com sua formação clássica, também ouvira dois ou três dos contos, e censurou-os ainda mais duramente do que o fez com "As três maçãs douradas"; de modo que, seja em razão do louvor, seja em razão da crítica, Eustace Bright crê que há uma boa esperança de amealhar ao menos tanto sucesso com o público quanto no caso do primeiro livro de maravilhas narradas em *Mitos gregos*.

Fiz todo tipo de pergunta sobre as crianças, certo de que encontraria, entre alguns bons camaradinhas que me escreveram pedindo outro volume de *Mitos*, muitos ansiosos por notícias acerca do bem-estar das crianças. É com alegria que lhes respondo que todos (senão Trevo) se encontram em excelente estado de saúde e espírito. Primavera é agora quase uma jovem dama — e, contou-me Eustace, atrevida como sempre. Ela finge considerar-se muito além da idade para interessar-se por histórias ociosas como essas; mas, ainda assim, nunca deixa de estar entre os ouvintes a cada vez que se conta uma história, para zombar dela logo que terminada. Pervinca está muito crescida, e, ao que tudo indica, vai fechar a sua casinha de bebê e se desfazer da boneca em um mês ou dois. Musgo-renda aprendeu a ler e escrever, e passou a vestir um paletó e um par de calças — melhorias pelas quais lamento muito. Flor de Abóbora, Flor-de-amor, Flor de Bananeira e Botão-de-ouro tiveram escarlatina, mas atravessaram bem a doença. Mirtilo, Dente-de-leão e Margaridinha foram acometidos de coqueluche, mas a suportaram bravamente, e saíam para o jardim sempre que o sol brilhava. Prímula, durante o outono, teve rubéola ou alguma erupção muito parecida, mas não chegou a passar um dia inteiro doente. A pobre Trevinho ficou muito incomodada com sua segunda dentição, que a deixou um bocado magrinha e bastante mal-humorada; nem mesmo quando ela sorri a questão chega a se resolver, uma vez que o sorriso revela uma lacuna entre seus lábios quase tão larga quanto a porta do celeiro. Mas tudo isso vai passar, e a previsão é de que se torne uma menina muito bonita.

Quanto ao próprio sr. Bright, ele está agora no último ano no Williams College, com perspectivas de obter algum grau de honraria na cerimônia de formatura. Em seu discurso para o grau de bacharel, deu-me ele a entender, vai tratar dos mitos clássicos vistos à luz de histórias infantis, e tem grande desejo de pôr em debate a conveniência de usar toda a história antiga para o mesmo propósito. Não sei o que ele pretende fazer de si depois de deixar a faculdade, mas confiemos que, ao flertar tão cedo com esse negócio perigoso e sedutor que é a autoria, não ficará tentado a se tornar escritor de profissão. Em caso afirmativo, lamentarei muito em razão do pouco que tive a ver com a escolha, ao incentivá-lo nesse começo.

Eu gostaria que houvesse alguma possibilidade de reencontrar Primavera, Pervinca, Dente-de-leão, Musgo-renda, Trevo, Flor de Bananeira, Mirtilo, Margaridinha, Prímula, Botão-de-ouro, Flor-de--amor, Flor de Abóbora. Mas como não sei quando voltarei a visitar Tanglewood, e como Eustace Bright provavelmente não me pedirá para editar um terceiro volume de *Mitos gregos*, sinto dizer que o público de pequenos não deve esperar de mim notícias dessas crianças tão queridas. Que Deus as abençoe, e a todos os outros, adultos ou crianças!

The Wayside, Concord, Massachusetts
13 de março de 1853

Ele tentou erguê-la, e empenhou nisso toda a sua energia.

O Minotauro

Em uma antiga cidade chamada Trezena, ao sopé de uma elevada montanha, viveu, há muito tempo, um menino chamado Teseu. Seu avô, o rei Piteu, era o soberano do lugar e considerado um homem muito sábio, e desse modo Teseu — um rapazinho brilhante por natureza, criado no palácio real — jamais deixou de se beneficiar dos conselhos do velho rei. O nome de sua mãe era Etra. Quanto ao pai, o menino nunca o tinha visto. Segundo suas primeiras lembranças, porém, Etra costumava ir com ele, ainda pequeno, a uma floresta, onde se sentavam sobre uma rocha coberta de musgo e profundamente encravada na terra. Naquele lugar, ela conversou muitas vezes com o filho sobre seu pai: contou-lhe que se chamava Egeu e que era um grande rei; que governava a Ática e vivia em Atenas, uma cidade afamada como poucas no mundo. Teseu gostava muito de ouvir sobre o rei Egeu, e muitas vezes perguntou a sua boa mãe Etra por que ele não vivia com os dois em Trezena.

— Ah, meu querido filho — respondia Etra com um suspiro —, um monarca tem seu povo para cuidar. Os homens e mulheres que governa são para ele como filhos; e só raras vezes consegue reservar tempo para dar amor a seus próprios filhos como fazem os outros pais. Seu pai nunca será capaz de deixar seu reino para ver o filhinho.

— Mas, minha mãe querida — perguntou o menino —, por que não posso ir a essa famosa cidade de Atenas e dizer ao rei Egeu que sou seu filho?

— Isso pode acontecer no futuro — disse Etra. — Seja paciente e veremos. Você ainda não é grande e forte o bastante para sair em uma aventura dessas.

— E quando vou ser forte o bastante? — insistiu Teseu.

— Você ainda é um menininho — respondeu a mãe. — Veja se consegue levantar esta pedra sobre a qual estamos sentados.

O pequeno tinha a própria força em alta conta. Então, agarrando as protuberâncias ásperas da rocha, tentou erguê-la, e empenhou nisso toda a sua energia até perder o fôlego, sem ter sido capaz, porém, de mover a rocha pesada. Ela parecia enraizada no chão. Não é de admirar que ele não conseguisse movê-la; pois teria sido necessário todo o vigor de um homem muito robusto para erguê-la de seu leito na terra.

A mãe ficou olhando para o menino com uma espécie de sorriso triste nos lábios e nos olhos, observando os esforços diligentes e, no entanto, insignificantes de seu filhinho. Ela não conseguiu evitar a tristeza de vê-lo já tão inquieto para dar início a suas aventuras no mundo.

— Entenda, meu querido Teseu — disse ela. — Você precisa ter muito mais força do que tem hoje para que eu confie em você a ponto de deixá-lo ir a Atenas e dizer ao rei Egeu que você é filho dele. Mas quando se tornar forte o bastante para erguer a rocha e me mostrar o que está escondido debaixo dela, prometo-lhe minha permissão para a viagem.

Depois disso, foram muitas as vezes em que Teseu perguntou à mãe se já era hora de ir para Atenas; e ela sempre apontava para a rocha e lhe dizia que, nos anos seguintes, ele ainda não seria forte o suficiente para movê-la. E repetidas vezes o menino de rostinho rosado e cabelinhos encaracolados usava de toda a sua potência para tentar erguer a enorme massa de rocha, esforçando-se, criança que era, para fazer o que um gigante dificilmente teria conseguido realizar sem duas mãos imensas. Enquanto isso, a rocha parecia afundar mais e mais no chão. O musgo que crescia sobre ela ficava mais e mais espesso, até que por fim ela quase se assemelhava a um assento verde macio, com umas poucas protuberâncias de granito cinzento à espreita. As árvores que lhe faziam sombra, por sua vez, despojavam-se das folhas marrons sobre ela tão logo chegava o outono; e na base cresciam samambaias e flores silvestres, algumas das quais se espalhavam em profusão pela superfície. Pelo que se podia observar, a rocha estava tão firmemente presa ao chão quanto qualquer outra porção da Terra.

No entanto, por mais difícil que a questão parecesse, Teseu crescia e se tornava um jovem tão vigoroso que, em sua própria opinião, não tardaria o momento em que teria a esperança de vencer a pesada massa de pedra.

— Mãe, acho que ela se mexeu! — exclamou, depois de uma das tentativas. — A terra em volta está um pouco revolvida, sem dúvida!

— Não, não, filho! — a mãe apressou-se em responder. — Não é possível que a tenha tirado do lugar. Você é ainda muito menino!

Ela jamais daria o braço a torcer, ainda que Teseu lhe mostrasse o ponto onde imaginava que o caule de uma flor havia sido parcialmente arrancado pelo movimento da rocha. Mas Etra suspirou e sentiu-se inquieta — pois, sem dúvida, começava a ter consciência de que o filho não era mais uma criança e que, dali a pouco, teria de mandá-lo enfrentar os perigos e dificuldades do mundo.

Não havia passado mais de um ano e eles estavam novamente sentados na pedra coberta de musgo. Etra lhe havia contado mais uma vez a história tão repetida de seu pai, sobre quão alegremente ele receberia Teseu em seu imponente palácio e como o apresentaria aos cortesãos e a seu povo e lhes diria que ali estava o herdeiro de seus domínios. Os olhos de Teseu brilhavam de entusiasmo, e ele mal conseguia ficar quieto para ouvir a mãe falar.

— Minha querida mãe Etra — exclamou ele —, nunca me senti tão forte quanto agora! Eu não sou mais uma criança, nem um menino, nem um mero jovem! Eu me sinto um homem! É chegada a hora de fazer uma tentativa real de remover a pedra.

— Ah, meu querido Teseu — respondeu a mãe —, ainda não!... Ainda não!

— Agora, mãe — disse ele, resoluto —, é chegada a hora!

Convencido, Teseu curvou-se e imprimiu força em cada tendão com uma determinação viril. Naquele esforço, o jovem empenhava toda a bravura de seu coração. Lutou com a pedra imensa, inabalável, como quem estivesse às voltas com um inimigo vivo. Teseu arfou, puxou, decidiu que aquele era o momento de vencer ou então ali perecer e deixar que a rocha lhe servisse de eterno monumento! Etra ficou parada, observando-o e apertando as mãos, movida em parte pelo orgulho, em parte pela tristeza de mãe. A imensa pedra se moveu! Sim! Foi lentamente erguida da terra e do musgo sobre os quais se acomodava, arrancando arbustos e flores consigo, e virada de lado. Teseu havia conseguido!

Enquanto tomava ar, olhava alegre para a mãe, que sorriu para ele entre lágrimas.

— Sim, Teseu — disse ela —, chegou a hora, e você não deve mais permanecer ao meu lado! Veja o que o rei Egeu, seu régio pai, lhe deixou debaixo da pedra quando a levantou com seus braços poderosos e a depositou no local de onde você a moveu agora.

Teseu olhou e viu que a rocha havia sido posta sobre outra laje de pedra, na qual havia uma cavidade que a fazia guardar leve semelhança com um baú ou arca de feitio grosseiro, do qual a massa superior servira de tampa. Dentro da cavidade havia uma espada de punho dourado e um par de sandálias.

— Essa era a espada de seu pai — disse Etra —, e aquelas, as sandálias que calçava. Quando partiu para se tornar rei de Atenas, ele pediu-me que o tratasse como uma criança até que provasse que já era homem ao erguer esta pedra pesada. A tarefa está cumprida; agora você deve calçar as sandálias, seguir-lhe os passos e prender a espada à cintura para combater gigantes e dragões, como fez o rei Egeu na juventude.

— Partirei para Atenas hoje mesmo! — exclamou Teseu.

Sua mãe, porém, o convenceu a adiar a partida um ou dois dias, enquanto preparava alguns artigos necessários para a jornada. Quando o avô, o sábio rei Piteu, ouviu que Teseu pretendia se apresentar ao palácio do pai, o aconselhou enfaticamente a subir a bordo de um navio e viajar por mar — desse modo, poderia chegar a cerca de vinte quilômetros de Atenas sem incorrer em fadiga ou perigo.

— Os caminhos por terra são muito ruins — disse o venerável rei —, e estão terrivelmente infestados de ladrões e monstros. Um rapaz como Teseu não está pronto para enfrentar sozinho uma jornada tão perigosa. Não, não está... Vá por mar!

Mas quando ouviu falar em ladrões e monstros, Teseu ficou alerta e ainda mais ansioso para percorrer o caminho no qual pudesse encontrá-los. No terceiro dia, portanto, se despediu respeitosamente do avô, agradecendo-lhe por toda a sua bondade; e, depois de abraçar com carinho a mãe, partiu com muitas das lágrimas dela brilhando em seu rosto — e outras, verdade seja dita, que haviam escorrido de seus próprios olhos. Teseu deixou que o sol e o vento as secassem e caminhou altivo, brincando com a manopla dourada da espada e dando longas e viris passadas com as sandálias de seu pai.

Não vou contar aqui todas as aventuras vividas por Teseu na estrada para Atenas. Basta dizer que ele varreu completamente aquela região dos ladrões sobre os quais tanto se alarmava o rei Piteu. Uma dessas pessoas más se chamava Procrusto, e de fato era um sujeito terrível, com um modo horroroso de zombar dos pobres viajantes que por acaso caíam em suas garras. Em sua caverna ele tinha uma cama, para a qual, com imenso fingimento de hospitalidade, convidava seus hóspedes a se deitar; no entanto, se fossem menores do que a cama, o vilão perverso os esticava com toda a força; ou, se fossem muito maiores, cortava-lhes a cabeça ou os pés e ria do que havia feito, como se fosse uma ótima piada. Assim, por mais cansado que estivesse, o homem não gostaria de se deitar na cama de Procrusto. Outro desses ladrões, de nome Sínis, também devia ser um grande canalha. Tinha o hábito de atirar suas vítimas de um alto penhasco ao mar — e, a fim de lhe fazer provar do próprio veneno, Teseu jogou-o do mesmo lugar. Mas, acredite se quiser, o mar não quis se poluir recebendo em seu seio uma pessoa tão má;

nem a terra, uma vez que se livrara dele, consentiu em recebê-lo de volta; e assim, entre o penhasco e o mar, Sínis ficou preso no ar, que foi forçado a suportar o fardo de sua maldade.

Depois desses feitos memoráveis, Teseu ouviu falar de uma enorme porca que corria solta e era o terror de todos os agricultores das redondezas; e, como se julgava sempre pronto a fazer qualquer bondade que lhe surgisse no caminho, matou a criatura monstruosa e entregou a carcaça aos pobres para que tivessem o que comer. Enquanto fora o terror em bosques e campos, a grande porca havia sido uma besta terrível; já destrinchada e fumegando em não sei quantas mesas de jantar, provou-se um animal dos mais palatáveis.

Assim, quando chegou ao fim de sua jornada, Teseu havia colecionado muitos feitos notáveis com a espada dourada do pai e granjeado fama de ser um dos jovens mais valentes de então. Sua fama viajou mais rápido que ele e chegou a Atenas antes que pusesse os pés na cidade. Quando chegou a seu destino, ouviu os habitantes falando pelas esquinas, dizendo que Hércules era corajoso, assim como Jasão, Cástor e Pólux, mas que Teseu, o filho do rei daquela cidade, viria a ser um herói de grandeza idêntica à do maior entre eles. Ao ouvir isso, Teseu apressou os passos e imaginou a recepção magnífica que receberia na corte do pai, uma vez que chegava à cidade com a Fama soprando trombetas à sua frente e clamando ao rei Egeu: "Eis o seu filho!".

Ele pouco suspeitava, jovem inocente que era, que ali, naquela mesma Atenas onde o pai reinava, aguardava-o perigo maior do que qualquer outro que encontrara na estrada. E essa era a verdade. Vocês devem entender que o pai de Teseu, embora de idade não muito avançada, encontrava-se à beira do esgotamento com os cuidados exigidos de um governante e acabou por envelhecer antes da hora. Seus sobrinhos, não esperando que ele vivesse por muito tempo, pretendiam concentrar todo o poder do reino em suas próprias mãos. Quando souberam, porém, que Teseu havia chegado a Atenas, e foram informados de que era um jovem valoroso, perceberam que ele não seria o tipo de pessoa que lhes permitiria roubar a coroa e o cetro do pai, os quais lhe pertenceriam por direito de herança. Assim, esses sobrinhos do rei Egeu, todos de vil coração, primos do próprio Teseu, fizeram-se de pronto seus opositores. Um inimigo ainda mais perigoso, porém, era Medeia, a feiticeira perversa, atual esposa do rei — ela queria dar o reino a seu filho Medo e impedir que fosse entregue ao filho de Etra, que se tornara objeto de seu ódio.

Aconteceu, então, que os sobrinhos do rei foram ao encontro de Teseu e descobriram quem era tão logo chegara à entrada do palácio real. Com todos os desígnios malignos contra ele, fingiram-se os melhores amigos do primo e expressaram grande alegria em conhecê-lo. Propuseram que se apresentasse ao rei como um estranho, a fim de testar se Egeu descobriria nas feições do jovem qualquer semelhança, quer consigo mesmo, quer com sua mãe Etra, e, desse modo, o reconheceria como filho. Teseu concordou, pois imaginava que o pai o reconheceria de imediato, pelo amor que havia em seu coração. Enquanto esperava à porta, porém, os sobrinhos correram e disseram ao rei Egeu que havia chegado a Atenas um jovem que, segundo seu conhecimento, pretendia matá-lo e usurpar a coroa real.

— E agora ele aguarda ser recebido na presença de sua majestade — acrescentaram.

— Ha, ha! — Riu o velho rei ao ouvir aquelas palavras. — Ora, deve ser um jovem muito mau! Por favor, o que vocês me aconselham a fazer com ele?

Em resposta, a vil Medeia tomou a palavra. Como já lhes disse, ela era uma feiticeira famosa. Segundo histórias, tinha o hábito de ferver velhos em um grande caldeirão, sob o pretexto de torná-los jovens; mas não agradava ao rei Egeu, suponho, essa forma tão desconfortável de rejuvenescimento, ou talvez estivesse satisfeito na velhice, e, portanto, nunca permitiria que o enfiassem no caldeirão. Se não estivéssemos sob a premência de assuntos mais importantes, eu adoraria contar-lhes a respeito da carruagem de fogo de Medeia, puxada por dragões alados, na qual a feiticeira costumava sair para tomar ar fresco entre as nuvens. A carruagem, na verdade, foi o veículo que a levou pela primeira vez a Atenas, onde, desde a sua chegada, ela não fizera outra coisa senão maldades. Mas essas e muitas outras maravilhas não precisam ser contadas: basta dizer que Medeia, entre mil outras infâmias, sabia como preparar um veneno instantaneamente fatal para quem quer que o tocasse com os lábios.

Então, quando o rei perguntou o que deveria fazer com Teseu, essa mulher tão maligna tinha a resposta na ponta da língua.

— Permita-me tomar conta do assunto, majestade — respondeu ela. — Preciso apenas que o jovem tão mal-intencionado seja admitido à sua presença, que sua majestade o trate com cortesia e o convide a tomar um cálice de vinho. Sua majestade sabe muito bem que às vezes me diverte destilar medicamentos muito poderosos. Tenho um deles aqui neste frasquinho. Do que é feito, é um dos meus segredos. Permita-me apenas pingar uma só gota no cálice; deixe que o jovem o prove e, posso garantir, ele vai abandonar os maus desígnios com os quais chegou aqui.

Ao dizer essas palavras, Medeia sorriu; por trás do sorriso, contudo, havia apenas a intenção de envenenar o pobre e inocente Teseu diante dos olhos do pai. E Egeu, como acontece com a maioria dos reis, julgava que nenhuma punição era suficientemente dura para uma pessoa acusada de conspirar contra sua vida. Daí fazer pouca ou nenhuma objeção ao plano de Medeia, e, assim que se preparou o vinho envenenado, deu ordens para que o estranho fosse admitido em sua presença.

O cálice foi deixado em uma mesa ao lado do trono do rei — e uma mosca, que tencionava dar só uma bicada na borda, caiu morta na hora. Ao ver o que havia acontecido à mosca, Medeia olhou em torno, para os sobrinhos, e armou um novo sorriso.

Quando Teseu foi conduzido ao salão, a única coisa que parecia ter diante de si era o velho rei de barba branca. Este encontrava-se sentado em seu magnífico trono, usando uma coroa deslumbrante e trazendo um cetro à mão. Tinha aspecto imponente e majestoso, embora os anos e as enfermidades se mostrassem um oneroso peso sobre ele, como se cada ano fosse uma barra de chumbo, e cada enfermidade, uma pesada rocha, e todos se tivessem reunido em um só fardo sobre seus ombros cansados. Lágrimas de alegria e dor brotaram dos olhos do jovem; pois, pensou ele, quão triste era ver o querido pai tão enfermo, e quão doce seria dar-lhe apoio com sua força juvenil e animá-lo com a alegria de seu espírito amoroso. Quando um filho traz um pai ao aconchego de seu coração, ele restitui a juventude ao velho de maneira mais efetiva do que o calor do caldeirão mágico de Medeia. E foi o que Teseu decidiu fazer. Ele mal podia esperar para ver se o rei Egeu iria reconhecê-lo, tão ansioso estava para se lançar em seus braços.

Aproximando-se do pé do trono, Teseu tentou fazer um breve discurso, no qual viera pensando enquanto subia as escadas. Eram, porém, muitos os sentimentos de ternura que jorravam de seu coração e, embargando-lhe a garganta, quase o sufocavam no esforço de, todos juntos, encontrar expressão. E, portanto, a menos que pudesse colocar seu coração transbordante de emoção nas mãos do rei, o pobre Teseu não sabia o que fazer ou dizer. A astuta Medeia compreendeu o que se passava na mente do jovem. Naquele instante, a maldade que guardava consigo encontrava-se viva como nunca; pois (e chego a tremer só de falar sobre isso) deu asas ao que havia de pior dentro de si para transformar todo aquele amor inexprimível que agitava Teseu na ruína e destruição do próprio jovem.

— Sua majestade vê como ele está confuso? — sussurrou ela ao pé do ouvido do rei. — Está tão consciente da culpa que treme e não consegue falar. Esse desgraçado já viveu tempo o bastante! Rápido! Ofereça-lhe o vinho!

Ora, o rei Egeu estivera observando atentamente o jovem estranho que se achegava ao trono. Reconhecia nele alguma coisa — não sabia se na fronte clara, ou nos delicados contornos da boca, ou nos olhos cheios de beleza e ternura — que lhe provocava a vaga impressão de o ter visto antes; como se, em verdade, o tivesse sentado ainda bebê sobre os joelhos para que brincasse de cavalinho e o tivesse visto se tornar um homem-feito enquanto ele mesmo envelhecia. Medeia, contudo, adivinhou os sentimentos do rei e não permitiu que ele cedesse a essa sensibilidade natural; embora por essa sensibilidade falasse a voz do mais profundo de seu coração, contando-lhe com a clareza possível que ali estava seu querido filho e o filho de Etra, que chegava para reivindicá-lo como pai. A feiticeira sussurrou mais uma vez no ouvido do rei, obrigando-o, por sua feitiçaria, a ver tudo sob falsas luzes.

Ele convenceu-se, portanto, a deixar Teseu beber do vinho envenenado.

— Jovem — disse ele —, você é bem-vindo! Tenho orgulho de mostrar hospitalidade a um jovem tão heroico. Faça-me as honras de beber deste cálice. É de um vinho delicioso que, como vê, transborda, um vinho que sirvo apenas àqueles que dele são dignos! Ninguém é mais digno de sorvê-lo que você!

Assim dizendo, o rei Egeu travou do cálice de ouro da mesa e esteve a ponto de oferecê-lo a Teseu. Fosse em razão de suas enfermidades, no entanto, ou fosse porque pareceu-lhe tão triste tirar a vida do jovem, por mais vil que pudesse ser, ou ainda, sem dúvida, porque tinha um coração mais sábio que a cabeça e tremesse dentro de si ao pensar no que estava prestes a fazer — por tudo isso ao mesmo tempo, a mão do rei tanto tremeu que grande parte do vinho se derramou. A fim de lhe fortalecer o propósito, e temendo que todo o precioso veneno fosse desperdiçado, um de seus sobrinhos sussurrou-lhe:

— Sua majestade tem alguma dúvida sobre a culpa deste estranho? Essa é a própria espada com a qual ele pretendia matá-lo. Veja como é afiada, brilhante, terrível! Rápido! Faça-o provar do vinho; ou talvez ele ainda seja capaz de realizar o seu propósito.

Com essas palavras, Egeu expulsou todos os pensamentos e sentimentos de seu peito, exceto a ideia da justiça pela qual o jovem merecia a morte. Então sentou-se ereto em seu trono, estendeu-lhe a taça de vinho com um gesto firme e inclinou sobre Teseu uma carranca de severidade real; pois, afinal, havia nobreza demais em seu espírito para ostentar um falso sorriso no rosto mesmo enquanto assassinava um inimigo traiçoeiro.

— Beba! — ordenou-lhe, no tom severo com que costumava condenar um criminoso à decapitação. — Não tenho dúvida de que você é merecedor de um vinho como este!

Teseu estendeu a mão para pegar o cálice. Antes que o tocasse, porém, o rei Egeu mais uma vez tremeu. Seus olhos haviam deparado com a espada de punho dourado que pendia à cintura do jovem. E recolheu o cálice.

— A espada! — exclamou ele. — Como a conseguiu?

— Era a espada de meu pai — respondeu Teseu, com voz trêmula. — E estas eram as suas sandálias. Minha querida mãe, Etra, contou-me sua história quando eu ainda era criança. Mas faz apenas um mês que me tornei forte o bastante para erguer a pesada pedra, pegar a espada e as sandálias guardadas debaixo dela e vir a Atenas procurar meu pai.

— Meu filho! Meu filho! — bradou o rei Egeu, jogando fora o cálice fatal e deixando o trono a passos cambaleantes para cair nos braços de Teseu. — Sim, estes são os olhos de Etra. Este é o meu filho.

Que fim tiveram os sobrinhos do rei, não consigo lembrar de jeito nenhum. Mas quando observou essa mudança de rumo, a maldosa Medeia correu para fora do salão e, indo a seus aposentos privados, não perdeu tempo em pôr seus feitiços em ação. Quase num piscar de olhos ouviu o som de fortes sibilos de cobras do lado de fora da janela de seu aposento. Oh! Lá estava sua carruagem de fogo e as quatro enormes serpentes aladas, que se enrolavam e contorciam no ar, erguendo a ponta das caudas numa altura maior que a do próprio palácio, todas prontas para partir em jornada pelos céus. Medeia só ficou tempo o bastante para levar consigo seu filho e roubar as joias da coroa; com elas, surrupiou também as melhores vestes do rei e quaisquer outras coisas de valor em que pudesse pôr as mãos; e, entrando na carruagem, açoitou as cobras e subiu bem alto, sobrevoando toda a cidade.

O rei, ouvindo o assobio das serpentes, correu o mais rápido que pôde em direção à janela e, à abominável feiticeira, rogou aos berros que nunca mais voltasse. Todo o povo de Atenas, que saíra de casa para ver o extraordinário espetáculo, bradou em felicidade ante a perspectiva de se ter livrado dela. A ponto de explodir de raiva, Medeia soltou um assobio quase idêntico ao de suas serpentes, só que dez vezes mais venenoso e virulento; e, olhando ferozmente através das labaredas de fogo da carruagem, sacudiu as mãos sobre a multidão abaixo como se espalhasse sobre ela um milhão de maldições. Ao fazê-lo, porém, deixou cair sem querer cerca de quinhentos diamantes da mais absoluta pureza, além de mil esplêndidas e redondas pérolas e duas mil esmeraldas, rubis, safiras, opalas e topázios que havia tomado para si do tesouro real. Gemas e joias rolaram dos céus como uma chuva de granizo multicolorido sobre a cabeça de adultos e crianças, que sem demora as reuniram e levaram de volta ao palácio. Mas o rei Egeu disse a sua gente que lhes daria tudo aquilo e duas vezes mais, se o tivesse, em nome da alegria de recuperar seu filho e livrar-se da vil Medeia. E lhes digo mais: se vocês tivessem visto quão odioso foi o derradeiro olhar da feiticeira enquanto a carruagem flamejante voava em direção aos céus, não chegariam a ficar surpresos que o rei e seu povo demonstrassem alívio com a partida.

Agora era a hora de o príncipe Teseu ser recebido com grande alegria por seu régio pai. O velho rei não se cansava de tê-lo sentado ao seu lado no trono (que era grande o bastante para os dois) e de ouvi-lo falar da querida mãe, de sua infância e dos muitos esforços infantis para erguer a enorme rocha. Teseu, no entanto, era um jovem muito corajoso e cheio de energia: não era de seu estilo gastar horas e horas a fio contando casos sobre coisas passadas. Ele ambicionava realizar outros feitos — feitos ainda mais heroicos e dignos de serem contados em prosa e verso. Não havia muito tempo de sua chegada a Atenas quando capturou e acorrentou um terrível touro enfurecido, com o qual desfilou pelas ruas da cidade para maravilha e admiração do bom rei Egeu e seus súditos.

Não tardou, contudo, para que ele assumisse a dianteira de uma situação que reduzia todas as suas aventuras pregressas a brincadeiras de criança. O que se passou foi o seguinte:

Certa manhã, quando o príncipe Teseu acordou, ele imaginou ter tido um sonho muito triste, e que ainda persistia em sua mente, mesmo naquele instante em que seus olhos já haviam se aberto. Era como se o ar estivesse cheio de um lamento melancólico; e quando ele se pôs a escutar com mais atenção, pôde ouvir soluços, gemidos e gritos de aflição, misturados a suspiros profundos e silenciosos, que vinham do palácio do rei, e das ruas, e dos templos, e de todas as casas da cidade. E todos esses tristes sons, produzidos por milhares de corações em separado, uniam-se naquele único e grande lamento que havia despertado Teseu de seu sono. Ele se vestiu o mais rápido que pôde (sem esquecer as sandálias e a espada de ouro) e, apressando-se a ir ao encontro do rei, perguntou o que tudo aquilo significava.

— Ai! Meu filho — disse Egeu, soltando um longo suspiro —, é chegado um tempo dos mais pesarosos! Este é o dia mais funesto do ano. É o dia em que anualmente tiramos a sorte para ver quem serão os rapazes e as moças de Atenas a serem devorados pelo horrível Minotauro!

— O Minotauro! — exclamou Teseu. E, corajoso e jovem príncipe que era, levou a mão de pronto ao punho da espada. — Mas que tipo de monstro é esse? Não é possível matá-lo, ainda que sob o risco da própria morte?

O rei Egeu balançou a venerável cabeça e, para convencer Teseu de que aquele era um caso sem esperança, explicou-lhe. Parece que na ilha de Creta vivia certo monstro terrível, chamado Minotauro, cujas formas eram uma mistura de homem e touro, em um arranjo tão monstruoso de criatura que dá angústia só de pensar. Se lhe fosse de fato permitida a existência, ela só poderia se dar em alguma ilha deserta, ou nas profundezas crepusculares de alguma caverna, onde ninguém jamais seria atormentado por seu aspecto abominável. Mas o rei Minos, que governou Creta, empenhou grande quantidade de dinheiro na construção de uma habitação para o Minotauro, e cuidou muito de sua saúde e conforto, unicamente em nome do mal. Alguns anos antes do tempo dos acontecimentos relatados, houve uma guerra entre a cidade de Atenas e a ilha de Creta, na qual os atenienses foram derrotados e obrigados a implorar pela paz — uma paz que jamais teriam, exceto sob a condição de enviar à ilha, todos os anos, sete jovens e sete donzelas para que fossem devorados pelo monstro de estimação do cruel rei Minos. Aquele era o terceiro ano em que os atenienses eram acometidos por aquela dolorosa calamidade. E os soluços, gemidos e gritos que enchiam a cidade eram causados pela desgraça do povo, pois o dia fatal, no qual as catorze vítimas deviam ser escolhidas por sorteio, havia mais uma vez chegado; e os mais velhos temiam que seus filhos ou filhas fossem levados, e os jovens e donzelas temiam que eles mesmos estivessem destinados a saciar a boca voraz do abominável homem-touro.

Quando Teseu ouviu a história, ergueu-se de tal maneira que parecia mais alto do que nunca; e quanto ao seu semblante, nele se misturavam indignação, raiva, audácia, ternura e compaixão, todas em um só olhar.

— Que neste ano, em vez de sete, o povo de Atenas sorteie apenas seis jovens — disse ele —, pois eu mesmo serei o sétimo. Que o Minotauro me devore se for capaz!

— Ó meu querido filho — exclamou o rei Egeu —, por que deseja se expor a esse terrível destino? Você é um príncipe, um membro da realeza; tem o direito de se conservar acima dos destinos dos homens comuns.

— É por ser um príncipe, seu filho e o herdeiro legítimo de seu reino que tomo sobre mim, por livre e espontânea vontade, a calamidade de seus súditos — respondeu Teseu. — E você, meu pai, sendo o rei dessa gente e respondendo aos céus por seu bem-estar, está destinado a sacrificar o que for mais caro antes que o filho ou filha do mais humilde cidadão venha a sofrer qualquer dano.

O velho rei derramou lágrimas e suplicou a Teseu que não o abandonasse em sua velhice, ainda mais porque apenas começara a conhecer a felicidade de ter um filho bondoso e valente. Teseu, no entanto, sentiu que estava em seu direito, e, portanto, não desistiria. Assegurou ao pai, contudo, que não pretendia ser, como uma ovelha, engolido sem resistência, e que, se o Minotauro o devorasse, não o faria sem que travasse uma batalha. Por fim, sem mais o que pudesse convencê-lo, o rei Egeu consentiu em deixá-lo partir. Preparou-se então um navio equipado de velas negras, e Teseu, acompanhado de seis outros jovens e sete delicadas e belas donzelas, desceu ao porto para o embarque. Uma multidão triste os acompanhou até a praia. Lá estava também o alquebrado rei, apoiado ao braço do filho, como quem carregasse no coração toda a dor de Atenas.

Assim que o príncipe Teseu subiu ao convés, seu pai pensou em uma última palavra a dizer.

— Meu amado filho — falou ele, segurando a mão do príncipe —, você vê que as velas do navio são negras: assim elas devem ser, pois se trata de uma viagem de tristeza e desesperança. Com tantas enfermidades que pesam sobre mim, não sei se conseguirei sobreviver até que o navio regresse. Mas, enquanto eu viver, irei todos os dias com meu passo cambaleante até o topo do penhasco para observar se há uma vela no mar. E, querido Teseu, se por algum acaso feliz você escapar às mandíbulas do Minotauro, faça descer essas velas sombrias e desfralde outras que sejam luzidias como o sol. Contemplando-as no horizonte, eu e todo o povo saberemos que você volta vitorioso, e nós o receberemos com alvoroço e galas como Atenas jamais conheceu.

Teseu prometeu que assim faria. Subindo, então, a bordo, os marinheiros marearam as velas negras do navio na direção do vento, que soprava da costa em fraca aragem como se fosse feito quase que somente dos suspiros que todos derramavam em meio à melancólica ocasião. Passado um tempo, porém, quando muito já haviam avançado mar adentro, tocou-lhes uma brisa forte do noroeste, que tão alegremente os levou sobre a espuma branca das ondas que a impressão era de que seguiam na mais deliciosa das missões imagináveis. E embora estivessem sob uma triste incumbência, prefiro perguntar-me se aqueles catorze jovens, sem qualquer pessoa de idade para manter a ordem, teriam sido capazes de passar todo o tempo da viagem em meio à tristeza. Suspeito que, antes que o azulado das elevadas montanhas de Creta começasse a despontar entre as nuvens distantes, as vítimas tenham se dedicado a algumas danças ao balanço do convés e se entregado a salutares explosões de riso, além de outras alegrias igualmente fora de hora. A proximidade dos montes sem dúvida lhes trouxe de volta a melancolia.

Teseu ficou entre os marinheiros, olhando ansiosamente na direção de terra firme; embora, até aquele instante, ela não lhe parecesse mais sólida do que as nuvens em meio às quais as montanhas assomavam. Algumas poucas vezes imaginou divisar o luzir de algum objeto brilhante muito longe, lançando seu resplendor por sobre as ondas.

— Você viu aquela centelha? — perguntou ao mestre do navio.

— Não, príncipe, mas eu já a vi antes — respondeu o mestre. — Vem de Talos, imagino.

Com a brisa ganhando força, o mestre ocupou-se de ajustar as velas e não teve mais tempo para responder a perguntas. À medida, contudo, que o navio vogava cada vez mais veloz na direção de Creta, Teseu espantou-se ao avistar uma figura humana de tamanho gigantesco, que parecia caminhar a passos largos e movimentos medidos ao longo da linha da costa. Pé ante pé, ela galgava penhascos, indo por vezes de um promontório a outro, enquanto o mar espumava e rugia na costa abaixo, alçando seu espargir sobre os pés do gigante. Ainda mais notável, ela cintilava e luzia sempre que o sol lhe tocava a imensa figura; seu enorme semblante também tinha um brilho metálico e projetava grandes lampejos de esplendor pelo ar. Além disso, as dobras de suas vestes, em vez de balançar ao vento, caíam pesadamente sobre seu corpo, como se fossem tecidas de algum tipo de metal.

Quanto mais próximo o navio ficava, mais Teseu se perguntava o que seria aquela maravilha, e se de fato tinha vida ou não. Pois, embora andasse e fizesse outros movimentos, havia uma espécie de solavanco em seu andar, que, junto com sua figura metálica, levava o jovem príncipe a suspeitar que não se tratava de um verdadeiro gigante, mas tão somente de uma estupenda obra de mecânica. A figura parecia mais terrível porque portava sobre o ombro uma enorme clava de bronze.

— Que prodígio é esse? — perguntou Teseu ao mestre do navio, que agora estava à vontade para lhe responder.

— É Talos, o Homem de Bronze — informou o mestre.

— E ele é um gigante vivo ou uma imagem de metal? — perguntou Teseu.

— Essa, de fato — respondeu o mestre —, é a questão que sempre me deixou confuso. Alguns dizem que, em verdade, Talos foi forjado para o rei Minos por Vulcano em pessoa, o mais habilidoso de todos os artífices do metal. Mas quem já viu uma imagem de metal dotada de arbítrio o bastante para caminhar em torno de uma ilha três vezes ao dia, como faz esse gigante ao percorrer a costa de Creta, confrontando todos os navios que se aproximam? E, por outro lado, que coisa viva, a não ser que seus tendões fossem feitos de bronze, não se cansaria de marchar três mil quilômetros em vinte e quatro horas, como Talos faz, sem nunca se sentar para descansar? Ele é um mistério; entenda-o como quiser.

Mesmo assim, o navio avançou, e Teseu já podia ouvir o brônzeo retinir dos passos do gigante que pesadamente transpunha as rochas batidas pelo mar, algumas das quais rachavam e desmoronavam sob seu peso, por sobre as ondas espumantes. Quando se aproximavam do porto, o gigante postou-se à entrada com os pés firmemente plantados em cada promontório e, erguendo a clava em altura tal que as nuvens lhe cobriam a ponta, permaneceu naquela postura ameaçadora, com o sol a reluzir por toda a sua superfície metálica. Parecia não haver mais o que esperar, senão que, no instante seguinte — Bum! —, ele baixasse a imensa clava com toda a violência e esmagasse o navio em mil pedaços, sem dar a mínima para quantos inocentes se perdessem para todo o sempre; pois, como vocês sabem, é muito raro que exista misericórdia em um gigante — ainda mais em um gigante que mais parecia feito das peças de um mecanismo de relógio! Mas justo quando Teseu e seus companheiros pensavam estar na iminência de sofrer o golpe, os lábios de bronze se abriram e a maravilha falou.

— De onde vocês vêm, estranhos?

E quando o ressoar da voz cessou, ouviu-se apenas uma reverberação, como a que se teria ouvido no interior de um grande sino de igreja instantes depois do golpe do badalo.

— De Atenas! — gritou o mestre em resposta.

— Com que propósito? — tonitruou o Homem de Bronze, girando a clava ao alto num gesto mais do que ameaçador, como estivesse prestes a esmagá-los com um golpe de trovão bem no meio do navio, pois Atenas, não fazia muito tempo, estava em guerra com Creta.

— Trazemos os sete jovens e as sete donzelas para serem devorados pelo Minotauro! — respondeu o mestre.

— Passem! — bradou o gigante de bronze.

O som daquela única palavra rolou por todo o céu, enquanto mais uma vez se ouviu uma reverberação crescente no interior do peito da criatura. O navio deslizou entre os promontórios do porto e o gigante retomou a marcha. Em instantes, a formidável sentinela se encontrava distante, cintilando sob o sol ao longe e percorrendo com passos gigantescos o litoral da ilha de Creta, como pedia a incessante tarefa de que era incumbido.

Tão logo entraram no porto, um grupo de guardas do rei Minos desceu à linha da praia e encarregou-se dos catorze jovens e donzelas. Cercados por esses guerreiros armados, o príncipe Teseu e seus companheiros foram levados ao palácio do rei e conduzidos à sua presença. Minos era um monarca severo e impiedoso. Se a figura que guardava Creta era feita de bronze, então cabia pensar que o monarca que a governava tinha um metal ainda mais duro no peito: era um verdadeiro homem de ferro. Ele curvou as sobrancelhas desgrenhadas sobre as pobres vítimas atenienses. Qualquer outro mortal, contemplando o frescor e a beleza dos jovens e seus olhares inocentes, guardaria a impressão de ter se acomodado num assento de espinhos até que tivesse feito a felicidade de suas almas, permitindo-lhes que fossem livres como a brisa do verão. Mas o insaciável Minos preocupava-se apenas em examinar se eram robustos o bastante para satisfazer o apetite do Minotauro. De minha parte, me faria muito gosto que ele próprio fosse a única vítima — e o monstro a teria achado das mais intragáveis!

Em seguida, o rei Minos chamou os jovens pálidos e assustados e as donzelas soluçantes ao escabelo que havia a seus pés, com o cetro lhes deu um cutucão nas costelas (para avaliar se tinham ou não a carne macia) e dispensou-os com um aceno de cabeça para a guarda. Mas quando seus olhos pousaram sobre Teseu, o rei dedicou-lhe exame mais detido, pois o jovem ostentava um semblante calmo e destemido.

— Rapaz — perguntou ele, com sua voz severa —, a certeza de ser devorado pelo terrível Minotauro não o enche de pavor?

— Ofereci minha vida por uma boa causa — respondeu Teseu —, e, portanto, eu a entrego livre e alegremente. Mas tu, rei Minos... não te causa terror que, ano após ano, perpetres esse erro medonho, entregando sete moços inocentes e o mesmo número de donzelas para que sejam devorados por um monstro? Não te causa terror, rei perverso, voltar os olhos para dentro do teu próprio coração? Sentado aí em teu trono dourado, coberto com majestosas vestes, eu digo a ti sem rodeios, rei Minos: és um monstro mais hediondo que o próprio Minotauro!

— Ha, ha! Você acha mesmo? — exclamou o rei, rindo à sua maneira cruel. — Amanhã, à hora do café, você terá a oportunidade de julgar quem é o maior monstro, se o Minotauro ou o rei! Levem-nos, guardas; e deixem que o jovem de palavras tão francas ofereça ao Minotauro seu primeiro bocado.

Perto do trono do rei (desculpem-me por não ter tido tempo de lhes contar isso antes) estava sua filha Ariadne. Era uma linda donzela de coração terno, que observava os pobres cativos condenados com sentimentos muito distintos dos do rei Minos e seu peito de ferro. Ariadne vertia lágrimas de absoluta sinceridade ante a ideia de tanta felicidade humana jogada fora sem propósito algum ao se entregarem tantos jovens, no desabrochar de suas vidas em flor, à voracidade de uma criatura que, sem dúvida, teria preferido um boi gordo, ou mesmo um belo porco, ao mais rechonchudo entre eles. E quando ela deparou com a figura cheia de vigor e coragem do príncipe Teseu portando-se com tamanha calma ante o terrível perigo iminente, sentiu cem vezes mais compaixão do que antes. Quando os guardas o levaram embora, se atirou aos pés do rei e implorou que libertasse os cativos, e em especial aquele jovem.

— Quieta, menina tola! — respondeu o rei Minos. — O que você tem com o caso? É uma questão de política de Estado e, portanto, vai muito além de seu fraco entendimento. Vá regar suas flores e não pense mais nesses reles atenienses, a quem o Minotauro certamente comerá no café da manhã da mesma forma que eu comerei uma perdiz em meu jantar.

Assim falando, o rei mostrava-se cruel o bastante para devorar Teseu e todos os demais cativos caso não houvesse Minotauro algum para poupá-lo do trabalho. Como não ouviria nem mais uma palavra em benefício dos prisioneiros, estes foram levados e trancafiados em uma masmorra, onde o carcereiro os aconselhou a dormir o mais rápido possível, porque o Minotauro tinha o hábito de pedir o café da manhã bem cedinho. As sete donzelas e seis dos jovens logo começaram a chorar aos soluços, até que adormeceram. Mas Teseu não era como eles. Tinha consciência de que era mais sábio, mais corajoso e mais forte do que os companheiros, e, portanto, tinha em mãos a responsabilidade sobre cada uma de suas vidas, devendo ponderar se não havia maneira de salvá-los, mesmo em tamanha adversidade. Assim, ele se manteve acordado, caminhando de um lado para outro da masmorra sombria em que estavam trancados.

Pouco antes da meia-noite, a porta abriu suavemente, e a gentil Ariadne surgiu com uma tocha na mão.

— Está acordado, príncipe? — sussurrou ela.

— Sim — respondeu Teseu. — Com tão pouco tempo de vida, prefiro não desperdiçar nada dela dormindo.

— Então me siga — disse Ariadne —, e caminhe sem fazer barulho.

O que havia acontecido com o carcereiro e os guardas, Teseu nunca soube. Seja como for, Ariadne abriu todas as portas e o conduziu da prisão sombria para o agradável luar.

— Teseu — disse a donzela —, agora você pode embarcar no seu navio e navegar para Atenas.

— Não — respondeu o jovem. — Eu nunca vou deixar Creta, a menos que possa primeiro matar o Minotauro, salvar meus pobres companheiros e livrar Atenas desse tributo cruel.

— Eu sabia que esta seria a sua decisão — disse Ariadne. — Venha comigo, então, bravo Teseu. Aqui está a sua espada, da qual os guardas o privaram. Você precisará dela; e que, pelos céus, faça bom uso.

Então conduziu Teseu pela mão até que chegaram a um bosque escuro e sombrio, cujas árvores de densas copas dissipavam a luz do luar, praticamente não permitindo que se derramasse um raio cintilante sequer em seu caminho. Depois de percorrer um bom caminho através da escuridão, eles chegaram a um elevado muro de mármore coberto de trepadeiras, que com seu verdor lhe davam uma aparência desleixada. O muro parecia não ter porta nem janelas, mas se erguia, elevado, imenso e misterioso, sem que pudesse ser escalado ou, tanto quanto Teseu podia perceber, atravessado. No entanto, Ariadne pressionou um de seus delicados dedinhos macios contra um bloco de mármore em particular, e, embora este parecesse tão sólido quanto qualquer outra parte do muro, ele cedeu ao seu toque, revelando uma entrada larga o suficiente para que passassem.

— Estamos agora no famoso labirinto que Dédalo construiu antes de fazer um par de asas e voar para longe de nossa ilha como um pássaro — esclareceu Ariadne. — Dédalo era um artesão dos mais habilidosos; mas, de todos os seus inventos engenhosos, este labirinto é o mais maravilhoso. Se déssemos apenas alguns passos porta adentro, poderíamos vagar por toda a nossa vida sem jamais a encontrar novamente. No entanto, no centro deste labirinto está o Minotauro; e você, Teseu, deve ir até ele.

— Mas como poderei encontrá-lo — perguntou Teseu —, se o labirinto me deixará tão desorientado quanto você diz?

Terminada a frase, ouviram um rugido áspero e muito desagradável, em tudo semelhante ao mugido de um touro feroz, porém misturado a um som próximo da voz humana. Teseu chegou a pensar ter escutado uma articulação rudimentar, como se a criatura que o proferiu estivesse tentando moldar sua respiração cavernosa em palavras. Ela soava a alguma distância, contudo, e o jovem não sabia verdadeiramente dizer se lhe parecia mais um rugido de touro ou a voz áspera de um homem.

— É o Minotauro — sussurrou Ariadne, segurando a mão de Teseu próxima de si e levando a outra ao coração, que era todo tremor. — Você deve seguir esse som através das sinuosidades do labirinto, e, ao fim, vai encontrá-lo. Espere! Pegue a ponta deste cordão de seda; eu segurarei a outra ponta e, então, se você vencer, ele o trará de volta a este lugar. Adeus, bravo Teseu.

Então o jovem pegou a ponta do fio de seda com a mão esquerda e, com a direita, a espada de manopla de ouro, pronta a ser desembainhada; e a passos valentes entrou no inescrutável labirinto. Como aquilo fora construído, isso é mais do que posso dizer. Mas um labirinto preparado com tamanho engenho nunca se viu no mundo, nem antes nem depois. Nada pode ser tão intrincado, a menos que seja o próprio cérebro de um homem como Dédalo, que o concebeu, ou o coração de qualquer homem comum — sem dúvida um mistério dez vezes maior do que o labirinto de Creta. Teseu não tinha dado cinco passos e já perdera Ariadne de vista; com cinco outros começou a sentir-se tonto. Mesmo assim prosseguiu, ora se agachando para atravessar um arco baixo, ora subindo um lance de degraus, ora entrando em uma ou outra passagem tortuosa, com uma porta aqui se abrindo diante dele, outra ali batendo às suas costas, até que de fato parecia que as paredes giravam e o levavam consigo em seu giro. E todo o tempo, por essas aleias vazias, de repente mais próximos e então distantes outra vez, ecoavam os gritos do Minotauro — um som tão feroz, tão cruel, tão medonho, tão parecido com o rugido de um touro e tão próximo da voz humana para, ao mesmo tempo, se revelar tão dessemelhante de ambos que o coração valente de Teseu se fazia mais severo e furioso a cada passo, pois sentia ser um insulto à lua e ao céu, e à nossa afetuosa e simples Mãe Terra, que tal monstro ousasse existir.

À medida que avançava, nuvens acumulavam-se e encobriam a lua, e o labirinto quedava tão escuro que Teseu não conseguia mais discernir o emaranhado que atravessava. Ele teria ficado completamente perdido e sem qualquer esperança de voltar a andar por um caminho reto se, de pouco em pouco, não tivesse consciência de um leve puxão no cordão de seda. Era quando percebia que Ariadne, com seu coração cheio de ternura, ainda segurava o fio na outra ponta, e que ela temia e esperava por ele, entregando-lhe tanto de seu afeto quanto se estivesse ao seu lado. Ah, isso eu posso lhes assegurar: havia grande quantidade de afeto humano percorrendo aquele fino cordão de seda. De qualquer modo, ele ainda perseguia o terrível rugido do Minotauro, que agora ficava cada vez mais alto e finalmente tão alto que Teseu começou a sentir a expectativa de dar de cara com o monstro a cada novo zigue-zague e sinuosidade do caminho. Por fim, em um espaço aberto, no centro do labirinto, Teseu viu-se diante da hedionda criatura.

E botem hedionda nisso! Apenas a cabeça chifrada pertencia a um touro; mesmo assim, não se sabia como, ele parecia um touro por inteiro, balançando-se absurdamente nas patas traseiras; ou, caso vocês o observassem por outro ângulo, se assemelhava inteiramente a um homem, e ainda mais monstruoso por assim se revelar. E lá estava ela, a miserável criatura, sem convívio, sem companhia ou parceria, vivendo apenas para o mal e incapaz de saber o que significava o afeto. Teseu o detestou, e diante dele sentiu temor, mas não pôde deixar de experimentar algum tipo de piedade — ainda maior quanto mais feia e detestável se mostrava a criatura. Pois ela não parava de caminhar a largos passos de um lado para o outro, em um solitário ataque de fúria, emitindo sem parar um rugido rouco estranhamente misturado a palavras que não chegavam a se formar por inteiro; depois de ouvi-lo por um tempo, Teseu entendeu que o Minotauro dizia a si mesmo quão triste ele era e quão faminto estava, e quanto odiava a todos e ansiava por devorar a raça humana viva.

Ah! O vilão da cabeça de touro! Oh, meus bons pequenos, talvez vocês vejam um dia, como vejo agora, que todo ser humano que sofra de qualquer coisa má que lhe invade a natureza ou nela se instala é uma espécie de Minotauro, um inimigo de seus semelhantes, distante de toda boa companhia como era esse pobre monstro.

Teseu estava com medo? De modo algum, meu caro público. Ora, um herói como Teseu com medo? Onde já se viu? Nem que o Minotauro tivesse vinte cabeças de touro em vez de uma. Audacioso como era, porém, prefiro crer que o coração valente do rapaz ganhou força naquele instante crítico ao sentir um trêmulo repuxo no cordão de seda, que ainda levava na mão esquerda. Era como se Ariadne lhe estivesse infundindo todo o seu poder e coragem; e com o muito que ele já tinha, somado ao pouco que ela lhe podia dar, fez parecer que Teseu possuía um poder redobrado. E não minto a vocês: ele precisava de toda a coragem do mundo, pois naquele instante o Minotauro, virando-se de repente, deu com os olhos em Teseu e de imediato abaixou os chifres terrivelmente afiados, como faz um touro enfurecido quando quer avançar contra o inimigo. Ao mesmo tempo, regurgitou um tremendo rugido, no qual havia algo como palavras da linguagem humana, mas todas desarticuladas e feitas em pedaços ao atravessar a garganta do brutamontes enfurecido.

Só restava a Teseu adivinhar o que a criatura pretendia dizer, e isso mais por seus gestos do que por palavras; pois os chifres do Minotauro eram mais afiados do que sua inteligência, e de muito mais serventia que sua língua. Talvez tenha sido este o sentido de suas palavras:

— Ah, um desgraçado de um ser humano! Irei atravessar os meus chifres em você e jogá-lo para o alto a cinco metros de altura e devorá-lo assim que seu corpo tocar o chão.

— Venha, então, e experimente! — foi tudo o que Teseu se dignou a responder; pois ele era magnânimo demais para atacar o inimigo com termos insolentes.

Sem mais palavras de ambos os lados, Teseu e o Minotauro travaram a mais terrível luta que já teve lugar sob o sol ou sob a lua. Para lhes dizer a verdade, não sei como isso aconteceu, se o monstro, na primeira investida contra Teseu, não o tivesse errado por um fio de cabelo e arrebentado um dos chifres contra a parede de pedra. Nesse acidente, tão insuportável foi seu urro que uma parte do labirinto desabou, e todos os habitantes de Creta confundiram o barulho com uma tempestade pesada como raramente se havia visto. Ressentindo--se da dor, ele galopou pelo espaço aberto de maneira tão ridícula que, muito tempo depois, Teseu se pôs a rir daquilo, embora não precisamente na hora. Em seguida, os dois antagonistas confrontaram-se com bravura e travaram sua batalha, espada contra chifre, por um longo tempo. Por fim, o Minotauro lançou-se contra Teseu, roçou-lhe o lado esquerdo com o chifre e o levou ao chão; pensando que havia apunhalado seu coração, deu um grande salto no ar, abriu a boca de touro de orelha a orelha e se preparou para arrancar-lhe a cabeça. Mas a essa altura Teseu já estava de pé, e surpreendeu o monstro de guarda baixa. Aplicando-lhe um golpe de espada com toda a força, lhe acertou o pescoço e fez a cabeça de touro ir ao chão, não sem antes rolar a seis metros de seu corpo humano.

A batalha chegava ao fim! Nesse instante, a lua brilhou no céu com uma intensidade tal que parecia iluminar o fim de todos os problemas do mundo, como se toda vilania e feiura que infestam a vida humana tivessem passado e desaparecido para sempre. E Teseu, apoiado em sua espada, recobrando o fôlego, sentiu outro repuxo no cordão de seda; durante todo o terrível encontro, ele o havia segurado firme na mão esquerda. Ansioso para que Ariadne soubesse do sucesso, seguiu a orientação do fio, e logo se viu na entrada do labirinto.

— Você matou o monstro — exclamou Ariadne, com as mãos unidas.

— Graças a você, regresso vitorioso, querida Ariadne — respondeu Teseu.

— Então — disse Ariadne —, devemos logo convocar seus amigos e embarcá-los, assim como a você, a bordo do navio antes do amanhecer. Se a aurora o encontrar aqui, meu pai vingará o Minotauro.

Para encurtar a história, os pobres cativos foram acordados, mal sabendo se aquele era ou não um sonho feliz, informados do que Teseu havia feito e que deveriam zarpar para Atenas antes do amanhecer. Apressando-se, todos subiram a bordo, exceto o príncipe Teseu, que ficou para trás na praia, com a mão de Ariadne apertada entre as suas.

— Querida donzela — pediu ele —, você deve vir conosco. É uma criança muito gentil e doce para um pai de coração de ferro como o rei Minos. Ele não se importa mais com você do que uma rocha de granito se importa com a flor que cresce em uma das suas fendas. Mas meu pai, o rei Egeu, e minha querida mãe Etra, e todos os pais e mães em Atenas, e todos os filhos e filhas também a amarão e honrarão como a uma benfeitora. Venha conosco, pois o rei Minos ficará enfurecido quando souber o que você fez!

Ora, algumas pessoas de mentalidade rasteira, que fingem contar a história de Teseu e Ariadne, têm o desplante de dizer que uma donzela nobre e honrada como ela fugiu sob o manto da noite com o jovem estranho cuja vida havia protegido. Dizem também que o príncipe Teseu (que teria morrido antes de ludibriar a criatura mais vil do mundo), ingratamente, abandonou Ariadne em uma ilha deserta à qual seu navio chegou na jornada para Atenas. Se o nobre Teseu ouvisse tamanhas falsidades faria a esses autores caluniosos o que fez ao Minotauro! Aqui está o que Ariadne respondeu, quando o corajoso príncipe pediu-lhe para acompanhá-lo:

— Não, Teseu — disse a donzela, apertando-lhe a mão e depois recuando um ou dois passos —, não posso ir com você. Meu pai é velho e não tem ninguém além de mim para amá-lo. Por mais duro que você pense que seja o coração do rei, seu peito se faria em pedaços caso me perdesse. No início, o rei Minos ficará zangado; mas logo perdoará sua única filha; e, aos poucos, ficará feliz, eu sei, por não haver mais jovens e donzelas de Atenas a serem devorados pelo Minotauro. Salvei-o, Teseu, tanto pelo bem do meu pai como pelo seu. Adeus! Que os céus o abençoem!

Tudo isso era tão verdadeiro e tão adequado a uma donzela, e dito com uma dignidade tão doce, que Teseu teria corado caso insistisse com ela por mais tempo. Nada lhe restava, portanto, a não ser fazer a Ariadne uma despedida afetuosa, embarcar no navio e zarpar.

Em poucos minutos, a espuma branca se erguia diante da proa, enquanto o príncipe Teseu e seus companheiros navegavam para fora do porto com os assovios da brisa atrás de si. Talos, o gigante de bronze, em sua incessante marcha de sentinela, aproximava-se daquela parte da costa; e eles o viram, pelo brilho dos raios da lua em sua superfície polida, num momento em que ainda ia muito longe. Como a figura se movia como um relógio, porém, e não podia nem acelerar nem retardar seus enormes passos, ela chegou ao porto quando eles já estavam fora do alcance de sua clava. No entanto, galgando de promontório em promontório, como era seu costume, Talos ainda tentou acertar um golpe no navio. Errando o alvo, caiu com todo o seu comprimento ao mar, que espirrou alto sobre sua forma gigantesca, como acontece quando um iceberg vira de cabeça para baixo. Ali ele jaz até hoje; quem quiser ficar rico com bronze pode ir até lá com uma câmara de mergulho e pescar Talos.

Ele concluiu que o seu querido filho havia sido devorado pelo Minotauro.

Na viagem para casa, os catorze jovens e donzelas estavam com o humor dos mais exuberantes, como vocês podem facilmente imaginar. Passavam a maior parte do tempo dançando, a menos que um vento lateral fizesse o convés se inclinar demais. A seu tempo, alcançaram as proximidades da costa da Ática, sua terra natal. Mas aqui, lamento lhes dizer, ocorreu uma triste desgraça.

Vocês lembram (o que Teseu, por grande infelicidade, esqueceu) que seu pai, o rei Egeu, lhe havia pedido que içasse velas brancas, em vez de velas negras, caso derrotasse o Minotauro e voltasse vitorioso. Na alegria do sucesso, porém, e em meio aos divertimentos, à dança e outras alegrias, com as quais esses jovens passavam o tempo, não lhes ocorreu saber se as velas eram pretas, brancas ou das cores do arco-íris; de fato, deixaram inteiramente aos cuidados dos marinheiros se o navio tinha qualquer tipo de vela. Desse modo, a embarcação voltou, como um corvo, com as mesmas asas zibelinas com que havia partido. Dia após dia, o pobre rei Egeu, enfermo como estava, subia ao cume de um penhasco que se elevava sobre o mar; ali se sentava em vigília pelo príncipe Teseu em seu caminho de volta para casa; e tão logo avistou a escuridão fatal das velas, concluiu que o querido filho, a quem tanto amava e de quem sentia tamanho orgulho, havia sido devorado pelo Minotauro. Ele não conseguiu suportar a ideia de viver por mais tempo; então, lançando primeiro coroa e cetro ao mar (não passavam de bugigangas inúteis naquele instante), o rei Egeu simplesmente se inclinou para a frente, caiu de cabeça do penhasco e afogou-se, pobre alma, nas ondas que ali espargiam sua espuma!

Foi uma triste notícia para o príncipe Teseu, que, em seu regresso, ao pisar no solo, se descobriu rei de todas aquelas terras, quisesse ele ou não; essa reviravolta da sorte era o bastante para tirar qualquer jovem do eixo. No entanto, ele mandou trazer sua querida mãe a Atenas e, ao seguir seus conselhos em questões de Estado, tornou-se um excelente monarca muito amado por seu povo.

O gigante e os pigmeus eram todos irmãos.

OS PIGMEUS

HÁ MUITO TEMPO, quando o mundo era um lugar cheio de maravilhas, vivia um gigante nascido da terra, de nome Anteu, e um milhão ou mais de umas curiosas pessoinhas também nascidas da terra que se chamavam pigmeus. O gigante e os pigmeus, filhos da mesma mãe (isto é, nossa boa e velha avó Terra), eram todos irmãos e viviam juntos de forma muito amigável e afetuosa, muito, muito longe, no meio da escaldante África. Os pigmeus eram tão pequeninos, e eram tantos os desertos de areia e as montanhas altas entre eles e o resto da humanidade, que ninguém era capaz de lhes dar uma espiadela que fosse com mais frequência do que uma vez a cada cem anos. Quanto ao gigante, sendo ele de estatura muito elevada, era fácil vê-lo, porém mais seguro manter-se fora de seu campo de visão.

Entre os pigmeus, suponho, se um deles chegasse à altura de quinze a vinte centímetros, era considerado um homem prodigiosamente alto. Deve ter sido muito bonito contemplar suas pequenas cidades, com ruas de cinquenta ou sessenta centímetros de largura, pavimentadas com os menores seixos e cercadas de habitações do tamanho de uma gaiola de esquilo. O palácio do rei atingia a magnitude estupenda da casa de bebê de Pervinca e ficava no centro de uma praça espaçosa, que podia ser perfeitamente coberta pelo capacho da nossa lareira. Seu templo principal, ou catedral, era tão elevado quanto uma cômoda e considerado um edifício maravilhosamente sublime e magnífico. Todas essas estruturas não eram feitas nem de pedra nem de madeira. Haviam sido cuidadosamente moldadas pelos trabalhadores pigmeus de maneira não muito distinta de como fazem os pássaros com seus ninhos, a partir de palha, penas, cascas de ovos e outros pequenos pedaços de coisas, misturados à argila dura, e não à argamassa; e quando o sol quente as secava, tornavam-se tão acolhedoras e confortáveis quanto um pigmeu poderia desejar.

As terras ao redor eram convenientemente dispostas em campos, o maior dos quais tinha quase a mesma extensão que um dos canteiros de flores de Musgo-renda. Ali os pigmeus costumavam plantar trigo e outros tipos de grãos, que, quando cresciam e amadureciam, encobriam essas pessoas minúsculas da mesma forma que nos recobrem os pinheiros, carvalhos, nogueiras e castanheiros quando andamos em nossas florestas. Na época da colheita, os pigmeus eram forçados a sair com seus pequenos machados e cortar o grão exatamente como um lenhador abre uma clareira na floresta; e quando um talo de trigo, com o topo espigado, por acaso caía sobre um pobre pigmeu, era provável que a situação não terminasse bem. Se não o partisse em pedaços, tenho certeza de que, no mínimo, faria a cabeça do pobre coitado doer. E, oh, céus! Se os pais e as mães eram tão pequenos, o que dizer das crianças e dos bebezinhos? Uma prole inteira poderia ser posta para dormir dentro de um sapato, ou rastejar para dentro de uma luva velha e brincar de esconde-esconde no polegar e nos outros dedos. Seria possível esconder um bebê de um ano debaixo de um dedal.

Pois bem: esses curiosos pigmeus, como eu disse antes, tinham um gigante como vizinho e irmão — que, acreditem, era maior do que os outros eram pequenos. Era tão alto que usava um pinheiro, com dois metros e meio de base, à maneira de apoio para suas caminhadas. Era necessário um pigmeu de olhos muito apurados, isso eu posso garantir, para lhe avistar o cume sem ajuda de um telescópio; e, às vezes, com tempo nublado, não conseguiam ver a metade superior do corpo do gigante, mas apenas as longas pernas, que pareciam caminhar sozinhas. Já ao meio-dia, porém, com tempo claro, quando o sol brilhava sobre ele, o gigante Anteu revelava-se um espetáculo grandioso. Lá estava ele, uma perfeita montanha em forma de homem, com seu imenso semblante sorrindo para os irmãozinhos mais novos lá embaixo, e o olho imenso (tão grande quanto uma roda de carroça, instalado bem no centro da testa) dando uma piscadela amigável para toda a nação de uma só vez.

Os pigmeus adoravam conversar com Anteu; cinquenta vezes ao dia, um ou outro levantava a cabeça e gritava pelo oco das mãos: "Olá, irmão Anteu! Como está, meu bom amigo?". E quando o guincho baixinho e distante de suas vozes chegava aos ouvidos do gigante, este respondia: "Muito bem, irmão pigmeu, obrigado", em um ronco estrondoso que teria abalado as paredes do templo mais sólido, não fosse pelo fato de vir lá do alto e de tão longe.

Era uma circunstância feliz que Anteu fosse amigo do povo pigmeu; pois havia mais força em seu dedo mindinho do que em dez milhões de corpos como os deles. Se tivesse tanta má vontade com eles quanto com todos os demais, teria destruído a maior cidade de seus irmãos com um só chute sem nem ao menos saber ao certo que o fizera. Com o tornado que era sua respiração, seria capaz de arrancar os telhados de uma centena de habitações e erguer aos rodopios pelo ar milhares de seus habitantes. Poderia esmagar com seu imenso pé uma multidão; e ao erguê-lo, o cenário não seria menos do que catastrófico, isso é certo. Mas, sendo filho da Mãe Terra, como também os pigmeus, o gigante oferecia-lhes sua bondade fraterna, e os amava com um amor tão grande quanto era possível sentir por criaturas tão pequeninas. E, por sua vez, os pigmeus amavam Anteu com tanto carinho quanto seus coraçõezinhos eram capazes de nutrir. Ele estava sempre pronto para fazer-lhes todos os bons trabalhos que estivessem a seu alcance. Por exemplo: quando queriam uma brisa para fazer girar os moinhos de vento, o gigante punha todas as pás em movimento com a mera respiração natural de seus pulmões. Quando o sol estava demasiado quente, muitas vezes se sentava e deixava sua sombra se estender sobre o reino, de uma fronteira a outra; e quanto aos assuntos em geral, era sábio o bastante para deixá-los em paz e permitir que os pigmeus os administrassem — o que, afinal, é a melhor coisa que as pessoas grandes podem fazer pelos pequeninos.

Para encurtar, como disse, Anteu amava os pigmeus, e os pigmeus amavam Anteu. Sendo a vida do gigante tão longa quanto vasto era seu corpo, enquanto a vida de um pigmeu não ultrapassava uma efemeridade, a relação amigável datava de gerações e eras sem fim. Era descrita nas histórias dos pigmeus e constituía assunto de suas antigas tradições. O mais venerável pigmeu de barba branca jamais ouvira falar de um tempo, mesmo nos idos de seus mais vetustos antepassados, em que o gigante não fosse o imenso amigo de sua gente. Certa vez, na verdade (como se registrou em um obelisco de um metro erguido no local da catástrofe), Anteu sentou-se em cima de cerca de cinco mil pigmeus reunidos em revista militar. Mas foi um daqueles incidentes infelizes pelos quais não se pode culpar ninguém, de forma que o povo pequenino nunca o levou a mal: apenas pediram ao gigante que dali em diante cuidasse de examinar os hectares de terra em que pretendia se sentar.

Resulta em quadro muito agradável imaginar Anteu de pé entre os pigmeus, como o pináculo da catedral mais alta que já se construiu, enquanto eles corriam como formigas a seus pés; e pensar que, apesar da diferença de tamanho, havia afeição e solidariedade entre eles! Na verdade, sempre me pareceu que o gigante precisava daquela gente pequenina mais do que os pigmeus precisavam do gigante. Pois, não fosse por serem seus vizinhos e benfeitores, e, como podemos dizer, seus companheiros de brincadeira, Anteu não teria conhecido um único amigo no mundo. Nenhum outro ser como ele jamais fora criado. Nenhuma criatura de seu próprio tamanho jamais havia conversado com ele, com palavras tonitruantes, frente a frente. Quando estava com a cabeça entre as nuvens, ficava completamente só, e assim fora por centenas de anos, e assim seria para sempre. Mesmo que encontrasse outro gigante, Anteu teria imaginado que o mundo não era grande o bastante para duas figuras tão imensas, e, em vez de ser seu amigo, teria com ele lutado até que um dos dois estivesse morto. Mas com os pigmeus era o gigante mais brincalhão, bem-humorado, alegre e de temperamento doce que já lavou o rosto em uma nuvem úmida.

Seus amiguinhos, a exemplo de todos os outros povos pequeninos, tinham a própria importância em grande estima e costumavam assumir um ar bastante protetor em relação ao gigante.

— Pobre criatura! — diziam uns aos outros. — Quanto tédio ele não sente, sozinho como é. Não devemos nos ressentir de usar um pouco do nosso precioso tempo para diverti-lo. Ele não é tão feliz quanto nós, isso é certo; e, por essa razão, precisa que cuidemos de seu conforto e felicidade. Sejamos gentis com o velho companheiro. Ora, se a Mãe Terra não tivesse sido gentil conosco, todos nós poderíamos ser gigantes também.

Em seus dias de festa, os pigmeus divertiam-se muitíssimo com Anteu. Não raro ele se estendia no chão em todo o comprimento e, ali, mais parecia o extenso cume de uma colina; rendia sem dúvida uma boa hora de caminhada para um pigmeu de pernas curtas percorrer a distância da cabeça aos seus pés. Ele deitava a mão imensa no relvado e desafiava o mais alto dos pigmeus a escalá-la e galgá-la de dedo em dedo. Tão destemidos eles eram que faziam pouco de se arrastar pelos meandros das dobras das vestes do gigante. Quando sua cabeça estava deitada de lado na terra, por ela os pequeninos subiam em marcha e espiavam a grande caverna da boca, e tomavam como grande brincadeira (o que de fato era) quando Anteu fechava as mandíbulas num repentino estalo, como se fosse engolir cinquenta deles de uma só vez. Vocês morreriam de rir ao ver as crianças se esquivando para dentro e para fora por entre seus cabelos, ou transformando os fios de sua barba em balanço. É impossível contar metade das divertidas traquinagens que faziam com seu enorme camarada; mas não sei se algo era mais curioso do que quando se via um grupo de meninos apostando corridas em sua testa para ver qual deles seria o primeiro a dar uma volta completa no grande círculo do olho solitário. Outra aventura entre as favoritas era marchar ao longo da ponte do nariz e saltar sobre o lábio superior.

Verdade seja dita, às vezes eles eram tão incômodos quanto uma carreira de formigas ou uma nuvem de mosquitos, especialmente porque tinham gosto pelas travessuras e adoravam picar-lhe a pele com suas pequenas espadas e lanças para ver quão grossa e resistente era. Mas Anteu aceitava tudo com muito carinho; embora, vez por outra, quando acontecia de estar com sono, resmungasse uma palavra ou duas, como o murmúrio de uma tempestade, e lhes pedisse para dar fim às maluquices. Muito mais frequentemente, no entanto, ele observava a alegria e os folguedos até que suas imensas, pesadas e desajeitadas faculdades fossem completamente despertadas pelos pequenos; nessas situações, ele roncava em volume tremendo tão incomensuráveis gargalhadas que toda a nação de pigmeus precisava levar as mãos aos ouvidos, ou acabaria surda.

— Ho! Ho! Ho! — Ria-se o gigante, sacudindo os flancos montanhosos. — Que coisa engraçada é ser pequeno! Se eu não fosse Anteu, queria ser um pigmeu, pela alegria da piada.

Só havia nesse mundo uma coisa que perturbava os pigmeus. Eles levavam uma guerra sem fim com os grous, e tanto quanto o gigante, em sua longa vida, podia se lembrar, sempre estiveram nessa condição. De tempos em tempos, batalhas das mais atrozes eram travadas, e delas saíam vencedores ora os homenzinhos, ora os grous. Segundo alguns historiadores, os pigmeus costumavam ir à batalha montados no dorso de cabras e carneiros; mas esses animais deviam ser grandes demais, de modo que suponho que cavalgassem nas costas de esquilos, coelhos ou ratos, ou talvez subissem em porcos-espinhos, cujas cerdas pontiagudas tinham o potencial de causar estragos nas forças inimigas. A despeito de como tenha sido, e quaisquer que fossem as criaturas sobre as quais os pigmeus cavalgassem, não duvido que fizessem admirável figura, armados de espada e lança, arco e flecha, tocando suas pequeninas trombetas e bradando seu diminuto grito de guerra. Eles nunca

Eles levavam uma guerra sem fim com os grous.

deixavam de exortar uns aos outros a lutar bravamente e de lembrar que o mundo tinha os olhos sobre seus feitos; embora, para dizer a verdade curta e simples, o único espectador fosse o gigante Anteu, com seu solitário, imenso e estúpido olho no meio da testa.

Quando os dois exércitos travavam batalha, os grous avançavam suas hostes batendo as asas e esticando o pescoço, e talvez arrebatassem alguns dos pigmeus com os bicos. Sempre que isso acontecia, o espetáculo era de fato terrível: homenzinhos de valor chutando e esperneando no ar para, por fim, desaparecer pela garganta longa e torta do grou, engolidos vivos. Um herói, como vocês sabem, deve se conservar pronto para qualquer tipo de destino; e, sem dúvida, a glória implicada na coisa toda era um consolo para esse guerreiro, mesmo quando enfiado na goela do grou. Quando Anteu percebia que a batalha encrudescia contra seus pequenos aliados, ele parava de rir e corria a passos quilométricos em auxílio, erguendo ao alto sua clava e gritando com os grous, que grasnavam, grulhavam e recuavam o mais rápido possível. Então, o exército dos pigmeus marchava de volta para casa em triunfo, atribuindo a vitória inteiramente a sua própria bravura ou à habilidade e estratégia bélicas de quem fosse o comandante em chefe; e depois, por um tedioso período, de nada mais se falava senão das grandes paradas, dos banquetes públicos, espetáculos exuberantes de luz e exibições de bonecos de cera semelhantes aos ilustres oficiais, todos tão pequenos quanto a vida.

Na guerra que descrevi, se um pigmeu por acaso arrancasse a pena da cauda de um grou, ela se convertia em objeto de desmedido orgulho. Em uma ou duas ocasiões, acreditem se quiser, um homenzinho foi feito chefe governante da nação por nenhum outro mérito senão o de ter consigo uma dessas penas!

Mas já lhes contei o bastante para que tenham ideia de quão intrépidas eram essas pessoinhas, e de quão felizes elas e seus antepassados (pois ninguém sabia por quantas gerações aquilo durava) viveram com o incomensurável gigante Anteu. Na parte restante da história, falarei de uma batalha muito mais surpreendente do que qualquer outra que tenha sido travada entre os pigmeus e os grous.

Um dia, o poderoso Anteu relaxava toda a extensão de seu corpo em meio a seus amiguinhos. O cajado de pinheiro estava no chão, ao alcance da mão. Sua cabeça pousava em uma parte do reino, os pés se estendiam através dos limites de outra parte; e ele desfrutava de todo o conforto possível, enquanto os pigmeus se espalhavam por sobre ele, espiando sua boca cavernosa, brincando entre seus cabelos. Às vezes, por breves instantes, o gigante adormecia e roncava como o irromper de um furacão. Durante um desses pequenos intervalos de sono, um pigmeu por acaso subiu-lhe no ombro e teve uma visão panorâmica do horizonte, como estivesse no cume de uma colina; dali ele viu algo muito longe que o fez esfregar os pontinhos brilhantes de seus olhos e observar com mais atenção do que nunca. De início, confundiu o que via com uma montanha, e se perguntou como ela tinha surgido tão de repente sobre a terra. Mas logo viu a montanha se mover. À medida que se aproximava mais e mais, ela revelava uma forma humana, não tão grande quanto Anteu, é verdade, mas muito grande quando comparada a dos pigmeus, e muito maior do que a dos homens que vemos hoje.

Quando o pigmeu se convenceu de que seus olhos não o enganavam, correu com a rapidez que suas pernas lhe permitiam até a orelha do gigante e, inclinando-se sobre a cavidade, gritou furiosamente:

— Ei, irmão Anteu! Levante-se agora mesmo e pegue o seu cajado de pinheiro. Aí vem outro gigante para lutar com você.

— Hum, hum! — resmungou Anteu, ainda sonolento. — Deixe de falar bobagens, amiguinho! Você não está vendo que estou com sono? Não existe sobre a terra um gigante por quem eu me daria ao trabalho de me levantar.

Mas o pigmeu olhou novamente, e então percebeu que o estranho vinha na direção do corpo prostrado de Anteu. A cada passo, parecia menos uma montanha azul e mais um homem imensamente grande.

Não tardou para que estivesse perto a ponto de não haver qualquer equívoco sobre a questão. Lá estava ele, com o sol flamejando no elmo dourado e reluzindo no peitoral polido. Carregava uma espada ao lado, vestia uma pele de leão sobre as costas e no ombro direito trazia uma clava, que parecia mais volumosa e pesada que o cajado de Anteu.

A essa altura, toda a nação dos pigmeus avistara a nova maravilha, e um só grito se elevou de um milhão de bocas — sem dúvida produziram um guincho bastante audível.

— Levante-se, Anteu! Mexa-se, seu gigante velho e preguiçoso! Aí vem outro gigante, tão forte quanto você, para travar uma luta.

— Ai, que bobagem! — grunhiu o gigante sonolento. — Vou tirar o meu cochilo, venha quem vier.

O estranho, por sua vez, se aproximava; e agora ficava claro para os pigmeus que, se a estatura era menos elevada que a do gigante, seus ombros eram ainda mais largos. E que par de ombros não deviam ser! Como já lhes contei, aqueles eram os ombros que uma vez, há muito tempo, haviam sustentado o céu! Os pigmeus, dez vezes mais espertos que o tonto de seu grande irmão, não se conformavam com a lerdeza dos movimentos do gigante e estavam determinados a botá-lo de pé. Não pararam, então, de gritar com ele, e chegaram mesmo a ponto de fustigá-lo com as espadas.

— Levante-se, levante-se, levante-se — gritavam. — Levante-se, molenga! A clava desse outro gigante é maior do que a sua, os ombros dele são mais largos, e parece que é mais forte do que você.

Se havia uma coisa que Anteu não suportava era que lhe dissessem que qualquer mortal tinha a metade da sua força. Esse último comentário dos pigmeus o estocou mais fundo que suas espadas; e, sentando-se, não sem mau humor, deu uma bocejada de alguns metros de largura, esfregou os olhos e por fim virou a cabeça de vento na direção para a qual seus amiguinhos ansiosamente apontavam.

Tão logo botou os olhos no estranho, Anteu pôs-se de pé e, travando de seu cajado, caminhou dois ou três quilômetros a seu encontro; o tempo todo brandia o pinheiro robusto, de forma que este assoviava no ar.

— Quem é você? — trovejou o gigante. — E o que quer em meus domínios?

Havia uma coisa estranha em Anteu, uma coisa sobre a qual eu ainda não lhes falei, temendo que, ao ouvir tantas maravilhas de uma só vez, vocês não acreditassem em mais da metade delas. Pois fiquem sabendo, então, que sempre que esse formidável gigante tocava o chão, fosse com a mão, o pé ou qualquer outra parte do corpo, ele ficava mais forte que nunca. A Terra, vocês se lembram, era sua mãe, e ela o amava muito, sendo praticamente o maior de seus filhos; e assim adotou esse método de mantê-lo sempre em pleno vigor. Algumas pessoas afirmam que o gigante ficava dez vezes mais forte a cada toque; outros, que ficava apenas duas. Mas pensem numa coisa dessas! Sempre que Anteu dava um passeio, supondo que fosse um passeio de uns quinze quilômetros, e que a cada passo ele galgava uns cem metros — tentem formar uma ideia do quão mais forte ele estava no fim do caminho, em comparação com o início. E sempre que ele se esparramava na terra para descansar um pouco, mesmo que se levantasse no instante seguinte, já contava com a força de outros dez gigantes com o seu antigo tamanho. Era boa coisa para o mundo que Anteu tivesse uma inclinação para a preguiça e gostasse mais de mansidão do que de esforço; pois, se tivesse a disposição mais agitada e brincalhona dos pigmeus e tocasse a terra com a frequência com que eles o faziam, há muito tempo já seria forte o bastante para arrastar o céu sobre as orelhas das pessoas. Mas os camaradas grandalhões se assemelham a montanhas não apenas em tamanho, mas também em sua falta de vontade de se mover.

Qualquer outro homem mortal, exceto aquele que Anteu estava a ponto de confrontar, teria morrido de medo com o aspecto feroz e a voz terrível do gigante. Mas o estranho não parecia nada abalado. Sem grande preocupação, ergueu a clava e a equilibrou na palma da mão, medindo Anteu com os olhos, da cabeça aos pés, não como quem estivesse assombrado com sua estatura, mas como quem tivesse visto muitos gigantes antes e este não fosse de modo algum o maior deles. Na verdade, se o gigante não fosse maior que os pigmeus (que estavam de orelhas em pé, observando e ouvindo o que se passava), o estranho não teria se mostrado menos indiferente.

— Quem é você? Responda! — rugiu Anteu novamente. — Como se chama? Por que veio aqui? Fale, vagabundo, ou vou testar a espessura do seu crânio com o meu cajado!

— Você é um gigante muito descortês — respondeu o estranho calmamente —, e provavelmente terei de lhe ensinar um pouco de civilidade antes de nos separarmos. Quanto ao meu nome, é Hércules. Vim aqui porque este é o caminho mais conveniente até o jardim das Hespérides, aonde vou buscar três das maçãs douradas para o rei Euristeu.

— Desgraçado, você não irá mais longe! — urrou Anteu, ostentando um olhar mais sombrio do que antes: já ouvira falar do poderoso Hércules e detestara saber que ele era muito forte. — Sequer voltará para o lugar de onde vieste!

— Como você vai me impedir — perguntou Hércules — de ir aonde eu quiser?

— Dando-lhe uma paulada com este pinheiro aqui — gritou Anteu, armando uma carranca que fazia dele o monstro mais feio da África. — Eu sou cinquenta vezes mais forte que você; e agora, que bato o meu pé no chão, fico quinhentas vezes mais forte! Tenho vergonha de matar um serzinho tão insignificante. Vou fazê-lo meu escravo, e também servirá aos meus irmãos, os pigmeus. Por isso, deixe a clava e as outras armas; e quanto a essa pele de leão, pretendo fazer um par de luvas com ela.

— Venha e tire-a dos meus ombros, então — respondeu Hércules, erguendo a clava.

Então o gigante, com os dentes cerrados de raiva, marchou como uma torre na direção do estranho (dez vezes mais forte a cada passo) e lhe desferiu, com o pinheiro, um golpe monstruoso, que Hércules aparou com a clava; e, sendo mais habilidoso que Anteu, acertou-lhe de volta tamanho golpe no cocuruto que a grande imensidão do homem-montanha desabou, estatelado no chão. Os pobres pigmeuzinhos (que nunca sonharam que houvesse alguém no mundo minimamente tão forte quanto seu irmão Anteu) ficaram bastante assustados com o que viram. Mas tão logo o gigante veio ao chão, ele se pôs de pé de um salto, com o semblante tomado de tal fúria que era coisa horrível de se ver. Desferiu outro golpe contra Hércules, porém não acertou o alvo, cego que estava de ira, só atingindo sua pobre e inocente Mãe Terra, que gemeu e tremeu com o abalo; e mais: o pinheiro cravou-se no chão e ali ficou tão preso que, antes que Anteu pudesse arrancá-lo, Hércules fez a clava descer contra os ombros do gigante numa poderosa pancada que levou Anteu a rugir como se todas as formas de ruídos intoleráveis — guinchos, roncos — viessem à tona saídos de seus incomensuráveis pulmões naquele único grito. O urro chegou longe, atravessando montanhas e vales, sendo ouvido, pelo que sei, do outro lado dos desertos africanos.

Quanto aos pigmeus, sua cidade foi reduzida a ruínas pela concussão e vibração do ar; e, embora já houvesse tumulto suficiente sem eles, todos soltaram um grito saído das três milhões de pequeninas gargantas, imaginando, sem dúvida, que aumentariam o brado do gigante em pelo menos dez vezes. Enquanto isso, Anteu se erguera novamente e arrancara o pinheiro da terra; e, incendiado de fúria e mais violentamente forte do que nunca, correu na direção de Hércules e desferiu um novo golpe.

— Agora, patife — gritou ele —, você não vai escapar.

Mais uma vez, porém, Hércules repeliu o golpe com a clava, e o pinheiro se desfez em mil lascas, a maioria das quais se precipitou entre os pigmeus e fez-lhes mais mal do que gosto de pensar. Antes que Anteu pudesse desviar-se, Hércules desferiu-lhe novo golpe avassalador, que levou o gigante ao chão de pernas para o ar, mas apenas serviu para lhe aumentar a já enorme e insuportável força. Quanto à sua fúria, não há como descrever a fornalha em chamas em que se transformara. Seu único olho era um círculo de rubras chamas. Não tendo agora outras armas além dos punhos, ele os cerrou (cada qual maior que uma cabeça de porco), golpeou um contra o outro e pôs-se a dançar de um lado para o outro em absoluta ira, erguendo os braços imensos como quem quisesse não apenas matar Hércules, mas fazer o mundo inteiro em pedaços.

— Vamos lá! — rugiu o gigante. — É só eu lhe acertar um belo sopapo na orelha, e você nunca mais vai sentir dor de cabeça.

A essa altura Hércules (embora forte o suficiente, como vocês já sabem, para segurar o próprio céu) começou a compreender que jamais chegaria à vitória se continuasse a derrubar Anteu; mesmo desferindo seus duros golpes, inevitavelmente o gigante, com a ajuda de sua Mãe Terra, se tornaria mais forte que ele. Então, deixando cair a clava com a qual havia travado tantas batalhas terríveis, o herói estava pronto para receber, desarmado, o seu antagonista.

— Dê um passo à frente — gritou ele. — Já que destruí o seu pinheiro, vamos ver quem é o melhor em uma luta corpo a corpo.

— Ha, ha, ha! Então logo vou satisfazer sua curiosidade — gritou Anteu; pois, se havia uma coisa de que ele se orgulhava mais do que qualquer outra era sua habilidade na luta. — Vilão, irei atirá-lo em um lugar de onde você nunca mais vai conseguir se levantar.

Dito isso, Anteu avançou, enquanto pulava e saltitava no calor escaldante de sua raiva, ganhando novo vigor a cada salto.

Mas Hércules, vocês precisam entender, bem mais sábio do que o gigante estúpido, tinha pensado em uma forma de enfrentá-lo — enorme monstro nascido da terra que era — e derrotá-lo, apesar do que a Mãe Terra pudesse fazer por seu filho. Observando a oportunidade, enquanto o gigante enlouquecido arrojava-se em sua direção, Hércules o agarrou pela cintura com as duas mãos, ergueu-o no ar e ali o manteve.

Imaginem, meus queridos amiguinhos! Que espetáculo deve ter sido ver aquele sujeito monstruoso estendido no ar, olhando para baixo, dando chutes com as longas pernas e contorcendo todo o seu formidável corpo como um bebê quando o pai o segura à distância de um braço em direção ao teto.

A coisa mais maravilhosa, porém, foi que, assim que Anteu se viu distante da terra, começou a perder o vigor conquistado por tocá-la. Hércules logo percebeu que o oponente estava ficando mais fraco, não só porque o sentia lutar e chutar com violência cada vez menor, mas também porque o trovão de sua voz reduziu-se a um resmungo. A verdade era que, a menos que o gigante tocasse a Mãe Terra ao menos uma vez a cada cinco minutos, não apenas sua grande força como o próprio impulso de sua vida arrefeciam. Hércules havia adivinhado o segredo; e talvez seja uma coisa boa para todos nós nos lembrarmos disso, no caso de termos de lutar com um sujeito como Anteu. Essas criaturas nascidas da terra só são difíceis de derrotar em seu próprio chão; podemos lidar facilmente com elas se conseguirmos dar um jeito de levá-las a regiões mais elevadas e mais puras. Eis o que se provou com o pobre gigante, de quem realmente sinto alguma pena, apesar de sua maneira pouco educada de tratar visitantes inesperados.

Quando a força e o fôlego do gigante se foram, Hércules lançou o enorme corpo ao ar e o arremessou a cerca de um quilômetro de distância. Ele caiu pesadamente e ali ficou, sem se mover mais do que um monte de areia. Era tarde demais para a Mãe Terra ajudá-lo agora; e eu não me surpreenderia se seus ossos pesados estiverem no mesmo local até hoje e forem confundidos com os de um elefante extraordinariamente grande.

Mas, ai! Que comoção acometeu os pobres pigmeus quando viram seu enorme irmão ser tratado de maneira tão terrível! Se Hércules escutou os gritos, porém, não se deu conta — talvez tenha achado que fossem os chilreios estridentes e queixosos de passarinhos assustados que tivessem fugido dos ninhos ante o alvoroço da batalha que ali tivera lugar. Na verdade, seus pensamentos se ocuparam tanto do gigante que ele em nenhum momento olhou para os pigmeus, nem sequer sabia que havia nação tão pequenina e curiosa no mundo. E então, como viajara um bom caminho até ali, e também estivesse bastante cansado do esforço da luta, estendeu a pele de leão no solo e, deitando-se sobre ela, caiu rapidamente no sono.

Assim que os pigmeus viram Hércules se preparando para tirar uma soneca, acenaram com a cabeça e piscaram os olhinhos uns para os outros. E quando a respiração profunda e regular do herói lhes deu a entender que dormia, se reuniram em uma imensa multidão, espalhando-se por um espaço de cerca de dez metros quadrados. Um de seus oradores mais eloquentes (e, além disso, guerreiro bem valente, embora jamais tão bom no manejo de outra arma que não a própria língua) subiu em um cogumelo e, dessa posição elevada, dirigiu-se à multidão. Seus sentimentos eram os seguintes; ou, em todo caso, assim foi seu discurso:

— Pigmeus de elevada estatura, pequeninos homens poderosos! Vocês e todos nós vimos a calamidade pública que aconteceu, e que insulto se ofereceu aqui à majestade de nossa nação. Ali jaz Anteu, nosso grande amigo e irmão, morto dentro do nosso território por um canalha que se aproveitou de sua situação desfavorável e lutou contra ele (se é que se pode chamar de luta) de uma forma que nem homem, nem gigante, nem pigmeu jamais sonharam em lutar até este momento. E, acrescentando grave insolência ao mal que já nos fez, o malfeitor agora dorme tão tranquilamente como se nada tivesse a temer de nossa ira! É fundamental, compatriotas, considerar sob que aspecto o resto do mundo nos verá, e qual será o veredicto da história imparcial, se aceitarmos esse acúmulo de ultrajes sem qualquer punição.

"Anteu era nosso irmão, nascido daquela mesma mãe amada a quem devemos músculos e tendões, bem como os valentes corações que o deixaram orgulhoso de nosso apreço. Ele foi nosso fiel aliado e caiu lutando tanto pelos nossos direitos e imunidades nacionais quanto pelos seus próprios. Nós e nossos antepassados vivemos em amizade com ele, e mantivemos relações afetivas de homem para homem, através de gerações imemoriais. Vocês se lembram de quantas vezes todo o nosso povo repousou em sua grande sombra, e como nossos pequeninos brincaram de esconde-esconde nos emaranhados de seu cabelo, e como seus imensos passos caminhavam cotidianamente de um lado para outro entre nós sem jamais pisar em nem um dos nossos dedões. E ali jaz nosso querido irmão, nosso doce e amável amigo, nosso bravo e fiel aliado, nosso virtuoso gigante, nosso irrepreensível e excelente Anteu. Morto! Morto! Em silêncio! Impotente! Uma reles montanha de barro! Perdoem as minhas lágrimas! Sim, eu vejo as de vocês. Se afogássemos o mundo com elas, o mundo poderia nos culpar?

"Mas, para retomar: devemos nós, meus compatriotas, permitir que este estranho perverso parta ileso e triunfe em sua vitória traiçoeira entre as comunidades distantes da terra? Não devemos antes obrigá-lo a deixar seus ossos aqui em nosso solo, ao lado dos ossos de nosso irmão morto? Assim, enquanto um esqueleto permanecer como o monumento eterno de nossa tristeza, o outro haverá de durar o mesmo tempo, exibindo a toda a raça humana um terrível exemplo de vingança pigmeia! Essa é a questão! Eu a lanço a vocês com plena confiança de receber uma resposta digna de nosso caráter nacional, e calculada para aumentar, em vez de diminuir, a glória que os nossos antepassados nos transmitiram, e que nós mesmos orgulhosamente defendemos em nossa guerra com os grous."

O orador foi aqui interrompido por uma explosão de incontido entusiasmo; cada pigmeu gritando que a honra nacional devia ser preservada a despeito de todos os riscos. Ele fez uma reverência e, impondo um gesto de silêncio, encerrou seu discurso da seguinte e admirável maneira:

— Resta-nos, então, decidir se levaremos a cabo a guerra em nossa capacidade nacional, um povo unido contra um inimigo comum, ou se algum campeão, cuja fama remonte a antigas batalhas, será selecionado para desafiar o assassino de nosso irmão Anteu em um só combate. Neste último caso, embora não consciente de que possa haver homens mais altos entre vocês, eu me ofereço para cumprir esse invejável dever.

E acreditem em mim, queridos compatriotas, quer eu viva ou morra, a honra deste grande país e a fama legada por nossos heroicos progenitores não diminuirão em minhas mãos. Nunca, enquanto eu puder empunhar esta espada, de cuja bainha agora me desfaço — nunca, nunca, nunca, ainda que a mão tingida do sangue de nosso grande Anteu me subjugue, como a ele, no solo ao qual entrego minha vida para defender!

Tendo assim falado, o corajoso pigmeu sacou sua arma (que era terrível de se ver, tão longa quanto a lâmina de um canivete) e lançou a bainha girando sobre as cabeças da multidão. A seu discurso seguiu-se um alvoroço de aplausos, inquestionavelmente à altura de seu patriotismo e autodevoção; e os gritos e palmas teriam ecoado se não se tornassem inaudíveis por uma profunda respiração, vulgarmente chamada de ronco, do adormecido Hércules.

Decidiu-se enfim que toda a nação dos pigmeus deveria começar a trabalhar pela destruição de Hércules; não, que fique claro, em razão de qualquer dúvida sobre se um único campeão seria capaz de submetê-lo a sua espada, mas porque se tratava de um inimigo público, e todos estavam desejosos de compartilhar a glória da derrota. Houve um debate sobre se a honra nacional não exigia que se enviasse um arauto, com uma trombeta, para subir pela orelha de Hércules e, depois de soprá-la diretamente dentro dela, desafiá-lo para o combate mediante proclamação formal. Mas dois ou três pigmeus veneráveis e sagazes, bem versados em assuntos de Estado, deram a opinião de que a guerra já existia, e que era seu privilégio legítimo pegar o inimigo de surpresa. Além disso, uma vez desperto e de pé, era possível que Hércules lhes fizesse mal antes que fosse fustigado novamente. Pois, como esses sábios conselheiros observaram, a clava do estranho era de fato muito grande e havia atingido como um raio o crânio de Anteu. Desse modo, os pigmeus decidiram deixar de lado todas as tolas formalidades e atacar o antagonista imediatamente.

Assim, todos os combatentes da nação pegaram em armas e foram corajosamente até Hércules, que ainda dormia — ele nem sequer sonhava com o mal que pretendiam lhe fazer. Um corpo de vinte mil arqueiros marchava na vanguarda, com seus arquinhos a postos e as flechas já assestadas. Ao mesmo número de homens ordenou-se que escalassem Hércules, alguns com espadas para lhe arrancar os olhos, outros com feixes de feno e tudo quanto fosse matéria de descarte com a qual pretendiam lhe tapar a boca e as narinas, para que morresse de falta de ar. Estes últimos, no entanto, não conseguiram de forma alguma cumprir o dever que lhes fora designado, uma vez que o ar que o inimigo expirava saía de seu nariz como o indomável turbilhão de um tornado, soprando os pigmeus para longe com a mesma rapidez com que se aproximavam. Verificou-se necessário, portanto, chegar a outra estratégia para levar a cabo a guerra.

Depois de realizado um conselho, os capitães ordenaram que suas tropas recolhessem paus, palhas, ramagem seca e qualquer material combustível que pudessem encontrar e com ele fizessem uma pilha bem alta ao redor da cabeça de Hércules. Como milhares de pigmeus foram empregados na tarefa, não tardaram a reunir muitos alqueires de material inflamável, com o qual ergueram um monte tão alto que seu cume chegava à mesma altura do rosto do dorminhoco. Os arqueiros, enquanto isso, posicionavam-se à distância de uma flechada, com ordens para disparar contra Hércules no instante em que ele se mexesse. Tudo pronto, uma tocha foi levada à pilha, que imediatamente foi tomada pelas chamas e logo ficou quente o bastante para assar o inimigo, tivesse ele ficado quieto. Um pigmeu, como vocês sabem, embora tão pequeno, poderia incendiar o mundo tão facilmente quanto um gigante; assim, essa era, sem dúvida, a melhor maneira de lidar com o inimigo, desde que tivessem conseguido mantê-lo quieto enquanto a conflagração seguia seu curso.

Mas tão logo Hércules começou a ser queimado, se ergueu com o cabelo rubro de chamas.

— O que significa isso? — bradou, assustado e sonolento, olhando ao redor como se esperasse ver outro gigante.

Naquele instante, os vinte mil arqueiros fizeram vibrar as cordas dos arcos, e as flechas zuniram, como tantos mosquitos alados, bem na cara de Hércules. Mas eu, de minha parte, duvido que meia dúzia delas tenha chegado a lhe perfurar a pele, que era notavelmente dura, como, vocês sabem, deve ser a pele de um herói.

— Vilão! — gritaram todos os pigmeus de uma vez. — Você matou o gigante Anteu, nosso grande irmão e aliado da nossa nação. Nós declaramos guerra sangrenta contra você e o mataremos aqui mesmo.

Surpreso com o som estridente de tantas pequenas vozes, Hércules, depois de apagar o fogo dos cabelos, olhou ao redor, mas não conseguiu ver nada. Por fim, forçando a vista em direção ao solo, enxergou a inumerável assembleia de pigmeus a seus pés. Abaixou-se e, pegando o mais próximo deles entre o polegar e o dedo, pousou-o na palma da mão esquerda e o segurou a uma distância adequada para o exame. Por acaso, era o mesmo pigmeu que falara do topo do cogumelo e se oferecera para encarnar o papel de herói e enfrentar Hércules em um único combate.

— Mas que tipo de criatura é você, meu pequeno companheiro? — exclamou Hércules, perplexo.

— Eu sou seu inimigo — respondeu o valente pigmeu, guinchando a plenos pulmõezinhos. — Você é o assassino do imenso Anteu, nosso irmão por parte de mãe, que durante séculos foi o fiel aliado de nossa ilustre nação. Estamos decididos a matá-lo; e, de minha parte, desafio-o à batalha imediata, em igualdade de condições.

Hércules achou tão divertidas as graves palavras e os gestos de guerra do pigmeu que irrompeu em uma grande explosão de riso; e, em meio ao êxtase e convulsão de alegria, quase deixou cair a pobre minúscula criatura.

— Juro a você — gargalhava ele. — Até aqui pensava ter visto maravilhas: hidras de nove cabeças, veados com chifres de ouro, homens de seis pernas, cães de três cabeças, gigantes com fornalhas no estômago e sabe-se lá mais o quê. Mas aqui, na palma da minha mão, está uma maravilha que supera todas elas! Seu corpo, meu amiguinho, é do tamanho do dedo de um homem comum. Quão grande seria a sua alma?

— Tão grande quanto a sua! — disse o pigmeu.

Hércules ficou tocado com a coragem destemida do homenzinho, e não pôde deixar de reconhecer a irmandade que um herói sente por outro.

— Meu bom povo pequenino — disse ele, fazendo uma reverência à grande nação —, por nada neste mundo eu causaria dano intencional a uma gente tão valente como a sua! Seus corações parecem-me tão grandes que, pela minha honra, fico maravilhado de ver como seus pequenos corpos os podem conter. Suplico por paz. Como condição, darei cinco longos passos e, no sexto, estarei fora de seu reino. Adeus! Serei cuidadoso, certificando-me de que não pisarei em cinquenta de vocês sem saber. Ha, ha, ha! Ho, ho, ho! Pela primeira vez, Hércules reconhece-se vencido.

Dizem alguns escritores que Hércules reuniu toda a raça de pigmeus em sua pele de leão e os levou consigo para a Grécia, para os filhos do rei Euristeu brincarem. Mas isso não é verdade. Ele os deixou ali, sem exceção, dentro de seu próprio território, onde, pelo que posso dizer, seus descendentes estão vivos até hoje, construindo suas pequeninas casas, cultivando seus pequeninos campos, aplicando palmadas em seus pequeninos filhos, travando suas pequeninas guerras contra os grous, vivendo suas pequeninas vidas, sejam elas como forem, e lendo suas pequeninas histórias dos tempos antigos. Nessas histórias, talvez esteja registrado que, muitos séculos atrás, os valentes pigmeus vingaram a morte do gigante Anteu botando o poderoso Hércules para correr.

"Ai! Meus queridos filhos", respondeu a pobre rainha Teléfassa.

Os dentes do dragão

Cadmo, Fênix e Cílix, os três filhos do rei Agenor, e sua irmãzinha Europa (que era uma criança muito bonita) estavam brincando juntos perto da praia no reino de seu pai, a Fenícia. Eles haviam caminhado a esmo a alguma distância do palácio onde os pais moravam e agora estavam em um prado verdejante que confinava, de um lado, com o mar, todo ondulado, cintilante ao sol e murmurando suavemente contra a praia. Os três meninos estavam muito felizes, colhendo flores e as entrelaçando em guirlandas, com as quais enfeitavam a pequena Europa. Sentada no relvado, a criança estava quase escondida sob a abundância de botões e flores, em meio aos quais seu rosto rosado espiava alegre. Como disse Cadmo, ela era a mais bela de todas as flores.

Foi quando veio uma esplêndida borboleta esvoaçando ao longo do prado. Cadmo, Fênix e Cílix partiram atrás dela, gritando que era uma flor com asas. Europa, que estava um pouco cansada de brincar o dia todo, não saiu à caça da borboleta com os irmãos: ficou onde eles a haviam deixado e fechou os olhos. Por um tempo ouviu o agradável murmúrio do mar, que era como uma voz dizendo "Shiiiiiiu, shiiiiiiu!", ordenando-lhe que fosse dormir. Mas a menina, se chegou a cair no sono, não dormiu por mais que um instante, porque ouviu, não muito longe, um tropel na grama e, espiando escondida sob as flores, viu um touro branco como a neve.

E de onde aquele touro poderia ter vindo? Europa e seus irmãos já estavam havia um bom tempo brincando no prado e não tinham visto boi algum, nem qualquer outra coisa viva, fosse ali ou nas colinas vizinhas.

— Cadmo, meu irmão! — exclamou Europa, saindo em disparada do meio das rosas e dos lírios. — Fênix! Cílix! Onde vocês estão? Socorro! Socorro! Venham espantar esse touro!

Mas seus irmãos estavam longe demais para ouvir; ainda mais quando o susto roubou a voz de Europa e a impediu de chamá-los alto. Lá estava ela, então, com a linda boca bem aberta, tão pálida quanto os lírios brancos que se entrelaçavam às outras flores em suas guirlandas.

No entanto, foi a rapidez com que ela percebeu o touro, e não qualquer coisa assustadora em sua aparência, que causou tanto espanto em Europa. Ao observá-lo com mais atenção, começou a ver que era um belo animal, e até reconheceu uma expressão particularmente amigável em sua face. Quanto ao hálito — o hálito do gado, vocês sabem, é sempre doce —, era perfumado como se ele se alimentasse somente de botões de rosa, ou ao menos das mais delicadas das flores de trevo. Nunca antes um touro havia exibido olhos assim brilhantes e ternos, nem chifres de marfim tão lisos. O touro deu ligeiras corridinhas e fez divertidas brincadeiras em torno da criança, e assim ela esqueceu completamente quão grande e forte ele era, e, a partir da gentileza e da graça de suas ações, logo passou a considerá-lo uma criatura inocente como um cordeiro de estimação.

Por mais assustada que estivesse a princípio, por fim se veria Europa acariciar a testa do touro com a mãozinha branca e tirar as guirlandas de sua própria cabeça para pendurá-las no pescoço e nos chifres de marfim do animal. Então arrancou do chão alguns tufos de relva, que ele comeu de sua mão, não como se estivesse com fome, mas porque queria ser seu amigo e sentia gosto em comer aquilo em que ela havia tocado. Meu Deus do céu! Já existiu criatura tão gentil, doce, bonita e amável quanto aquele touro, e um companheiro de brincadeiras tão agradável para uma menininha?

Quando o animal notou (pois o touro tinha tanta inteligência que é de fato maravilhoso pensar a respeito disso) que Europa não sentia mais medo, ficou muito feliz e mal conseguiu conter-se de prazer. Começou a brincar pelo prado, aqui e acolá, saltitando alegre, com tão pouco esforço quanto um passarinho que pula de galho em galho. Na verdade, tão leves eram seus movimentos que era como se ele voasse pelo ar, e seus cascos mal pareciam deixar marcas no relvado em que pisava. De um branco livre de qualquer mancha, mais se assemelhava a um floco de neve soprado pelo vento. A certa altura, galopou tão longe que Europa temeu nunca mais o ver; e então, erguendo a voz infantil, chamou-o de volta.

— Volte, linda criatura! — exclamou ela. — Aqui está uma bela flor de trevo.

E então foi delicioso testemunhar a gratidão do amável touro: ele estava tão cheio de alegria e gratidão que saltou mais alto do que nunca. Veio correndo e inclinou a cabeça diante de Europa, como se soubesse que ela era filha de um rei, ou então reconheceu a importante verdade de que uma menininha é a rainha de todos. E o touro não só dobrou o pescoço como se ajoelhou por inteiro a seus pés, e lhe fez tais acenos inteligentes e outros gestos convidativos que Europa entendeu o que ele queria dizer tão bem quanto se estivesse posto em palavras.

"Venha, criancinha linda", era o que ele queria dizer, "venha dar um passeio em minhas costas."

De pronto, Europa recuou ante tal pensamento. Mas então ponderou em sua cabecinha sábia que não poderia haver nenhum mal possível em dar um simples passeio no dorso daquele animal dócil e amigável, que certamente permitiria que ela descesse no instante em que desejasse. E que surpresa ela causaria em seus irmãos quando a vissem a galope pelo verde prado! E que momentos alegres poderiam ter, fosse se revezando para um galope, fosse os quatro juntos montando a criatura gentil, correndo pelo campo com risadas tamanhas que seriam ouvidas mesmo àquela distância do palácio do rei Agenor!

"Eu acho que vou fazer isso", disse a criança para si mesma.

Ora, e por que não? Ela olhou ao redor e teve um vislumbre de Cadmo, Fênix e Cílix, que ainda estavam à caça da borboleta, quase no outro extremo do prado. Subir no dorso do touro branco seria a maneira mais rápida de se juntar a eles. Ela se aproximou um passo a mais, então; e, criatura sociável que era, o animal demonstrou tamanha alegria com esse sinal de confiança que a criança não conseguia encontrar em seu coração motivo para mais hesitação. De um só pulo (pois esta princesinha era tão ativa quanto um esquilo), lá estava Europa sobre o belo touro, cada uma das mãos segurando um chifre de marfim para não cair.

— Com cuidado, touro bonito, com cuidado! — pedia ela, assustada com o que havia feito. — Não galope muito depressa.

Com a criança em seu flanco, o animal deu um salto no ar e desceu tão ao feitio de uma pena que Europa não sabia dizer quando os cascos haviam tocado o chão. Em seguida, avançou num trote em direção à parte da planície florida onde estavam os três irmãos, que tinham acabado de capturar sua esplêndida borboleta. Europa gritou de alegria; e Fênix, Cílix e Cadmo ficaram boquiabertos com o espetáculo da irmã montada em um touro branco, sem saber se deviam ter medo ou desejar boa sorte para si mesmos. A criatura gentil e inocente (pois quem poderia duvidar de que assim era?) saracoteava entre as crianças, brincando como um gatinho. Europa olhava o tempo todo para os irmãos, balançando a cabeça e rindo, mas ostentando uma espécie de imponência no rostinho rosado. Quando o touro deu meia-volta para começar outro galope pelo prado, a criança acenou com a mão e disse "Adeus!", fingindo, em tom de brincadeira, que partia para uma viagem distante e talvez não visse os irmãos novamente, pois ninguém poderia prever sua duração.

— Adeus! — gritaram Cadmo, Fênix e Cílix, em uníssono.

Com o prazer da diversão, porém, ainda havia um pequeno resquício de medo no coração da criança; de modo que seu último olhar aos três meninos demonstrava preocupação, e fez com que eles sentissem que a querida irmã de fato os deixava para sempre. E o que vocês acham que o touro nevado fez em seguida? Ora, ele partiu, tão rápido quanto o vento, rumou direto para a praia, disparando pela areia e, com um leve salto mergulhou entre as elevadas ondas espumantes. A névoa branca se ergueu em um borrifo sobre ele e a pequena Europa, salpicando a superfície da água.

Que grito de terror saiu da boca da pobre criança, então! Os três irmãos também gritaram bravamente e correram, com Cadmo à frente, em direção à praia, tão rápido quanto suas pernas permitiam. Mas era tarde demais. Quando chegaram à areia, o animal traiçoeiro já ia longe no vasto mar azul; tinha apenas cabeça e cauda acima da superfície, e a pobre Europa entre elas, estendendo a mão para os queridos irmãos, enquanto se agarrava ao chifre de marfim do touro com a outra. E lá estavam Cadmo, Fênix e Cílix, contemplando através das lágrimas o triste espetáculo até não conseguirem mais distinguir a cabeça nevada do touro da brancura no alto das ondas, que pareciam ferver das profundezas do mar em seu entorno. E não se viu mais o touro branco — tampouco a bela criança.

Que história triste, como vocês podem muito bem pensar, para os três meninos levarem para casa e contarem aos pais. O rei Agenor, seu pai, era governante de todo o país; mas seu amor pela filhinha Europa era maior que o reino, ou maior do que seu amor por todos os outros filhos, ou do que seu amor por qualquer outra coisa no mundo. Portanto, quando Cadmo e os irmãos chegaram chorando em casa e lhe contaram como um touro branco havia levado a pequena e nadado com ela mar adentro, a raiva e a tristeza deixaram o rei completamente fora de si. Embora caísse então o crepúsculo da tarde e escurecesse depressa, ele ordenou que saíssem sem mais demora em busca da menina.

— Vocês nunca mais verão o meu rosto — gritou ele —, a menos que me tragam de volta a minha amada Europa, para me alegrar com seus sorrisos e sua graça. Vão, e não apareçam mais em minha presença até que cheguem trazendo-a pela mão.

Ao dizer isso, um incêndio reluzia em seus olhos (pois o rei Agenor era um homem intempestivo), e ele parecia tão terrivelmente irritado

que os pobres meninos nem sequer se aventuraram a pedir suas refeições — apenas escapuliram do palácio, parando nos degraus por um
instante para deliberar sobre aonde ir primeiro. Enquanto estavam ali
os três, consternados, sua mãe, a rainha Teléfassa (que não estava presente quando contaram a história ao rei), veio correndo atrás deles e
lhes disse que também sairia em busca da filha.

— Oh, não, mãe! — exclamaram os meninos. — A noite é escura,
não há como saber que problemas e perigos podemos encontrar.

— Ai! Meus queridos filhos — respondeu a pobre rainha Teléfassa,
chorando —, esta é mais uma razão pela qual devo ir com vocês. Se
eu os perdesse também, assim como a minha pequena Europa, o que
seria de mim?

— Eu também quero ir! — exclamou o companheiro de brincadeira
Tasos, que veio correndo se unir a eles.

Tasos era filho de um marinheiro da vizinhança. Fora criado com
os jovens príncipes, era seu amigo íntimo e amava muito Europa; assim,
os irmãos consentiram que os acompanhasse. Reuniu-se, então, todo
o grupo: Cadmo, Fênix, Cílix e Tasos se agruparam em torno da rainha Teléfassa, agarrando-lhe as saias e pedindo que ela se apoiasse em
seus ombros sempre que se sentisse cansada. Dessa forma, desceram
os degraus do palácio e iniciaram uma jornada que se revelou muito
mais longa do que jamais imaginaram. O rei Agenor veio à porta, com
um servo ao seu lado, segurando uma tocha, e os chamou quando já
adentravam a escuridão crescente:

— Lembrem-se! Nunca mais subam estes degraus sem a menina!

— Nunca! — soluçou a rainha Teléfassa, ao que os três irmãos e
Tasos responderam em coro: — Nunca! Nunca! Nunca! Nunca!

E fizeram valer sua palavra. Ano após ano, o rei Agenor permaneceu
na solidão de seu belo palácio, buscando em vão o som dos passos de
regresso dos viajantes, esperançoso de ouvir a voz familiar da rainha
e as palavras alegres dos filhos e de Tasos, todos atravessando juntos
a porta, e a voz doce e infantil da pequena Europa. Mas tanto tempo

se passou que, por fim, se eles tivessem de fato voltado, o rei não teria reconhecido a voz de Teléfassa, tampouco as vozes dos mais jovens, que costumavam ecoar tão alegres quando brincavam pelo palácio. Precisamos deixar agora o rei Agenor em seu trono e seguir com a rainha Teléfassa e seus quatro jovens companheiros.

Eles caminharam e caminharam, e viajaram por um longo caminho, e atravessaram montanhas e rios, e navegaram pelos mares. Aqui, ali e em todos os lugares não cessavam de perguntar se alguém lhes poderia dizer o que havia acontecido com Europa. Os camponeses a quem indagavam sobre a menina interrompiam brevemente seu trabalho e mostravam-se um tanto surpresos. Achavam estranho ver aquela mulher em trajes de rainha (pois Teléfassa, na pressa, havia esquecido de tirar a coroa e as vestes reais) vagando pelo país, acompanhada de quatro rapazinhos, em tal missão. Mas ninguém era capaz de lhes dar qualquer notícia de Europa: ninguém tinha visto uma menina em trajes de princesa, montada em um touro branco como a neve e que galopava com a rapidez do vento.

Não sei dizer por quanto tempo a rainha Teléfassa, Cadmo, Fênix e Cílix, seus três filhos, e seu amiguinho, Tasos, vagaram dessa maneira por estradas e trilhas, ou pelos agrestes incivilizados da terra. Mas é certo que, antes de chegarem a qualquer lugar de descanso, suas esplêndidas vestes já se mostravam bastante gastas. Todos pareciam muito encardidos, e levariam a poeira de muitas terras nos sapatos se os riachos que atravessavam a pé não a tivessem lavado. Quando um ano já havia se passado, Teléfassa desfez-se da coroa, pois lhe feria a testa.

— Isso já me deu muitas dores de cabeça — disse a pobre rainha —, e não tem o poder de curá-las.

Tão logo as vestes principescas do grupo se rasgaram e reduziram-se a farrapos, eles as trocaram pelas roupas que as pessoas comuns usavam. Aos poucos começaram a ostentar o aspecto selvagem de quem não conhece teto; de tal modo que vocês antes os teriam tomado por uma família cigana do que por uma rainha, três príncipes e um jovem nobre, que já haviam conhecido um palácio por lar e um séquito de servos para lhes fazer as vontades. Os quatro meninos cresceram e se tornaram jovens altos, com os rostos queimados de sol. Cada qual trazia uma espada à cintura, com a qual se defendiam dos perigos do caminho. Quando os lavradores, em cujas fazendas procuravam hospitalidade, precisavam de sua assistência na colheita, eles a ofereciam de bom grado; e a rainha Teléfassa (que não fazia trabalho algum em seu palácio, a não ser tecer fios de seda com novelos dourados) caminhava atrás dos jovens amarrando os feixes. Se ofereciam pagamento, eles o recusavam e só pediam notícias de Europa.

— Há touros no meu pasto — os velhos agricultores respondiam. — Mas nunca ouvi falar de um como este que vocês me descreveram. Um touro branco como a neve com uma princesinha nas costas! Ha, ha! Perdão, minha boa gente; mas nunca se teve uma visão dessas por aqui.

Por fim, quando o sorriso começou a desaparecer dos lábios de Fênix, este se cansou de perambular de um lado para outro sem propósito. Então, um dia, quando atravessavam uma região agradável e erma, ele sentou-se em um monte de musgo.

— Não consigo seguir adiante — disse Fênix. — É um desperdício tolo de vida gastá-la como temos feito, perambulando de lá para cá sem nunca chegar a casa alguma ao anoitecer. A nossa irmã está perdida e jamais será encontrada. Ela provavelmente morreu no mar; ou está em qualquer costa para a qual o touro branco a tenha carregado; já se passaram tantos anos que não haveria amor nem reconhecimento entre nós se nos reencontrássemos. Meu pai nos proibiu de voltar a seu palácio, por isso vou construir uma cabana de galhos e ficar aqui.

— Pois bem, meu filho Fênix — disse Teléfassa, com tristeza —, você cresceu para ser um homem e deve fazer o que julgar melhor. Mas, de minha parte, seguirei em busca de minha pobre filha.

— E nós iremos com você! — exclamaram Cadmo, Cílix e seu fiel amigo Tasos.

Antes de partir, contudo, ajudaram Fênix a construir uma habitação. Quando concluída, o que se via era um delicioso abrigo campestre, coberto com um arco de galhos vivos. No interior havia dois cômodos agradáveis, um dos quais com uma pilha macia de musgo como cama, enquanto o outro era mobiliado com dois assentos rústicos, curiosamente construídos a partir das raízes tortas das árvores. Tão aconchegante parecia que Teléfassa e seus três companheiros não conseguiram conter o suspiro ao pensar que ainda precisavam vagar pelo mundo em vez de passar o resto de suas vidas em uma morada tão alegre quanto a que haviam construído. Mas, ao se despedirem, Fênix derramou lágrimas e se arrependeu de não lhes fazer mais companhia.

No entanto, o lugar em que havia fixado residência era admirável. E pouco a pouco chegaram outras pessoas, que por uma circunstância ou outra não tinham casa; e, vendo quão agradável era o local, construíram suas cabanas nas proximidades da habitação de Fênix. Desse modo, não levou muito tempo até que uma cidade crescesse, no centro da qual se via um imponente palácio de mármore, onde habitava Fênix, coberto de um manto púrpura e portando uma coroa de ouro sobre a cabeça. Pois os habitantes da nova cidade, descobrindo que ele tinha sangue real em suas veias, o escolheram como rei. O primeiro decreto de Estado que o rei Fênix emitiu foi que, se uma donzela chegasse ao reino montada em um touro branco como a neve e se chamasse Europa, seus súditos deveriam tratá-la com a maior bondade e respeito, e levá-la sem demora ao palácio. Por esse decreto, vocês podem ver que a consciência de Fênix nunca deixou de incomodá-lo por desistir da busca de sua querida irmã e fixar residência para seu conforto, enquanto a mãe e os companheiros seguiam em frente.

Mas não foram poucas as vezes em que, ao fim de uma aborrecida jornada, Teléfassa e Cadmo, Cílix e Tasos se lembravam do local agradável em que haviam deixado Fênix. Triste era a perspectiva para esses andarilhos de que, todo amanhecer, deviam reiniciar sua busca; e que, ao cair de cada anoitecer, talvez não estivessem mais perto do fim de sua árdua peregrinação. Por vezes, esses pensamentos os deixavam melancólicos, mas pareciam atormentar Cílix mais que o restante do grupo. Por fim, uma manhã, quando pegavam seus cajados para partir, ele assim se dirigiu aos companheiros:

— Minha querida mãe, meu bom irmão Cadmo e meu amigo Tasos, acho que somos como pessoas num sonho. Não há substância na vida que estamos levando. Faz tanto e tão melancólico tempo desde que o touro branco levou minha irmã Europa que já me esqueci completamente de como ela era e do som de sua voz... Na verdade, chego a duvidar se algum dia viveu neste mundo. E quer ela tenha vivido ou não, estou convencido de que não se encontra entre nós, e que, portanto, é a mais absoluta loucura desperdiçar nossas vidas e a felicidade procurando-a. Se a encontrássemos, seria hoje mulher crescida e nos veria a todos como estranhos. Então, sendo franco, decidi ficar aqui; e suplico a vocês, mãe, irmão e amigo, que sigam meu exemplo.

— De minha parte, não vou fazer isso — respondeu Teléfassa, embora a pobre rainha, de fala firme, estivesse tão cansada das andanças que mal conseguia pôr os pés no chão. — Não vou fazer! No fundo do meu coração, a pequena Europa ainda é uma menininha corada que saiu para colher flores há muitos anos. Ela não se tornou uma mulher, nem se esqueceu de mim. Seja dia, seja noite, seguindo em frente ou me sentando para descansar, sua voz infantil sempre está em meus ouvidos, chamando: "Mãe! Mãe!". Quem quiser aqui parar, que pare; para mim, não há descanso.

— Nem para mim — disse Cadmo —, se é a vontade de minha mãe seguir em frente.

E o fiel Tasos também estava decidido a fazer-lhes companhia. Permaneceram com Cílix alguns dias, no entanto, e ajudaram-no a construir um abrigo rústico, semelhante ao que tinham erguido para Fênix.

Quando se despediram, Cílix começou a chorar e disse à mãe que lhe parecia um sonho tão melancólico ficar ali, na solidão, quanto seguir em frente. Se ela de fato acreditava que encontrariam Europa, ele estava disposto a continuar a busca, mesmo naquele momento. Mas Teléfassa ordenou-lhe que ali permanecesse e fosse feliz, se seu próprio coração permitisse. Assim, os peregrinos deram adeus e partiram, e mal tinham desaparecido no horizonte quando outros caminhantes chegaram por aquele caminho, viram a habitação de Cílix e ficaram encantados com o lugar. Havendo abundância de terrenos desocupados nas imediações, esses estranhos construíram cabanas para si mesmos, e a eles logo se uniu uma multidão de novos colonos, que rapidamente formaram uma cidade. No meio se via um magnífico palácio de mármore colorido, na varanda do qual, a cada meio-dia, surgia Cílix sob um longo manto púrpura e com uma coroa cravejada de joias sobre a cabeça; pois os habitantes, quando descobriram que ele era filho de um rei, o consideraram o mais apto entre todos para reinar.

Um dos primeiros atos do rei Cílix foi enviar uma expedição, formada por um sério embaixador e uma escolta de jovens cheios de coragem e tenacidade, com ordens para visitar os principais reinos da terra e perguntar se uma jovem donzela havia passado por aquelas regiões galopando veloz um touro branco. Está claro para mim, portanto, que Cílix se culpava, no íntimo, por desistir da busca por Europa quando ainda tinha condições de seguir adiante.

Quanto a Teléfassa, Cadmo e o bom Tasos, entristece-me pensar neles e no cansaço da peregrinação em que seguiam. Os dois jovens faziam tudo que estivesse ao seu alcance pela pobre rainha, ajudando-a nos trechos difíceis, muitas vezes carregando-a em seus braços leais através dos riachos e procurando abrigá-la com conforto ao anoitecer, mesmo quando eles próprios dormiam no chão duro. Muito triste era ouvi-los ainda perguntar aos passantes com quem cruzavam se tinham visto Europa tanto tempo depois que o touro branco a levara. Mas, embora duros anos os separassem e fizessem com que a figura da criança se desfizesse em sua lembrança, nenhum desses três viajantes de coração sincero jamais sonhou em desistir da busca.

Uma manhã, no entanto, o pobre Tasos viu-se com o tornozelo torcido e incapaz de dar um passo adiante.

— Depois de alguns dias, é certo que eu seria capaz de me mover com a ajuda de um apoio. Mas isso só iria atrasá-los e talvez impedir de encontrar a querida Europa, depois de todas as dores e dos esforços. Sigam em frente, portanto, meus amados companheiros, e deixem-me continuar como puder.

— Você tem sido um verdadeiro amigo, querido Tasos — disse a rainha Teléfassa, beijando-lhe a testa. — Não sendo meu filho nem irmão de nossa Europa perdida, se mostrou mais leal a mim e a ela que Fênix e Cílix, a quem deixamos para trás. Sem a sua carinhosa ajuda, e a de meu filho Cadmo, meus membros não me teriam suportado para chegar até aqui. Descanse agora e fique em paz. Pois... e é a primeira vez que reconheço para mim mesma... começo a questionar se algum dia encontraremos minha amada filha neste mundo.

Ao dizer isso, a pobre rainha desfez-se em lágrimas, pois era uma provação dolorosa para o seu coração de mãe confessar que as esperanças arrefeciam. Daquele dia em diante, Cadmo notou que ela não viajava mais com a mesma vivacidade de espírito que até então a sustentara. Seu corpo pesava-lhe mais sobre o braço.

Antes de partir, Cadmo ajudou Tasos a construir uma cabana; enquanto Teléfassa, muito enfraquecida para dar-lhes qualquer grande ajuda, aconselhava-os como montá-la e mobiliá-la para que fosse uma cabana de galhos tão confortável quanto possível. Tasos, no entanto, não passou todos os seus dias nessa cabana. Pois, assim como sucedeu com Fênix e Cílix, outros viajantes chegaram ao local, dele gostaram e construíram moradias nas imediações. Ali, então, no decorrer de alguns anos, havia outra cidade próspera, com um palácio de pedra vermelha no centro, onde Tasos sentava-se ao trono, levando justiça ao povo, com uma túnica púrpura sobre os ombros, um cetro na mão e uma coroa sobre a cabeça. Os habitantes o haviam feito rei não por causa de qualquer sangue real (pois este não corria em suas veias), mas porque era um homem correto, honesto e corajoso, portanto, apto a governar.

Mas quando os assuntos de seu reino foram todos resolvidos, o rei Tasos deixou de lado o manto púrpura, a coroa e o cetro e ordenou que seus súditos de maior valor distribuíssem justiça ao povo em seu lugar. Então, travando do cajado de peregrino que lhe dera sustentação por tanto tempo, partiu novamente, esperando ainda descobrir algum vestígio daquele casco do touro branco como a neve e da criança desaparecida. Depois de uma prolongada ausência, ele sentou-se cansado em seu trono. Até o fim, porém, o rei Tasos demonstrou lembrança sincera de Europa, ordenando que se mantivesse sempre um fogo aceso em seu palácio, assim como o necessário para um banho fumegante, comida pronta a ser servida e uma cama com lençóis brancos como a neve, caso a donzela chegasse e pedisse abrigo imediato. E, embora Europa nunca tenha aparecido, o bom Tasos recebeu as bênçãos de muitos viajantes pobres, que se beneficiaram da comida e do alojamento destinados à pequena companheira de infância do rei.

Teléfassa e Cadmo prosseguiram então em sua exaustiva jornada, sem companhia além da que ofereciam um ao outro. A rainha apoiava-se fortemente ao braço do filho e só conseguia caminhar alguns quilômetros por dia. Mas, apesar de toda a sua fraqueza e do cansaço, ela não desistia. Escutar o tom melancólico com que perguntava a cada estranho se tinha qualquer notícia da criança perdida era o suficiente para trazer lágrimas aos olhos de homens-feitos.

— Você viu uma menininha... Não, não, quero dizer, uma jovem donzela já crescida... passando por aqui, montada em um touro branco como a neve, que galopa com a velocidade do vento?

— Não vimos tal maravilha — respondiam as pessoas, que muitas vezes, puxando Cadmo de lado, sussurravam: — Essa mulher imponente e de aparência triste é sua mãe? Acho que ela não está em sã consciência; é preciso que a leve de volta para casa, a acomode da melhor maneira e faça o que estiver ao seu alcance para tirar esse sonho de sua mente.

— Não é um sonho — dizia Cadmo. — Todo o resto é um sonho, menos isso.

Um dia, contudo, Teléfassa parecia mais fraca do que o habitual. Apoiou quase todo o peso no braço de Cadmo e começou a caminhar mais devagar do que nunca. Por fim, eles chegaram a um lugar solitário, onde ela disse ao filho que precisava muito de um descanso, um longo descanso.

— Preciso descansar! — repetiu ela, olhando Cadmo com ternura nos olhos. — Um longo descanso, meu filho amado!

— Pelo tempo que quiser, querida mãe — respondeu Cadmo.

Teléfassa pediu que ele se sentasse no relvado ao lado dela, e então ela pegou sua mão.

— Meu filho — disse ela, fixando com todo amor os olhos turvos sobre ele —, esse descanso de que falo será muito longo mesmo! Você não pode esperar até que ele termine. Cadmo, meu amor, você não me entendeu. Você deve abrir aqui uma sepultura e depositar nela o corpo cansado de sua mãe. A minha peregrinação chegou ao fim!

Cadmo caiu em lágrimas e, por muito tempo, recusou-se a crer que lhe tirassem sua querida mãe. Mas Teléfassa conversou com o filho, o beijou e finalmente o fez compreender que o melhor para ela era que seu espírito deixasse os esforços, o cansaço, a tristeza e a frustração que lhe haviam sido um fardo na terra desde o desaparecimento da filha. Ele conteve, então, a tristeza que sentia e ouviu-lhe as derradeiras palavras.

— Querido Cadmo — disse ela —, você tem sido o filho mais leal que uma mãe já teve, e fiel até o último momento. Quem mais teria suportado minhas fragilidades além de você! Foi graças ao seu cuidado, meu filho amoroso, que o meu túmulo não foi cavado há muitos anos em algum vale ou alguma encosta já muito distantes. Basta. Você não deve mais perambular nessa busca desesperada. Quando tiver posto sua mãe na terra, vá a Delfos, meu filho, e pergunte ao oráculo o que fazer.

— Ó mãe, minha mãe — gritou Cadmo —, você podia ter visto a minha irmã antes deste momento!

— Pouco importa agora — respondeu Teléfassa, e havia um sorriso em seu rosto. — Agora sigo para o mundo melhor, e, mais cedo ou mais tarde, lá encontrarei a minha filha.

Não vou entristecê-los, meus pequenos ouvintes, narrando a morte de Teléfassa e como ela foi enterrada; apenas direi que seu sorriso, em vez de se apagar no rosto sem vida, fez-se mais belo, e assim Cadmo saiu convencido de que, em seu primeiro passo para o mundo melhor, ela havia tomado Europa em seus braços. Plantou flores no túmulo da mãe e deixou-as ali para que crescessem e tornassem o lugar bonito quando ele já estivesse distante.

Depois de cumprir esse último e doloroso dever, Cadmo partiu sozinho e tomou rumo em direção ao famoso oráculo de Delfos, como Teléfassa aconselhara. No caminho ainda interrogou às pessoas que encontrava se tinham visto Europa; pois, para dizer a verdade, Cadmo de tal maneira havia se acostumado a fazer a pergunta que ela vinha aos seus lábios tão prontamente quanto um comentário sobre o clima. Ele recebeu várias respostas. Um marinheiro afirmou que, muitos anos antes, em um país distante, ouvira um boato sobre um touro branco que chegara nadando pelo mar tendo ao dorso uma criança coberta de flores destruídas pelas águas. Ele não sabia dizer o que havia acontecido com a criança ou com o touro; e Cadmo suspeitou, por um brilho estranho nos olhos do marinheiro, que ele estava fazendo troça e nunca ouvira nada sobre o assunto.

O pobre Cadmo achou mais cansativo viajar sozinho do que suportar todo o peso de sua querida mãe. Seu coração, vocês entenderão, agora estava tão opresso que às vezes parecia impossível levá-lo adiante. Mas seus membros eram fortes e ativos, e bem acostumados ao exercício. Ele caminhava sem medir esforços, pensando no rei Agenor e na rainha Teléfassa, em seus irmãos e no amigo Tasos, que havia deixado para trás, em um ponto ou outro de sua peregrinação, e que nunca mais esperava ver. Tomado por essas lembranças, avistou uma elevada montanha que os habitantes locais lhe disseram se chamar Parnaso. Na encosta do monte Parnaso estava a famosa Delfos, para onde ia.

Delfos era o ponto em que todos os caminhos do mundo se encontravam. O oráculo ficava em uma cavidade específica na encosta da montanha, sobre a qual, lá chegando, Cadmo encontrou um rústico abrigo feito de galhos. Lembrou-se dos lares que ajudou a construir para Fênix e Cílix, e depois para Tasos. Em tempos posteriores, quando multidões de pessoas percorriam grandes distâncias para fazer perguntas ao oráculo, um amplo templo de mármore foi erguido ali. Mas na época de Cadmo, como eu ia dizendo, havia apenas essa cabana rústica, com sua abundância de folhagem verde e um tufo de arbustos que se espalhava sem qualquer cuidado encobrindo o buraco misterioso na encosta.

Quando Cadmo abriu passagem através dos galhos emaranhados e encaminhou-se para a cabana, não discerniu no começo a cavidade semioculta. Mas logo sentiu um golpe frio de ar saindo dali, com tanta força que soprou os cachos que lhe cobriam a face. Afastando o arbusto que se aglomerava à frente do buraco, ele se inclinou para a frente e falou em um tom distinto, mas reverente, como se se dirigisse a algum personagem invisível dentro da montanha.

— Oráculo sagrado de Delfos — disse ele —, para onde devo ir em busca de minha querida irmã Europa?

A princípio, fez-se um profundo silêncio, e, em seguida, um som impetuoso, ou um ruído como um longo suspiro, saiu do interior da terra. Essa cavidade, vocês devem saber, era vista como uma espécie de fonte da verdade, da qual às vezes jorravam palavras audíveis; embora, na maior parte do tempo, essas palavras fossem um enigma tal que

"Oráculo sagrado de Delfo", disse ele, "para onde devo ir?"

poderiam muito bem ter permanecido no fundo do buraco. Mas Cadmo teve mais sorte do que muitos outros que foram a Delfos em busca da verdade. Pouco a pouco, o barulho foi soando como linguagem articulada. E repetiu várias vezes a seguinte frase, tão parecida com o vago assobio de uma rajada de vento que Cadmo não sabia se significava alguma coisa ou não:

— Não a procure mais! Não a procure mais! Não a procure mais!

— O que, então, devo fazer? — perguntou Cadmo.

Pois, desde que era uma criança, vocês sabem, o grande objetivo de sua vida tinha sido encontrar a irmã. Desde a hora em que partiu seguindo a borboleta no prado, perto do palácio do pai, ele fez o possível para seguir Europa por terra e mar. E agora, se era preciso desistir, ele parecia não ter mais nada a fazer no mundo.

Mas novamente a rajada suspirante transformou-se em algo como uma voz rouca.

— Siga a vaca! — disse a voz. — Siga a vaca! Siga a vaca!

E quando essas palavras foram repetidas até que Cadmo estivesse cansado de ouvi-las (ainda mais porque ele não conseguia imaginar de que vaca se tratava, ou por que deveria segui-la), o buraco soprou:

— Onde a vaca perdida se deitar, lá estará a sua casa.

Essas palavras foram pronunciadas apenas uma vez, e silenciaram num sussurro antes que Cadmo estivesse inteiramente certo de ter compreendido o significado. Ele fez outras perguntas, mas não teve resposta; a rajada de vento suspirava continuamente para fora da cavidade e soprava as folhas secas que farfalhavam no chão.

"Realmente saiu alguma palavra desta cova?", pensou Cadmo, "Ou eu estive sonhando todo esse tempo?"

Ele se afastou do oráculo e não se considerou mais aconselhado do que quando chegara. Pouco se importando com o que lhe poderia acontecer, tomou o primeiro caminho que viu e seguiu em ritmo lento; pois, não tendo nenhum objetivo em vista, nem qualquer razão para seguir um caminho em vez de outro, seria tolice se apressar. Sempre que encontrava alguém, a velha pergunta brotava-lhe na ponta da língua.

— Você viu uma bela donzela, vestida como a filha de um rei, montada em um touro branco como a neve que galopa tão rápido quanto o vento?

Lembrando-se, porém, do que o oráculo lhe dissera, ele pronunciou apenas metade das palavras, murmurando o resto indistintamente. Confuso como parecia, as pessoas deviam imaginar que aquele belo jovem havia perdido a razão.

Eu não sei quão longe Cadmo havia ido. Nem ele mesmo poderia ter dito a vocês quando a uma distância não muito grande avistou uma vaca malhada. Ela estava deitada à beira do caminho, mastigando em silêncio o capim ruminado; nem sequer tomou conhecimento do jovem senão quando este chegou bem perto dela. Levantando-se devagar, então, e erguendo delicadamente a cabeça como se a jogasse para trás, a vaca começou a se mover em um ritmo moderado, vez ou outra parando apenas tempo o bastante para arrancar com os dentes um bocado de grama. Cadmo andava moroso na retaguarda, assobiando preguiçosamente para si mesmo e mal dando atenção à vaca; até que lhe ocorreu que aquele talvez fosse o animal que, de acordo com o oráculo, deveria lhe servir de guia. Mas sorriu para si mesmo ao imaginar tal coisa. Não podia pensar seriamente que aquela era a vaca, porque ela seguia muito tranquila, como qualquer outra vaca. Estava claro que não tomava conhecimento nem se importava com Cadmo quanto com um punhado de feno, apenas pensando em como tocar sua vida ao longo do caminho, onde o relvado era verde e fresco. Talvez estivesse a caminho de casa para ser ordenhada.

— Vaca, vaca, vaca! — gritou Cadmo. — Ei, malhadinha, ei! Pare, minha boa vaquinha!

Ele queria ir ao encontro da vaca, examiná-la, ver se de algum modo ela o reconheceria ou se havia alguma peculiaridade que a distinguisse de mil outras vacas, cuja única ocupação é encher o balde de leite e, às vezes, chutá-lo. Mas ainda assim a vaquinha malhada seguiu em marcha pesada, sacudindo o rabo para manter as moscas a distância e prestando pouca atenção a Cadmo. Quando ele diminuía o passo, a vaca também o fazia, e aproveitava a oportunidade para pastar. Quando ele acelerava o passo, a vaca fazia o mesmo; e uma vez, quando Cadmo tentou interceptá-la na corrida, ela ajustou os cascos, endireitou a cauda e partiu a galope, parecendo tão estranha quanto as vacas parecem quando imprimem velocidade ao passo.

Quando Cadmo viu que era impossível aproximar-se dela, passou a caminhar devagar, como antes. A vaca prosseguiu igualmente tranquila, sem olhar para trás. Onde quer que a grama fosse mais verde, mordiscava um ou dois bocados. Onde um riacho brilhava intensamente cruzando o caminho, a vaca bebia e dava um suspiro tranquilo, e bebia novamente, e avançava no ritmo que melhor se adequava a ela e a Cadmo.

"Acredito", pensou Cadmo, "que esta é a vaca que me foi predita, só pode ser. Se for ela, suponho que se deitará em algum lugar por aqui."

Quer fosse a vaca oracular ou alguma outra, não parecia razoável que seguisse viagem por muito mais tempo. Assim, sempre que chegavam a um local particularmente agradável em uma encosta arejada, ou em um vale protegido, ou prado florido, à margem de um lago calmo, ou à margem de um riacho límpido, Cadmo olhava ansiosamente ao redor para ver se reconhecia ali condições para construir seu lar. Mas, gostasse ou não do lugar, a vaca malhada nunca demonstrava o desejo de se deitar. E assim ela continuava, no ritmo tranquilo de uma vaca que ruma para o estábulo; e, a cada momento, Cadmo esperava ver uma ordenhadora se aproximando com um balde, ou um pastor correndo para arrebanhar o animal perdido e tocá-lo para o pasto. Mas nenhuma ordenhadora apareceu, nenhum pastor a levou de volta; e Cadmo seguiu a malhadinha desgarrada a ponto de se sentir prestes a cair de cansaço.

— Oh, vaca malhada — exclamou ele, em tom de desespero —, você nunca vai parar?

A essa altura, ele já estava decidido a segui-la sem pensar em ficar para trás, por mais longo que fosse o caminho e a despeito do cansaço. Na verdade, parecia haver algo no animal que enfeitiçava os outros. Várias pessoas que viam a vaca malhada e Cadmo em seu encalço começaram a caminhar atrás dela, exatamente como ele. Cadmo estava feliz por ter gente com quem conversar, portanto falava livremente com essas boas pessoas. Contou todas as suas aventuras, como deixara o rei Agenor em seu palácio, Fênix em um lugar, Cílix em outro, Tasos em um terceiro e sua querida mãe, a rainha Teléfassa, sob o solo coberto de flores; de modo que agora estava completamente sozinho, sem amigos e sem um teto. Da mesma forma, mencionou que o oráculo havia ordenado que ele fosse guiado por uma vaca, e perguntou aos estranhos se eles achavam que aquele animal malhado era o mencionado pelo oráculo.

— Ora, mas esse é um caso maravilhoso — respondeu um dos seus novos companheiros. — Conheço muito bem os caminhos do gado, e nunca soube de uma vaca que, por vontade própria, fosse tão longe sem parar. Se minhas pernas permitirem, continuarei seguindo esse animal até que ele se deite.

— Eu também! — disse um segundo.

— Eu também! — exclamou um terceiro. — Se ela viajar por mais cem quilômetros, estou decidido a ver aonde vai dar.

O grande segredo por trás de tudo, como vocês já devem ter notado, era que aquela era uma vaca encantada que, sem que tivessem se apercebido disso, lançara um pouco de seu feitiço sobre todos os que deram meia dúzia de passos atrás dela. Eles não conseguiam parar de segui-la, embora o tempo todo imaginassem fazer isso porque queriam. A vaca não facilitava de forma alguma a escolha do caminho; por isso, às vezes eles tinham de se apressar atabalhoadamente sobre pedras, ou se arrastar por terrenos lamacentos ou alagadiços, e tudo isso, é bom que se diga, já absolutamente sujos e encharcados, cansados a ponto de desmaiar e cheios de fome. Que coisa aborrecida!

Mesmo assim eles seguiam adiante com bravura, conversando à medida que avançavam. Os estranhos ficaram afeiçoados a Cadmo e decidiram não o deixar, mas antes o ajudar a construir uma cidade onde quer que a vaca se deitasse. No centro do lugar se construiria um nobre palácio, no qual Cadmo viveria e seria rei, com trono, coroa, cetro, manto púrpura e tudo o mais que fosse necessário a um monarca; pois nele havia sangue real, um coração real e uma cabeça que sabia governar.

Enquanto conversavam sobre esses projetos e, assim, despistavam o cansaço da jornada com o planejamento da nova cidade, um dos membros da romaria olhou para a vaca.

— Que alegria! Que alegria! — exclamou, batendo palmas. — A vaquinha vai se deitar.

Todos olharam para ela. E, de fato, a vaca havia parado e examinava devagar o espaço em torno de si, como outras vacas fazem quando estão prestes a se deitar. E lentamente, muito lentamente, ela se reclinou na grama macia, primeiro dobrando as patas dianteiras e em seguida as traseiras. Quando Cadmo e seus companheiros se aproximaram, lá estava a vaca malhada descansando, remastigando o que pastara e fitando-os com toda a calma do mundo, como se aquele fosse exatamente o lugar que procurava e tudo fosse a coisa mais natural.

— Este, então — disse Cadmo, olhando ao redor —, há de ser o meu lar.

Era uma linda planície fértil, com elevadas árvores frondosas que sobre ela lançavam sombras sarapintadas de sol e cercada de colinas que a protegiam do clima hostil. Não a grande distância, avistaram um rio brilhando ao sol. Um sentimento de lar invadiu o coração do pobre Cadmo. Ele estava muito feliz em saber que ali poderia acordar de manhã sem necessidade de calçar suas sandálias empoeiradas para viajar sempre mais e mais. Dias e anos se passariam e o encontrariam ainda naquele mesmo lugar agradável. Se ele pudesse estar com seus irmãos ao seu lado, e seu amigo Tasos, e tivesse a querida mãe sob um teto seu, ali então ele poderia ser feliz depois de todas as decepções. Um dia, mais cedo ou mais tarde, sua irmã Europa chegaria calmamente à porta de sua casa e sorriria para os rostos familiares à sua volta. No entanto, uma vez que não havia esperança de recuperar os amigos ou mesmo de reencontrar a querida irmã, Cadmo decidiu ser feliz com os novos companheiros, que haviam se afeiçoado a ele enquanto seguiam a vaquinha.

— Sim, meus amigos — disse-lhes —, este é nosso lar. Aqui vamos construir nossas casas. A vaca malhada que nos trouxe até aqui nos fornecerá leite. Cultivaremos o solo e levaremos uma vida honesta e feliz.

Os companheiros concordaram alegremente com esse plano; e, em primeiro lugar, famintos e sedentos que estavam, procuraram nas imediações os meios de prover uma refeição confortável. Não muito longe, viram um grupo de árvores sob o qual parecia haver uma fonte de água. Rumaram naquela direção, deixando Cadmo estirado ao chão ao lado da vaquinha malhada; pois agora que havia encontrado um lugar para descansar, era como se todo o cansaço de sua peregrinação, desde que deixara o palácio do rei Agenor, se tivesse abatido de uma só vez sobre ele. Mas seus novos amigos não haviam partido havia muito quando, de repente, Cadmo foi surpreendido por berros, gritos, choros e pelo barulho de uma luta terrível; e, no meio de tudo isso, os mais terríveis sibilos, que atravessavam seus ouvidos como uma serra.

Correndo em direção ao grupo de árvores, ele viu a cabeça e os olhos flamejantes de uma imensa serpente ou dragão, com as mandíbulas mais largas que um dragão já teve, e infinitas fileiras de dentes terrivelmente afiados. Antes que Cadmo pudesse chegar ao local, o impiedoso réptil havia assassinado seus pobres companheiros e se ocupava em devorá-los, cada qual numa bocada só.

Parece que a fonte era encantada, e que o dragão ali estava para guardá-la — nela, nenhum mortal jamais poderia saciar a sede. Como os habitantes das imediações tomavam todos os cuidados para evitar o local, já fazia tempo (não menos de cem anos ou algo em torno disso) desde a última vez que o monstro quebrara o jejum; e, como era de esperar, seu apetite havia aumentado enormemente, de maneira tal que as pobres pessoas com que se refestelara não o haviam deixado nem perto de satisfeito. Assim, quando bateu os olhos em Cadmo, desferiu outro daqueles sibilos abomináveis e escancarou as mandíbulas imensas, sua boca mais parecendo uma enorme caverna vermelha, em cujo ponto mais distante se viam ainda as pernas da última vítima, que mal tivera tempo de engolir.

Mas Cadmo estava tão furioso com o assassinato de seus amigos que nem sequer se importou com o tamanho das mandíbulas do dragão ou com as centenas de dentes afiados. Ao desembainhar a espada, correu na direção do monstro e se lançou no interior da bocarra cavernosa. A ousadia do ataque pegou o dragão de surpresa; pois, de fato, Cadmo havia saltado tão fundo em sua garganta que as terríveis fileiras de dentes não podiam se fechar sobre ele nem lhe causar o menor mal. Assim, embora a luta fosse tremenda, e embora o dragão reduzisse o conjunto de árvores a mínimas farpinhas com os ricocheteios da cauda, uma vez que Cadmo estava o tempo todo lacerando e aplicando estocadas em seus órgãos vitais, não demorou para que o vilão escamoso pensasse seriamente em fugir. Não havia ido longe, porém, quando o valente Cadmo lhe desferiu um golpe de espada que deu fim à batalha; e, rastejando para fora da entrada da mandíbula da imensa criatura, ainda a ficou observando se contorcer, embora já não conservasse vida o bastante para fazer mal a um bebê.

Mas vocês não acham que a situação entristeceu Cadmo quando começou a pensar no melancólico destino que acometera aquela pobre e amistosa gente que com ele seguira a vaca? Era como se estivesse condenado a perder todos a quem amava, ou a vê-los morrer de uma forma ou de outra. E ali estava ele, depois de tanto trabalho e dificuldade, em um lugar solitário, sem um único ser humano para ajudá-lo a erguer uma cabana.

— Que vou fazer? — gritou em sua solidão. — Antes tivesse sido devorado pelo dragão, da mesma forma que meus pobres companheiros.

— Cadmo! — disse uma voz, e se ela vinha do alto ou debaixo dele, ou se falou de dentro de seu próprio peito, o jovem não saberia dizer. — Cadmo! Arranque os dentes do dragão e plante-os na terra.

Era uma coisa bem estranha de se fazer — e nem muito fácil, imagino, desenterrar das mandíbulas do dragão sem vida todas aquelas presas de raízes tão profundas. Mas depois de muito se esforçar e muito puxar, e depois de malhar aquela cabeça monstruosa com uma pedra imensa a ponto de quase fazê-la em pedaços, Cadmo enfim recolheu dentes o bastante para encher um ou dois alqueires. Restava, então, plantá-los, o que foi uma tarefa igualmente cansativa, sobretudo porque Cadmo ficara exausto com a batalha contra o dragão e com o tanto que havia batido na cabeça do monstro, sem falar que não dispunha, que eu saiba, de outro instrumento para cavar a terra além da lâmina de sua espada. Por fim, contudo, um pedaço suficientemente grande de terra foi preparado e plantado com aquele novo tipo de semente, embora ainda houvesse outra metade dos dentes do dragão a ser plantada em outro dia.

Cadmo, completamente esgotado, apoiou-se na espada imaginando o que aconteceria a seguir. Ele não havia esperado mais que alguns instantes quando começou a ter uma visão: uma maravilha tão, mas tão fabulosa que nenhum dos prodígios que eu já lhes contei a ela se iguala.

O sol lançava raios enviesados sobre o campo e revelava o solo em sua inteireza, todo úmido e escuro como qualquer outro pedaço de terra recém-semeada. De repente, Cadmo teve a impressão de ver algo brilhar muito intensamente, primeiro em um ponto, depois em outro, e depois em cem e em outros mil pontos, todos ao mesmo tempo. Logo percebeu que eram as pontas de aço de lanças que brotavam em todos os lugares da mesma forma que brotam os muitos talos dos grãos, e cresciam cada vez mais alto e sem parar. Em seguida, surgiu um grande número de lâminas de espada brilhantes, que despontavam do solo da mesma maneira. No instante seguinte, irrompeu da superfície toda uma multidão de capacetes de bronze polido, que surgiam como uma colheita de feijões gigantes. E tão depressa cresciam que Cadmo começou a discernir debaixo de cada um o bravo semblante de um homem. Para encurtar, antes que ele tivesse tempo de se admirar da maravilha que tinha diante de si, deparou com uma colheita farta do que pareciam seres humanos armados de capacetes, couraças, escudos, espadas e lanças, que nem mesmo se encontravam fora da terra e já brandiam suas armas e digladiavam, dando a pensar, mesmo naquele mínimo instante em que tinham vindo à vida, que haviam desperdiçado tempo demais sem travar uma batalha. Cada dente do dragão produzira um desses filhos da destruição mortal.

Surgiram também muitos arautos; e, com o primeiro sopro que deram com suas trombetas de bronze nos lábios, fizeram soar um tremendo e estridente clangor, um som tamanho que todo o espaço, até ali tão quieto e solitário, reverberou com o encontro e o retinir das armas, o bramido da toada bélica e os gritos de homens em fúria. Tão enfurecidos pareciam que Cadmo só conseguiu pensar que eles passariam o mundo inteiro pelo fio de suas espadas. Afortunado seria o grande conquistador que tivesse um alqueire de dentes de dragão para semear!

— Cadmo — disse a mesma voz que ouvira antes —, atire uma pedra no meio dos homens.

Então Cadmo agarrou uma enorme pedra e, arremessando-a no meio do exército, viu-a atingir a couraça de um guerreiro gigantesco e de aparência feroz. No instante em que sentiu o golpe, ele parecia não ter dúvida de que alguém o havia atingido; e, erguendo a espada, lacerou o guerreiro ao lado com um golpe que fendeu seu elmo em dois e o estirou no chão. Num piscar de olhos, aqueles que se encontravam mais próximos do guerreiro caído começaram a atacar uns aos outros com suas espadas e a estocar uns aos outros com suas lanças. A confusão se espalhou mais e mais. Cada homem abatia o seu irmão e por outro era abatido antes que tivesse tempo de exultar em sua vitória. Os arautos se faziam mais e mais estridentes em seus clangores; cada soldado soltava um grito de guerra e não raro tombava com ele nos lábios. Era o mais estranho espetáculo de violência gratuita e vilania sem fim que já se havia testemunhado; mas, afinal, não era nem mais estúpido nem mais perverso do que as infinitas batalhas travadas desde então, nas quais os homens assassinaram seus irmãos com tão pouco motivo, o combate desses filhos dos dentes do dragão. Levemos em conta, também, que o povo-dragão não havia se criado para outra coisa, enquanto outros mortais nasceram para amar e ajudar uns aos outros.

Pois bem: essa batalha memorável continuou a se inflamar até que o chão se viu coberto de elmos cujas cabeças haviam sido cortadas. De todos os milhares que começaram a luta restavam apenas cinco. Estes agora corriam de diferentes partes do campo e, encontrando-se no meio, faziam retinir espada contra espada e buscavam atingir os corações uns dos outros com idêntica ferocidade.

— Cadmo — chamou a voz novamente —, ordene que aqueles cinco guerreiros embainhem suas espadas. Eles vão ajudá-lo a construir a cidade.

Sem hesitar um instante, Cadmo deu um passo à frente, com ares de rei e de líder, e, estendendo sua espada entre eles, falou aos guerreiros com voz severa e forte:

— Embainhem suas armas!

E, de pronto, sentindo-se obrigados a obedecer, os cinco filhos remanescentes dos dentes do dragão fizeram-lhe uma saudação militar com as espadas, as devolveram às bainhas e se perfilaram diante de Cadmo, olhando-o como os soldados olham para seu capitão enquanto aguardam comando.

Esses cinco homens surgiram dos maiores dentes do dragão e eram os mais intrépidos e fortes de todo o exército. Em verdade, eram quase gigantes — e que bom que assim fosse, caso contrário jamais teriam sobrevivido a luta tão cruenta. Eles ainda conservavam a fúria, e, se por acaso Cadmo virasse para o lado, encarariam uns aos outros com chamas reluzentes nos olhos. Era estranho, também, observar como a terra, da qual eles haviam surgido havia tão pouco tempo, estava incrustada, aqui e ali, em suas couraças brilhantes e até lhes sujava o rosto, do mesmo modo que vocês a veem presa às beterrabas e cenouras quando arrancadas do solo. Cadmo mal sabia se os considerava homens ou alguma estranha forma de vegetal; embora, no geral, concluísse que havia neles natureza humana, por seu gosto pelas trombetas e armas e pela presteza ao derramamento de sangue.

Eles fitavam-lhe o rosto, esperando pela próxima ordem e claramente desejando apenas segui-lo de um campo de batalha a outro por todo o mundo. Mas Cadmo era mais sábio do que essas criaturas nascidas da terra e que traziam consigo a ferocidade do dragão. Sabia bem como se valer daquela força e tenacidade.

— Vamos! — bradou. — Vocês são sujeitos fortes. Façam-se úteis! Desbastem algumas pedras com essas grandes espadas e me ajudem a construir uma cidade.

Os cinco soldados resmungaram um tanto; murmuraram que era seu dever destruir, não construir cidades. Mas Cadmo lhes lançou um olhar severo e os tratou com tom de autoridade, de modo que o reconheceram como seu senhor e jamais pensaram em desobedecer às suas ordens. Puseram-se a trabalhar com seriedade, e trabalharam tão ligeira e zelosamente que em pouquíssimo tempo uma cidade começou a aparecer. A princípio, é preciso dizer, os trabalhadores mostravam-se irascíveis. Como bestas selvagens, sem dúvida teriam feito mal uns aos outros se Cadmo não continuasse vigilante e abafasse a velha serpente feroz que espreitava em seus corações quando a via rebrilhar naqueles olhos selvagens. Com o passar do tempo, contudo, eles se habituaram ao trabalho honesto e demonstraram bom senso o bastante para sentir que havia mais prazer em viver em paz e fazer o bem ao próximo do que em atacá-lo com uma espada de dois gumes. Pode não ser demais esperar que o restante da humanidade se torne, pouco a pouco, tão sábio e pacífico quanto esses cinco guerreiros sujos de terra que surgiram dos dentes do dragão.

E então a cidade foi construída, e havia uma casa nela para cada um dos trabalhadores. Mas o palácio de Cadmo ainda não fora erguido, pois o haviam deixado por último, para nele introduzir todas as novas melhorias da arquitetura e torná-lo muito confortável, além de imponente e belo. Depois de concluir os demais trabalhos, todos foram cedo para a cama, a fim de se levantar cedo pela manhã e lançar as fundações do edifício antes do anoitecer. Mas, quando Cadmo acordou e, seguido pelos cinco trabalhadores robustos que marchavam em fila, tomou o rumo do local onde o palácio seria construído, o que vocês acham que ele encontrou?

Nada mais nada menos que o palácio mais esplendoroso que já se tinha visto no mundo. Era feito de mármore e outros nobres tipos de pedra; se erguia alto no ar, com uma grandiosa cúpula, e tinha um pórtico que ocupava toda a fachada, pilares esculpidos e tudo quanto convinha à habitação de um poderoso rei. Ele se erguera em quase tão pouco tempo quanto o exército armado brotara dos dentes do dragão — e o que tornou o acontecimento ainda mais estranho é que nenhuma semente havia sido plantada nesse caso.

Quando os cinco trabalhadores contemplaram a cúpula, que o sol da manhã tornava dourada e gloriosa, ecoaram um grande grito.

— Viva o rei Cadmo em seu belo palácio!

E o novo rei, com os cinco fiéis seguidores atrás de si portando picaretas e marchando em fila (pois ainda conservavam uma espécie de comportamento militar, como era de sua natureza), subiu os degraus do palácio. Parando na entrada, eles se viram diante de um amplo panorama de elevadas colunas, perfiladas de ponta a ponta em um imenso salão. No extremo mais distante deste salão, aproximando-se devagar em direção a ele, Cadmo contemplou uma figura feminina de beleza magnífica, adornada com um manto real, uma coroa de diamantes sobre os cachos de ouro e o colar mais exuberante que uma rainha já usou. Seu coração vibrava em êxtase. Ele imaginava ver nela sua irmã há muito perdida, Europa, então mulher crescida, que viria fazer sua felicidade e retribuir-lhe com doce afeto fraterno por todas as longas viagens que ele fizera à sua procura desde que deixara o palácio do rei Agenor — pelas lágrimas que havia derramado ao se separar de Fênix, Cílix e Tasos, pelas mágoas que fizeram com que o mundo inteiro lhe parecesse sombrio diante do túmulo da mãe amada.

Mas, à medida que Cadmo avançava para encontrar a bela estranha, observou que suas feições lhe eram desconhecidas, embora, no pouco tempo que fora necessário para percorrer o corredor, já sentisse a afeição que havia entre ambos.

— Não, Cadmo — disse a mesma voz que falara com ele no campo dos homens armados —, esta não é sua querida irmã Europa, a quem você procurou tão fielmente por todo o mundo. Esta é Harmonia, uma filha do céu, que lhe foi dada no lugar de sua irmã, irmãos, amigo e mãe. Nela você encontrará todos os seus amados.

Assim, o rei Cadmo habitou o palácio com sua nova companheira Harmonia e encontrou conforto na magnífica morada, mas sem dúvida teria encontrado o mesmo, se não mais, em uma humilde cabana à beira da estrada. Antes que muitos anos se passassem, havia um grupo de criancinhas coradas (mas como elas apareceram ali sempre foi um mistério para mim) brincando pelo grande salão e nos degraus do palácio, e correndo alegremente para encontrar o rei Cadmo quando os assuntos de Estado o deixavam à vontade para brincar com elas. Elas o chamavam de pai, e a rainha Harmonia de mãe. Os cinco velhos soldados dos dentes do dragão ficaram muito afeiçoados a esses pequeninos, e nunca ·se cansavam de lhes mostrar como portar varas ao ombro, brandir espadas de madeira e marchar em ordem militar, soprando uma trombetinha de brinquedo ou fazendo rufar terrivelmente um tamborzinho.

Mas o rei Cadmo, para que não houvesse muito do dente de dragão na disposição de seus filhos, costumava encontrar tempo em meio aos deveres reais para lhes ensinar o abecê — que criou para o seu benefício e pelo qual muitos pequenos, receio, não lhe são tão gratos como deveriam ser.

A distância ele viu as torres imponentes.

O palácio de Circe

Alguns de vocês já ouviram falar, sem dúvida, do sábio rei Ulisses, de sua participação no cerco de Troia e, depois que a famosa cidade foi tomada e incendiada, dos dez longos anos de trabalhos tentando voltar a seu pequeno reino de Ítaca. A certa altura, no decorrer dessa viagem exaustiva, ele chegou a uma ilha que parecia muito verde e agradável, mas cujo nome lhe era desconhecido. Pois bem: um pouquinho antes de dar naquelas praias, ele se deparou com um terrível furacão, ou melhor, com um grande número de furacões de uma só vez que levaram sua frota de navios a uma região desconhecida do mar, onde nem ele nem nenhum de seus marinheiros jamais haviam navegado. Esse infortúnio se deu inteiramente em razão da curiosidade tola de seus companheiros de navio, que, enquanto Ulisses dormia, desataram alguns sacos de couro muito volumosos em que supunham existir um valioso tesouro escondido. Em cada um desses sacos robustos, porém, o governante dos ventos, rei Éolo, havia aprisionado uma tempestade; e esses sacos foram entregues a Ulisses para que os guardasse e, assim, tivesse a certeza de uma travessia favorável até Ítaca, seu lar; mas quando as cordas foram afrouxadas, vendavais sibilantes escaparam dos sacos como o ar de uma bexiga desamarrada, embranquecendo o mar de espuma e espalhando os navios por toda parte, sem que ninguém pudesse dizer onde.

Imediatamente depois de escapar desse perigo, o rei Ulisses foi confrontado com problema ainda maior. Navegando com um furacão à popa, ele chegou a um lugar que, como descobriu mais tarde, se chamava Lestrigônia. Ali, gigantes monstruosos haviam devorado muitos de seus companheiros e afundado cada um de seus navios, exceto a embarcação que ele próprio conduzia, arremessando rochas imensas sobres eles do alto dos penhascos que davam contornos à costa. Depois de passar por dificuldades como essas, não chega a surpreender que o rei Ulisses tenha ficado feliz em atracar sua embarcação castigada pela tempestade em uma enseada tranquila da ilha coberta de verde que eu comecei descrevendo para vocês. No entanto, àquela altura, haviam sido tantos os perigos confrontados, fosse por obra de gigantes, fosse por obra de um ciclope de um olho só e outros monstros de terra e mar, que era impossível não temer algum mal, mesmo naquele lugar aprazível e aparentemente deserto. Por dois dias, portanto, os pobres viajantes combalidos pelas intempéries nada fizeram: ou permaneceram a bordo do navio ou tão somente rastejaram ao pé das falésias que margeavam a costa; e, para se conservarem vivos, cavaram mariscos na areia e procuraram por qualquer pequeno córrego de água doce que desembocasse ali em seu caminho para o mar.

Antes que os dois dias se passassem, eles se sentiram muito cansados daquela vida que iam levando; pois os companheiros do rei Ulisses, como vocês julgarão importante lembrar, eram terríveis glutões, e com toda a certeza resmungariam se perdessem as refeições de todo dia, sem falar nas refeições fortuitas. O estoque de provisões quase tinha chegado ao fim, e até mesmo os mariscos começaram a ficar escassos, de modo que tinham de escolher entre morrer de fome ou se aventurar no interior da ilha, onde talvez algum enorme dragão de três cabeças, ou outro monstro medonho, tivesse seu covil. Criaturas disformes desse gênero eram muito numerosas naqueles tempos; e ninguém jamais esperava fazer uma viagem, por mar ou por terra, sem correr maior ou menor risco de ser devorado por elas.

Mas o rei Ulisses era um homem tão audacioso quanto prudente; e na terceira manhã decidiu descobrir que tipo de lugar era a ilha, e se era possível obter um suprimento de comida para as bocas famintas da tripulação. Então, portando uma lança, ele alcançou com dificuldade o topo de um penhasco e olhou ao redor. A distância, rumo ao centro da ilha, ele viu as torres imponentes do que parecia ser um palácio construído em mármore branco como a neve e elevando-se no meio de um bosque de árvores altas. Os galhos grossos dessas árvores se estendiam pela frente do edifício, e mais da metade o escondia, embora, a julgar pela parte que viu, Ulisses o tivesse julgado bastante amplo e de uma beleza ímpar — a provável residência de algum grande nobre ou príncipe. Uma fumaça azul subia da chaminé, e, para Ulisses, era essa quase a parte mais agradável do espetáculo. Pois, pela fumaça abundante, era razoável concluir que havia um bom fogo aceso na cozinha e que, à hora do jantar, um farto banquete seria servido aos habitantes do palácio e a qualquer hóspede que aparecesse.

Com perspectiva tão agradável diante de si, Ulisses imaginou que o melhor a fazer era ir direto ao portão do palácio e dizer ao senhor que ali habitava que, não muito longe, havia uma tripulação de pobres marinheiros náufragos sem comer nada há um ou dois dias, exceção feita a poucos moluscos e ostras; portanto, eles ficariam gratos se recebessem um pouco de comida. E, vamos combinar, o príncipe ou nobre tinha de ser um sujeito bem rabugento e mesquinho se, quando seu próprio jantar tivesse acabado, não lhes oferecesse de bom grado o que tivesse sobrado à mesa!

Feliz com a ideia, o rei Ulisses deu alguns passos em direção ao palácio quando se ouviu um gorjeio e canto bem altos vindos do galho de uma árvore próxima. Um momento depois, um pássaro veio voando e pairou no ar, de modo a quase lhe roçar o rosto com as asas. Era um passarinho muito bonito, de asas e corpo púrpura, pernas amarelas, um círculo de penas douradas em torno do pescoço e, na cabeça, um tufo dourado que mais parecia uma coroa de rei em miniatura. Ulisses tentou apanhar o pássaro. Este, porém, esvoaçou agilmente para longe de seu alcance, ainda cantando em tom doloroso, como se fosse lhe contar uma história das mais tristes caso fosse dotado de linguagem humana para tanto. Quando Ulisses tentou afastá-lo, o pássaro não voou mais longe do que o galho da árvore seguinte, e novamente veio esvoaçando em torno de sua cabeça, soltando um chilrear sofrido assim que o rei demonstrou o propósito de seguir adiante.

— Você tem alguma coisa para me dizer, passarinho? — perguntou Ulisses.

Ele estava pronto para ouvir atentamente o que quer que o pássaro lhe comunicasse; pois, no cerco de Troia e em outros lugares, viera a saber de coisas tão estranhas que não teria considerado um ponto muito fora da curva se aquela pequena criatura emplumada se pusesse a falar tão claramente quanto ele.

— A-li! — fez o passarinho —, a-li, a-li-li... ui, ui, ui!

E nada mais dizia, senão "A-li, a-li-li... ui, ui, ui!", em uma cadência melancólica e muitas vezes repetida. E quantas vezes Ulisses avançasse, tantas vezes o pássaro reagia com grande alarme e fazia o possível para levá-lo de volta, com a agitação nervosa de suas asinhas púrpura. Aquele comportamento inexplicável o fez concluir, por fim, que o pássaro sabia de algum perigo que o aguardava, e que esse perigo, sem sombra de dúvida, devia ser dos mais terríveis — afinal, levava até mesmo um passarinho a sentir compaixão por um ser humano. Então resolveu, por ora, voltar ao navio e relatar aos companheiros o que tinha visto.

Isso pareceu deixar o pássaro satisfeito. Assim que Ulisses voltou, ele subiu pelo tronco de uma árvore e começou a pinçar insetos da casca com o bico longo e afiado; pois era uma espécie de pica-pau, caso vocês não saibam, e vivia da mesma maneira que outras aves daquela espécie. Mas de vez em quando, enquanto bicava a casca da árvore, lhe passava pela cabeça alguma tristeza secreta, e ele repetia suas notas queixosas: "A-li, a-li, a-li-li... ui, ui, ui!".

No caminho para o navio, Ulisses teve a sorte de caçar um grande veado, cravando sua lança contra o dorso do animal. Tomando-o nos ombros (pois era um homem notavelmente forte), levou-o consigo e se desfez da carga diante dos companheiros famintos. Já disse a vocês como eram glutões alguns dos companheiros de viagem do rei Ulisses. Pelo que é relatado sobre eles, tenho para mim que sua dieta favorita era carne de porco, e que dela teriam se alimentado até que uma boa parte de sua própria substância física se transformasse em carne de porco, e seus temperamentos e disposições se tornassem muito parecidos com os de um porco. De qualquer modo, um prato de veado não era refeição que se dispensasse, sobretudo depois de terem comido por tanto tempo ostras e amêijoas. Então, contemplando o veado morto, palparam-lhe as costelas como bons conhecedores e não perderam tempo em acender um fogo com a madeira flutuante dos navios para assá-lo. O resto do dia foi gasto em um banquete; e se esses enormes comensais se levantaram da mesa ao pôr do sol, foi apenas porque não podiam arrancar outra posta de carne aos ossos do pobre animal.

Na manhã seguinte, o apetite estava mais aguçado que nunca. Olharam para Ulisses como se esperassem que subisse o penhasco novamente e voltasse com outro cervo gordo sobre os ombros. Em vez de partir, no entanto, ele convocou toda a tripulação e disse a todos que era vã a esperança de que fosse capaz de matar um cervo a cada dia, e, portanto, era aconselhável pensar em outro modo de satisfazer a fome.

— Vejam só — disse ele. — Ontem, quando eu estava no penhasco, descobri que esta ilha é habitada. A uma distância considerável da costa havia um palácio de mármore que parecia ser muito amplo e tinha grande quantidade de fumaça saindo de uma das chaminés.

— Hummmm! — murmuraram alguns dos companheiros, estalando os lábios. — A fumaça devia vir do fogo da cozinha. Era um bom assado no espeto; não tenha dúvida de que hoje haverá outro igualmente bom.

— Mas — continuou o sábio Ulisses —, vocês devem se lembrar, meus bons amigos, da nossa desventura na caverna de Polifemo, o ciclope! Em vez de sua dieta ordinária de leite, ele não devorou dois dos nossos camaradas no jantar, e mais alguns no café da manhã, e dois na ceia seguinte? Ainda posso vê-lo, o monstro hediondo, nos examinando com aquele imenso olho vermelho no meio da testa para escolher o mais gordo. E depois, mais uma vez, e isso aconteceu faz poucos dias, não caímos nas mãos do rei dos lestrigões e daqueles outros gigantes horríveis, seus súditos, que devoraram muitos mais de nós do que somos agora? Para dizer a verdade, se formos para o palácio, é certo que faremos nossa aparição à mesa da ceia; mas se estaremos sentados como convidados ou servidos como alimento, este é um ponto a ser seriamente considerado.

— De qualquer maneira — murmuraram alguns dos mais famintos —, isso é melhor do que a fome; e ainda mais se pudéssemos ter a certeza de que seríamos bem engordados antes de cuidadosamente assados.

— Isso é uma questão de gosto — disse o rei Ulisses —, e, de minha parte, nem a mais cuidadosa engorda nem o mais refinado da culinária me deixariam em paz se eu fosse, por fim, servido. Minha proposta é, portanto, que nos dividamos em duas partes iguais e verifiquemos, por sorteio, qual dos dois grupos irá ao palácio e pedirá comida e assistência. Se conseguirmos obter as duas coisas, tanto melhor. Se não, e se os habitantes se mostrarem tão inóspitos quanto Polifemo ou os lestrigões, então apenas metade de nós perecerá, e o restante poderá zarpar e escapar.

Como ninguém se opôs à proposta, Ulisses começou a fazer a contagem e descobriu que havia quarenta e seis homens, contando com ele. Então separou vinte e dois, e à frente deles pôs Euríloco, um dos seus principais oficiais e que perdia apenas para ele próprio em sagacidade. Ulisses assumiu pessoalmente o comando dos vinte e dois homens restantes. Então, tirando o capacete, guardou dentro duas conchas, em uma das quais estava escrito "Vá", e na outra, "Fique". Um dos homens segurou o capacete enquanto Ulisses e Euríloco tiravam, cada um, uma concha — e a palavra "Vá" estava escrita na concha que Euríloco escolhera. Foi assim decidido que Ulisses e seus vinte e dois homens permaneceriam à beira-mar até que a outra parte descobrisse que tipo de tratamento poderiam esperar no misterioso palácio. Como não havia jeito, Euríloco partiu imediatamente à frente de seus vinte e dois homens, que seguiram em um estado de espírito muito melancólico, deixando os amigos em condição nada melhor que a deles.

Assim que subiram o penhasco, discerniram as altas torres de mármore do palácio ascendendo, brancas como a neve, da adorável sombra verde das árvores que o cercavam. Um sopro de fumaça subia de uma chaminé na parte de trás do edifício. Esse vapor atingia as alturas e, encontrando-se com a brisa, era soprado para o mar, passando por cima da cabeça dos marinheiros famintos. Quando o apetite das pessoas está sensível, seus sentidos ficam aguçados para qualquer cheiro saboroso ao vento.

— O fumo vem da cozinha! — exclamou um dos homens, levantando o nariz o mais alto que pôde e inalando avidamente. — E, tão certo quanto eu sou um vagabundo faminto, sinto nele o cheiro de carne assada.

— Porco, porco assado! — disse outro. — Ai, um porquinho bem-feito... só de pensar fico com água na boca.

— Vamos nos apressar — exclamaram os outros —, ou chegaremos tarde demais para o brinde!

Contudo, mal tinham dado meia dúzia de passos, um pássaro esvoaçou a seu encontro. Era o mesmo passarinho com as asas e o corpo púrpura, as pernas amarelas, o colarinho dourado em torno do pescoço e o tufo semelhante a uma coroa na cabeça, cujo comportamento tanto havia surpreendido Ulisses. Ele pairava sobre Euríloco e quase lhe esfregou as asas no rosto.

— A-li, a-li, a-li-li... ui, ui, ui! — cantou o pássaro.

Tão melancólica era a sensibilidade que acompanhava o som que parecia que o coraçãozinho da criatura estava prestes a se partir com algum segredo poderoso a revelar, sem ter, porém, mais do que aquela pobre nota solitária para tanto.

— Meu belo passarinho — disse Euríloco, pois ele era uma pessoa atenta, e não deixava nenhum sinal de perigo escapar à sua atenção —, meu belo passarinho, quem mandou você até aqui? E qual é a mensagem que você traz?

— A-li, a-li, a-li-li... ui, ui, ui! — respondeu o pássaro tomado de tristeza.

Em seguida, voou em direção à borda do penhasco e olhou ao redor, na direção do grupo, como se demonstrasse excessiva preocupação para que voltassem de onde haviam vindo. Euríloco e alguns dos outros estavam inclinados a regressar. Não deixavam de suspeitar que o passarinho devia estar ciente de que algo de ruim lhes aconteceria no palácio, e cujo conhecimento afetava seu espírito leve com empatia e tristeza humanas. Contudo, os demais viajantes, sentindo o cheiro da fumaça da cozinha, desdenharam da ideia de voltar ao navio. Um deles (mais brutal do que os companheiros e o mais rematado guloso da tripulação) disse uma coisa tão cruel e perversa que me espanta que o mero pensamento não tenha convertido suas formas nas de uma besta selvagem, tal como ele já a trazia em sua natureza.

— Essa avezinha impertinente e que está aí causando problemas — declarou — daria um petisquinho bem gostoso para abrir a ceia. Só um pedacinho rechonchudo, derretendo na boca. Se ela se puser ao meu alcance, vou pegá-la e entregá-la ao cozinheiro do palácio para ser assada em um espeto.

As palavras mal saíram de sua boca e o pássaro púrpura espevitou-se para longe aos gritos de "A-li, a-li, a-li-li... ui, ui, ui!", mais dolorosos que nunca.

— Aquele pássaro — observou Euríloco — sabe mais do que nós sobre o que nos espera no palácio.

— Vamos, então — exclamaram seus camaradas —, e em breve saberemos tanto quanto ele.

O grupo, então, seguiu em frente através da verdura agradável da floresta. A cada pouco, ao vislumbrarem novamente o palácio de mármore, percebiam-no cada vez mais imponente. Logo chegaram a um caminho largo, que parecia muito bem cuidado e seguia sinuoso, com raios de sol incidindo sobre ele e pontos de luz bruxuleantes entre as sombras mais profundas que se projetavam das árvores elevadas. A clareira estava cercada também de muitas flores perfumadas, como os marinheiros nunca tinham visto antes. Tão abundantes e belas elas eram que, se os arbustos ali cresciam sem qualquer poda e eram nativos no solo, então aquela ilha decerto era o jardim das flores de toda a terra; ou, se transplantadas de algum outro clima, deviam vir das ilhas Afortunadas, que ficavam perto do pôr do sol dourado.

— Estamos perdendo um bocado de tempo aqui com essas flores e sem razão nenhuma — comentou um dos membros do grupo (e eu lhes conto o que ele disse para que vocês possam avaliar como eram glutões). — De minha parte, se eu fosse o dono do palácio, pediria ao meu jardineiro que não cultivasse nada além de ervas de tempero para fazer um recheio de carne assada ou para dar sabor a um guisado.

— Muito bem pensado! — gritaram os outros. — Mas eu lhes garanto que há uma horta na parte de trás do palácio.

A determinada altura chegaram a uma fonte de cristal e pararam para beber, na falta de bebida alcoólica, à qual eram mais afeitos. Olhando no fundo da fonte, viram seus próprios rostos vagamente refletidos, mas distorcidos de forma tão extravagante pelo jorro e movimento da água que cada qual parecia rir de si mesmo e de todos os companheiros. Tão ridículas eram essas imagens que eles se puseram a gargalhar, e mal conseguiam se conter. Depois de terem bebido, ficaram ainda mais alegres do que antes.

— Dá para sentir um toque de vinho de barril aí — disse um, estalando os lábios.

— Apressem-se! — gritaram os companheiros. — Vamos encontrar o barril de vinho de verdade no palácio, e isso será melhor do que cem fontes de cristal.

Então aceleraram o passo e se alegraram ao pensar no banquete saboroso para o qual esperavam ser convidados. Mas Euríloco lhes disse que se sentia como se estivesse caminhando em um sonho.

— Se estou de fato acordado — prosseguiu —, então, na minha opinião, estamos a ponto de encontrar uma aventura mais estranha do que qualquer outra que nos acometeu na caverna de Polifemo, ou entre os gigantescos lestrigões antropófagos, ou no palácio de ventos do rei Éolo, com sua ilha de muralhas de bronze. Esse tipo de sentimento sempre me acomete antes de uma ocorrência maravilhosa. Se quiserem seguir o meu conselho, irão dar meia-volta.

— Não, não — responderam os camaradas, sentindo o perfume do ar, no qual o cheiro da cozinha do palácio era agora mais perceptível. — Nós não voltaríamos atrás ainda que tivéssemos certeza de que o rei dos lestrigões, tão grande quanto uma montanha, estava sentado à cabeceira da mesa, e o enorme Polifemo, o ciclope de um olho só, a seu pé.

Por fim, chegaram à plena vista do palácio, que se mostrou muito alto, com um grande número de elevadíssimos pináculos no telhado. Embora fosse meio-dia, e o sol brilhasse intensamente sobre a fachada de mármore, a brancura nevada e o fantástico estilo arquitetônico faziam com que parecesse irreal, como as formas impressas pela geada em uma vidraça, ou como os contornos de castelos que vemos entre as nuvens ao luar. Mas, naquele instante, um sopro de vento trouxe a fumaça da cozinha e fez com que cada homem sentisse o cheiro do prato de que mais gostava; e, depois de sentir o aroma, pensaram que tudo o mais era bobagem e nada era real, exceto aquele palácio e o banquete que estava pronto para ali ser servido.

Então apressaram o passo em direção ao portal, mas não tinham chegado a meio caminho através do gramado largo quando uma matilha de leões, tigres e lobos aproximou-se para recepcioná-los. Os marinheiros, aterrorizados, recuaram, sem esperar destino melhor do que serem despedaçados e devorados. Para sua surpresa e alegria, contudo, os animais selvagens apenas brincavam ao seu redor, oferecendo a cabeça para um carinho, como qualquer cão doméstico quando deseja expressar felicidade ao encontrar o dono ou os amigos do dono. O maior leão lambeu os pés de Euríloco; e todos os outros leões, e cada lobo e tigre ali presentes, escolheram um dos demais vinte e dois membros da comitiva, a quem o animal acariciava como se o amasse tanto quanto a um osso de boi.

A despeito de tudo isso, contudo, Euríloco imaginou ter visto algo feroz e selvagem nos olhos dos animais: não o surpreenderia sentir, a qualquer momento, as terríveis garras do grande leão, ou ver cada um dos tigres dar um salto fatal, ou cada lobo arrojar-se na garganta do homem a quem tinha acariciado. A mansidão parecia irreal, uma simples excentricidade; mas a natureza selvagem era tão verdadeira quanto dentes e garras.

No entanto, os homens atravessaram sem percalços o gramado com os animais selvagens se divertindo ao seu redor e sem causar qualquer tipo de dano, embora, ao subir os degraus do palácio, fosse possível escutar um grunhido baixo, em especial dos lobos, como se achassem uma pena, afinal, permitir os estranhos passarem sem provar do que eram feitos.

Euríloco e seus seguidores atravessaram então um portal elevado e olharam através da porta aberta para o interior do palácio. A primeira coisa que viram foi um salão espaçoso e uma fonte no meio dele, jorrando na direção do teto a partir de uma bacia de mármore e caindo de volta nela em um murmurejar contínuo. A água dessa fonte, ao jorrar para o alto, assumia a cada vez novas formas, não com muita precisão, mas de maneira clara o suficiente para que uma fantasia ágil reconhecesse o que eram. Ora sugeriam os contornos de um homem em um comprido manto, cuja brancura felpuda se fazia do espargir da fonte; ora faziam as vezes de um leão, ou de um tigre, ou de um lobo, ou de um asno, ou, tantas quanto de qualquer outra coisa, de um porco, chafurdando na bacia de mármore como se fosse seu chiqueiro. Não se sabia se era magia ou alguma maquinaria curiosa que fazia com que a água a jorrar assumisse todas essas formas. Mas, antes que os estranhos tivessem tempo de olhar com mais atenção, foram atraídos por um som muito doce e agradável. Era a voz de uma mulher, que cantava melodiosamente em outra sala do palácio. Sua voz se misturava ao barulho de um tear, diante do qual ela provavelmente estava sentada, tecendo uma belíssima tapeçaria e entrelaçando a alta e a baixa doçura de sua voz em um delicado tecido de harmonia.

A canção chegou ao fim; e, de uma só vez, ouviram-se várias vozes femininas alegres, cujas falas eram entrecortadas, vez e outra, por felizes explosões de riso, como se pode ouvir sempre que três ou quatro jovens mulheres se sentam para trabalhar juntas.

— Que deliciosa canção! — exclamou um dos viajantes.

— Deliciosa, sem dúvida — respondeu Euríloco, balançando a cabeça. — Mesmo assim, não tanto quanto o canto das sereias, aquelas donzelas parecidas com pássaros que queriam nos tentar contra as rochas, para que nosso navio fosse destruído e nossos ossos ficassem abandonados, quarando pela praia.

— Mas ouça as vozes agradáveis dessas donzelas, e esse zumbido do tear, enquanto a lançadeira passa para lá e para cá — disse outro camarada. — Que som doméstico... é o som do lar! Ah, antes daquele cansativo cerco a Troia, eu costumava ouvir o zumbido do tear e as vozes das mulheres sob meu próprio teto. Nunca mais as ouvirei? Nem irei saborear aqueles pratos saborosos que minha querida esposa sabia servir?

— Psiu! Vamos comer melhor aqui — disse outro. — Mas com que inocência essas mulheres estão tagarelando juntas, sem fazer ideia de que as ouvimos! E atenção a essa voz, a mais bela de todas, tão delicada e tão familiar, mas que parece ter a autoridade de uma senhora entre elas. Vamos nos apresentar imediatamente. Que mal podem fazer a senhora do palácio e suas donzelas a marinheiros e guerreiros como nós?

— Lembrem-se — disse Euríloco — de que foi uma jovem donzela a enganar três de nossos amigos e os atrair ao palácio do rei dos lestrigões, que comeu um deles num piscar de olhos.

Nenhum aviso ou tentativa de convencimento, no entanto, teve qualquer efeito sobre os companheiros. Eles foram até um par de portas dobráveis no final do corredor e, escancarando-as, passaram à sala ao lado. Euríloco, entretanto, tinha dado um passo e se postado atrás de um pilar. No curto instante em que as portas se abriram e fecharam, ele vislumbrou uma mulher muito bonita que se levantava do tear e ia, com um sorriso hospitaleiro e a mão estendida em boas-vindas, ao encontro dos viajantes maltratados por tantas intempéries. Havia outras quatro mulheres jovens, que uniram as mãos e avançaram a passos de dança, fazendo gestos de reverência para os estranhos. Elas eram ligeiramente menos belas do que a mulher que parecia ser sua senhora. No entanto, passou pela cabeça de Euríloco ter visto uma delas com um cabelo verde-mar, e que o corpete justo da segunda parecia uma casca de árvore, e que as duas outras tinham algo de estranho em seu aspecto, embora não pudesse determinar o que fosse, no pouco tempo que teve para examiná-las.

As portas voltaram rapidamente à posição de repouso e o deixaram de pé atrás do pilar, na solidão do salão exterior. Lá Euríloco esperou até ficar muito cansado, avidamente atento a cada som, mas sem escutar nada que o pudesse ajudar a adivinhar o que se passara com seus amigos. Escutava, sim, muitos passos, que pareciam ir de um lado a outro em outras partes do palácio. Depois, escutou o retinir de pratos de prata ou de ouro, que o fizeram imaginar o abundante festim em um esplêndido salão de banquetes. Mas de repente, vez e outra, começou a ouvir um tremendo grunhido ou guincho, e então uma súbita corrida, como a de cascos pequenos e duros sobre o piso de mármore, enquanto as vozes da senhora e suas quatro servas gritavam juntas, em tom de raiva e escárnio. Euríloco não era capaz de compreender o que havia acontecido, a menos que um bando de porcos tivesse invadido o palácio, atraído pelo cheiro do banquete. Apontando por acaso os olhos para a fonte, viu que ela não mudava de forma como antes, nem lembrava um homem de vestes compridas, ou um leão, um tigre, um lobo ou um burro. Parecia unicamente um porco que chafurdava na bacia de mármore e a enchia de borda a borda.

Mas devemos deixar o prudente Euríloco esperando no salão e seguir seus amigos até o recôndito interior do palácio. Assim que a bela mulher viu os visitantes, ela se levantou do tear, como eu lhes contei, e avançou em sua direção, estendendo-lhes a mão. Cumprimentou o mais adiantado e desejou boas-vindas a ele e a todos do grupo.

— Vocês são esperados há muito tempo, meus bons amigos — disse ela. — Eu e minhas donzelas estamos bem familiarizadas com vocês, embora não pareçam nos reconhecer. Vejam esta peça de tapeçaria e julguem se seus rostos não nos são familiares.

Os viajantes examinaram a trama que a bela mulher estivera tecendo em seu tear; e, para grande espanto de todos, os marinheiros viram suas próprias figuras perfeitamente representadas em diferentes fios coloridos. Como se fosse a imitação da vida, era um retrato de suas recentes aventuras: a tapeçaria os mostrava na caverna de Polifemo, e como haviam apagado seu único olho lunar; em outra parte desamarravam os sacos de couro, repletos de ventos adversos; e, mais adiante, se viram fugindo a toda brida do gigantesco rei dos lestrigões, que havia pegado um deles pela perna. Por fim, lá estavam eles, sentados na costa desolada daquela mesma ilha, famintos e abatidos, olhando com tristeza os ossos descarnados do veado que haviam devorado no dia anterior. Os trabalhos do tear chegavam até aquele ponto; mas quando a bela mulher se sentasse outra vez diante do instrumento, produziria uma imagem do que acontecera desde então com os estranhos e do que ainda iria ocorrer dali em diante.

— Vocês veem — disse ela — que sei tudo sobre os seus padecimentos; não ponham em dúvida meu desejo de fazê-los felizes pelo tempo que permanecerem comigo. Para este fim, meus honrados convidados, dei ordens para que um banquete seja preparado. Peixes, aves e carne, assados e em deliciosos ensopados, e temperados, tenho certeza, para todos os gostos, estão prontos para serem servidos. Se o apetite lhe disser que é hora da ceia, então venham comigo para o grande salão.

Ante o gentil convite, os marinheiros famintos ficaram muito felizes; e um deles, fazendo as vezes de porta-voz, foi enfático ao dizer à hospitaleira anfitriã que qualquer hora do dia era hora de cear, desde que tivessem carne para pôr na panela e fogo para fervê-la. Assim, a bela mulher os conduziu; e as quatro donzelas (uma delas tinha cabelo verde-mar, outra, um corpete de casca de carvalho, uma terceira espargia gotas d'água das pontas dos dedos e a quarta fazia alguma outra coisa esquisita que me foge agora) os seguiram na retaguarda, até que entraram em um magnífico cômodo. Era um salão oval perfeito, iluminado do alto por uma cúpula de cristal. Acompanhando o contorno das paredes havia vinte e dois tronos, cobertos por dosséis de carmesim e ouro, e nos quais estavam as almofadas mais macias, munidas de borlas e cordões dourados. Cada um dos estranhos foi convidado a se sentar; e lá estavam eles, vinte e dois marinheiros maltratados por tempestades, em trajes rotos e esfarrapados, sentados em vinte e dois tronos almofadados e cobertos por dosséis tão refinados e belos que o monarca mais orgulhoso não teria nada mais esplêndido no mais majestoso de seus salões.

Vocês então teriam visto os convidados balançarem a cabeça entre si em sinal de aprovação, em meio a piscadelas, ou inclinados na direção um do outro para comunicar sua satisfação em sussurros roucos.

— Nossa boa anfitriã nos transformou a todos em reis — disse um deles. — Ah! Estão sentindo o cheiro do banquete? Aposto que será digno da presença de vinte e dois reis.

— Espero que sim — disse outro —, principalmente com uns pernis suculentos, umas costelinhas, um contrafilé, uma picanha, sem muita frescura. Se eu achasse que a boa senhora não ia levar a mal, pediria uma fatia gorda de toucinho frito para começar.

Ah, os glutões, os devoradores! Pois vejam só o que aconteceu. Nos mais altos assentos de dignidade, em tronos reais, eles não podiam pensar em nada além da cupidez de seu apetite, que era a porção de sua natureza que compartilhavam com lobos e porcos; de modo que se assemelhavam muito mais aos animais mais abjetos do que a reis — se, de fato, os reis fossem o que deveriam ser.

Mas a bela mulher, a um bater de palmas, fez entrar de pronto uma fileira de vinte e dois serviçais que traziam consigo pratos da mais farta comida, todos quentes do fogo da cozinha e recendendo um vapor tão elevado que formava uma nuvem sob a cúpula de cristal do salão. Número igual de atendentes trouxe jarras de vinho de vários tipos, alguns dos quais espumavam quando derramados e desciam em borbulhas pela garganta; enquanto, em outros casos, a bebida carmesim era tão clara que se podiam ver os contornos do rosto delineados no fundo do cálice. À medida que os criados serviam comida e bebida aos vinte e dois convidados, a anfitriã e suas quatro donzelas iam de um trono a outro, exortando-os a fartar-se de comer e beber vinho, e, assim, recompensar-se, ao longo do banquete, dos muitos dias em que ficaram sem uma ceia. Mas sempre que os marinheiros não estavam olhando para elas (o que era bastante frequente, pois eles admiravam principalmente as travessas e bandejas), a bela mulher e suas donzelas se viravam e riam. Era possível até mesmo ver os criados, ao se abaixarem para apresentar os pratos, entre largos sorrisos e zombarias, enquanto os convidados se serviam das iguarias oferecidas.

De vez em quando, os estranhos pareciam provar algo de que não gostavam.

— Esse aqui tem um tipo estranho de tempero — disse um. — Não posso dizer que se adapte ao meu paladar. Mas desce, mesmo assim.

— Mande um bom gole de vinho goela abaixo — sugeria o companheiro no trono ao lado. — Com um acompanhamento desses, o sabor fica ótimo. Embora eu deva dizer que o vinho tem um gosto estranho também. Porém, quanto mais eu bebo, mais aprecio o sabor.

Qualquer que fosse o mínimo problema que pudessem encontrar nos pratos, dedicaram-se à ceia por um tempo prodigiosamente longo;

e vocês teriam se sentido constrangidos de ver como engoliam a bebida e devoravam a comida. Estavam sentados em tronos dourados, sem dúvida; mas se comportavam como porcos em um chiqueiro; e, se estivessem atentos, teriam desconfiado que essa era a opinião da bela anfitriã e suas donzelas. Chego a ficar vermelho de vergonha ao calcular, assim de cabeça, que montanha de carne e torta, e quantos galões de vinho esses vinte e dois glutões e beberrões comeram e beberam. Eles não pensavam em coisa alguma — em suas esposas e filhos, ou em Ulisses e no que quer que fosse: tudo que lhes interessava era o banquete, como se quisessem comer para sempre. Por fim, contudo, começaram a parar, unicamente por não aguentarem mais.

— Este último pedaço de gordura é demais para mim — disse um.

— E eu não tenho espaço para mais um bocado — suspirou seu vizinho. — Que pena, porque não há o que farte minha fome!

Em suma, todos pararam de comer e recostaram-se em seus tronos, com um aspecto tão estúpido e indefeso que ofereciam um triste espetáculo aos olhos. Quando a anfitriã viu aquilo, riu em voz alta, assim como as quatro donzelas e os vinte e dois criados que levavam os pratos, e os vinte e dois empregados que lhes serviram o vinho. E quanto mais alto todos riam, mais estúpidos e indefesos pareciam os vinte e dois glutões. Então, a bela mulher tomou sua posição no meio do salão e, esticando uma vara delgada (que todo o tempo estivera em sua mão, embora eles não tivessem notado até aquele momento), virou-a de um convidado a outro, até que cada um sentiu que ela assim o fazia. Por mais belo que fosse seu rosto, e embora houvesse nele um sorriso, este se revelava tão perverso e malicioso quanto a serpente mais horrorosa que já se viu; e, por mais embotados que os viajantes se encontrassem, começaram a suspeitar que haviam caído sob o poder de uma feiticeira mal-intencionada.

— Miseráveis — exclamou ela —, vocês abusaram da hospitalidade de uma dama; e neste salão principesco seu comportamento foi adequado a um chiqueiro de porcos. Já são suínos em tudo, menos na forma humana, da qual são tamanha desgraça que eu mesma teria vergonha de a conservar por mais um instante, se vocês a compartilhassem comigo. Mas não será necessário além de um mínimo exercício de magia para fazer com que o exterior se adapte aos contornos suínos. Assumam as formas que lhes cabem, glutões, e vão para o chiqueiro!

Pronunciando essas últimas palavras, ela aplicou à varinha um movimento; e, quando bateu o pé imperiosamente, cada um dos convidados ficou horrorizado ao contemplar, em vez de seus camaradas em forma humana, vinte e um porcos sentados no mesmo número de tronos dourados. Cada homem (como ainda supunham ser) ensaiou um grito de surpresa, mas descobriu que só conseguia grunhir, e que, em uma palavra, era apenas outro animal, à imagem de seus companheiros. Parecia tão intoleravelmente absurdo ver porcos em tronos almofadados que eles se apressaram a chafurdar de quatro, como fazem os demais suínos. Tentaram gemer e implorar por misericórdia, mas imediatamente emitiram os mais terríveis grunhidos e guinchos que já haviam saído de suas gargantas. Buscaram fechar desesperadamente as mãos em punho, mas, ao tentar fazê-lo, ficaram ainda mais desesperados por se verem agachados nos pernis traseiros, pateando o ar com os cascos dianteiros. Meu Deus! Como as orelhas lhes pendiam da cabeça! E seus olhinhos vermelhos, meio enterrados na gordura! E que focinhos longos, no lugar dos narizes gregos!

Apesar de animais, pois outra coisa não pareciam, ainda tinham o bastante da natureza humana para ficar atordoados com a própria hediondez; e ainda tentando gemer, emitiam grunhidos e guinchos mais violentos que antes. Tão ásperos e penetrantes eram que vocês imaginariam que um açougueiro enfiava a faca em cada garganta, ou ao menos que alguém puxava cada porco pelo rabinho enrolado.

— O chiqueiro os espera! Vão! — gritou a feiticeira, dando-lhes elegantes golpes com a varinha; e, voltando-se para os criados, ordenou:
— Expulse esses porcos e jogue algumas bolotas de carvalho para eles comerem.

A porta do salão foi aberta, e os porcos correram em todas as direções, menos na certa, o que estava de acordo com sua perversidade suína, mas finalmente foram arrebanhados nos fundos do palácio. Era uma visão de fazer os olhos se encherem de lágrimas (e espero que nenhum de vocês seja cruel o bastante para rir disso), as pobres criaturas percorrendo a terra com os focinhos, pegando aqui uma folha de repolho, ali uma de nabo, escarafunchando a terra atrás de tudo o que pudessem encontrar. No chiqueiro, além disso, se comportavam mais porcamente do que os porcos que ali haviam nascido; pois trocavam mordidas e bufavam uns para os outros, punham os pés no cocho e devoravam os alimentos com uma pressa ridícula; quando já não restava mais nada para comer, empilharam-se em meio a uma palha imunda e logo adormeceram. Se ainda tinham alguma razão humana, era apenas o suficiente para se perguntarem quando seriam abatidos e que qualidade de toucinho renderiam.

Enquanto isso, como eu disse antes, Euríloco tinha esperado, e esperou, e esperou no saguão de entrada do palácio, sem compreender o que havia acontecido com os companheiros. Por fim, quando o alvoroço suíno ressoou através do palácio, e quando ele viu a imagem de um porco na bacia de mármore, pensou que era melhor apressar-se de volta ao navio e informar o sábio Ulisses dessas ocorrências extraordinárias. Então correu o mais rápido que pôde escada abaixo, e não parou para respirar até chegar à costa.

— Por que veio sozinho? — perguntou o rei Ulisses, assim que o viu. — Onde estão os seus vinte e dois camaradas?

Diante dessas perguntas, Euríloco explodiu em lágrimas.

— Ai! — ele exclamou. — Tenho muito medo de que nunca mais vejamos seus rostos novamente.

Ele contou a Ulisses, então, tudo o que havia se passado, tanto quanto sabia, e acrescentou que suspeitava que a bela mulher fosse uma feiticeira vil, e o palácio de mármore, magnífico como parecia, na realidade apenas uma caverna sombria. Quanto aos seus companheiros, não podia imaginar o que havia acontecido com eles, a menos que tivessem sido dados aos porcos para serem devorados vivos. Diante dessa informação, os viajantes ficaram muito assustados. Ulisses, porém, não perdeu tempo para cingir a espada, pendurar o arco e a aljava aos ombros e tomar uma lança na mão direita. Quando seus seguidores viram seu sábio líder preparando-se daquela maneira, perguntaram para onde estava indo, e suplicaram-lhe de todo coração que não os deixasse.

— Você é o nosso rei — exclamaram eles —, e, além disso, o homem mais sábio do mundo inteiro. Nada a não ser sua sabedoria e coragem pode nos tirar desse perigo. Se você nos abandonar e for para o palácio encantado, vai conhecer o mesmo destino que nossos pobres companheiros, e nenhuma alma entre nós voltará a ver nossa querida Ítaca.

— Como sou seu rei — respondeu Ulisses —, e mais sábio do que qualquer um de vocês, é ainda mais meu dever verificar o que aconteceu com nossos camaradas, e se alguma coisa ainda pode ser feita para resgatá-los. Esperem por mim até amanhã. Se eu não voltar, vocês devem içar vela e lutar para encontrar o caminho rumo a nossa terra natal. De minha parte, sou responsável pelo destino desses pobres marinheiros que continuaram ao meu lado na batalha e tantas vezes ficaram encharcados até os ossos como eu pelos mesmos tempestuosos vagalhões. Ou os trago de volta comigo ou morrerei.

Fossem mais ousados, seus seguidores o teriam detido à força. Mas o rei Ulisses lhes franziu a testa com severidade e brandiu a lança, ordenando-lhes que parassem ou sofressem as consequências. Ao vê-lo tão determinado, o grupo o deixou partir; todos permaneceram sentados na areia em grande desconsolo, esperando e orando pela sua volta.

Aconteceu com Ulisses o mesmo que vimos antes: estava ele a poucos passos da beira do penhasco quando o pássaro púrpura se aproximou adejando as asas em sua direção, pipilando "A-li, a-li, a-li-li... ui, ui, ui!" e usando de toda arte a seu alcance para persuadi-lo a não ir mais longe.

— O que você quer dizer, passarinho? — indagou Ulisses. — Vejo você vestido como um rei, em púrpura e ouro, portando uma coroa dourada sobre a cabeça. É porque também sou um rei que você deseja tão urgentemente falar comigo? Se puder usar de linguagem humana, diga o que gostaria que eu fizesse.

— A-li! — respondeu o pássaro púrpura, dolorosamente. — A-li, a-li, a-li-li...u-iii!

Havia uma pesada angústia no coração do passarinho; e era triste circunstância que ele não pudesse, ao menos, ter o consolo de dizer de que se tratava. Mas Ulisses não tinha tempo a perder na tentativa de desvendar o mistério. Assim, acelerou o ritmo e percorreu um bom trecho do agradável caminho pela mata quando encontrou um jovem de aspecto muito vivaz e inteligente, vestido de maneira bastante singular. Usava uma capa curta e uma espécie de gorro munido de um par de asas; e pela leveza de seu passo, talvez vocês imaginassem que também pudesse trazer asas nos pés. Para capacitá-lo a andar ainda melhor (pois ele estava sempre em uma jornada ou outra), carregava um cajado alado, em torno do qual duas serpentes se torciam e contorciam. Em suma, eu disse o bastante para vocês adivinharem que se tratava de Azougue; e Ulisses (que o conhecia de outros tempos e aprendera muito com ele) o reconheceu de pronto.

— Para onde você vai assim com tanta pressa, sábio Ulisses? — perguntou Azougue. — Você não sabe que esta ilha é encantada? A feiticeira perversa, cujo nome é Circe, irmã do rei Eetes, mora no palácio de mármore que você vê ali entre as árvores. Com suas artes mágicas, transforma cada ser humano na besta ou ave com quem mais se assemelhe.

— Aquele passarinho que me encontrou à beira do penhasco — exclamou Ulisses — já foi um ser humano?

— Sim — respondeu Azougue. — Ele foi um rei. Chamava-se Pico, e era um rei dos bons, apenas muito orgulhoso de seu manto púrpura, da coroa e da corrente de ouro em torno de pescoço; então foi forçado a tomar a forma de um pássaro de penas extravagantes. Os leões, lobos e tigres, que virão correndo ao seu encontro em frente ao palácio, eram outrora homens ferozes e cruéis, assemelhando-se em sua disposição aos animais selvagens de cujas formas agora estão apropriadamente investidos.

— E meus pobres companheiros — disse Ulisses. — Eles sofreram metamorfose semelhante pelas artes dessa perversa Circe?

— Você bem sabe como eram glutões — respondeu Azougue; e, esperto que era, não conseguiu conter o riso ante a piada. — Então não vai se surpreender ao ouvir que todos eles se metamorfosearam em porcos! Se Circe nunca tivesse feito nada pior, eu não a consideraria tão culpada.

— Mas não posso fazer nada para ajudá-los? — perguntou Ulisses.

— Isso vai exigir toda a sua sabedoria — disse Azougue —, e um pouco da minha também, para não deixar que seu eu nobre e sagaz seja transformado em uma raposa. Mas faça o que lhe ordeno; e tudo pode terminar melhor do que começou.

Enquanto falava, Azougue parecia estar em busca de alguma coisa; ele caminhava examinando o chão e logo pôs as mãos em uma plantinha com uma flor branca como a neve, que arrancou e cheirou. Ulisses estivera olhando para aquele mesmo lugar pouco antes; e pareceu-lhe que a planta desabrochou em plena flor no instante em que Azougue a tocou com os dedos.

— Tome esta flor, rei Ulisses — disse ele. — Guarde-a do mesmo modo como cuida de sua visão; pois posso assegurar que ela é extremamente rara e preciosa, e você poderia buscar por toda parte outra como ela sem jamais encontrar. Conserve-a em sua mão, cheire-a com frequência depois de entrar no palácio e enquanto estiver conversando com a feiticeira. Especialmente quando ela lhe oferecer comida, ou um gole de vinho de seu cálice: tenha o cuidado de encher as narinas com a fragrância da flor. Siga essas instruções, e você poderá desafiar as artes mágicas que o transformariam em raposa.

Azougue então lhe deu alguns conselhos adicionais sobre como se comportar, enfatizando que fosse ousado e prudente, e novamente lhe assegurou que, embora Circe fosse muito poderosa, ele tinha boa chance de sair em segurança do palácio encantado. Depois de ouvi-lo com atenção, Ulisses agradeceu ao bom amigo e retomou o caminho. Contudo, mal dera alguns passos quando, lembrando-se de outras perguntas que desejava fazer, virou-se mais uma vez e não viu ninguém no lugar onde Azougue estivera; pois o chapéu e os sapatos alados, com a ajuda do cajado também alado, o haviam transportado depressa para fora do alcance da vista.

Quando Ulisses chegou ao gramado em frente ao palácio, os leões e outros animais selvagens vieram ao seu encontro, e o teriam adulado e lambido seus pés. Mas o rei sábio golpeou-os com a longa lança e ordenou-lhes com dureza que saíssem de seu caminho; pois ele sabia que já haviam sido homens sedentos de sangue, e o rasgariam membro a membro, em vez de agradá-lo, se pudessem fazer o mal que estava em seus corações. Os animais selvagens gritaram, olharam para ele e ficaram a distância, enquanto o guerreiro subia os degraus do palácio.

Ao entrar no salão, Ulisses viu a fonte mágica no centro. A água que jorrava tinha agora tomado a forma de um homem em uma túnica longa, branca e felpuda que parecia lhe dirigir gestos de boas-vindas. Então ouviu o barulho da lançadeira no tear e a doce melodia da bela canção da mulher, e as vozes agradáveis da rainha e das quatro donzelas conversando juntas, as palavras se misturando a explosões alegres de riso. Mas não perdeu muito tempo com as risadas ou o canto. Recostou a lança contra um dos pilares do salão e, depois de soltar a espada na bainha, deu um corajoso passo à frente, escancarando as portas. No instante em que viu a figura imponente de pé à porta, a bela mulher levantou-se do tear e se apressou a ir ao seu encontro com um sorriso alegre, que cobria seu rosto de uma luz solar, e ambas as mãos estendidas.

— Bem-vindo, estranho corajoso! — exclamou ela. — Estávamos à sua espera.

E a ninfa com o cabelo verde-mar dirigiu a Ulisses uma mesura que ia até o chão, e da mesma forma lhe deu as boas-vindas; o mesmo fez sua irmã com o corpete de casca de carvalho, assim como aquela que espargia gotas de orvalho das pontas dos dedos e a quarta, de cuja estranheza não me recordo. E Circe, como a bela feiticeira era chamada (e que a tantas pessoas havia iludido que não duvidava ser capaz de iludir Ulisses, sem imaginar quão sábio ele era), novamente falou.

— Seus companheiros — disse ela — foram recebidos em meu palácio e têm desfrutado de tratamento hospitaleiro, à altura de seu comportamento. Se tal for o seu desejo, você deve primeiro se restabelecer e, em seguida, juntar-se a eles nas elegantes dependências que agora ocupam. Veja: eu e minhas donzelas temos fiado suas imagens nesta tapeçaria.

Ela apontou para a trama de tecido belamente produzida no tear. Circe e as quatro ninfas haviam trabalhado com afinco desde a chegada dos marinheiros: muitos metros de tapeçaria já tinham sido desenhados para além dos que descrevi antes. Nesse novo trecho, Ulisses viu a representação de seus vinte e dois companheiros sentados em almofadas e tronos cobertos de dosséis, a devorar avidamente as delícias e sorvendo vinho aos borbotões. O trabalho não avançara para além desse ponto. Oh, não mesmo. A feiticeira era astuciosa demais para permitir que Ulisses visse o mal que suas feitiçarias haviam infligido aos glutões.

— Quanto a você, valente senhor — disse Circe —, a julgar pela dignidade de seu aspecto, não o tomo por menos que um rei. Tenha a bondade de seguir-me, e será tratado como convém a sua dignidade.

Então Ulisses a seguiu até o salão oval, onde seus vinte e dois camaradas haviam devorado o banquete que terminara de maneira tão desastrosa. Mas, durante todo esse tempo, ele segurava a flor branca como neve na mão e a cheirava enquanto Circe falava; ao cruzar o limiar do salão, teve o cuidado de inalar diversas vezes, longa e profundamente, a fragrância. Em vez de vinte e dois tronos antes dispostos à roda do salão, agora havia apenas um único, no centro do aposento. Mas este era, sem dúvida, o assento mais magnífico em que já repousara um rei ou imperador, todo feito de ouro tratado em relevo e cravejado de pedras preciosas, com uma almofada que parecia um monte macio de rosas vivas e coberto por um dossel de raios de sol, que Circe sabia como tecer em cortinados. A feiticeira pegou Ulisses pela mão e o fez se sentar sobre o trono deslumbrante. Então, batendo palmas, convocou o mordomo-chefe.

— Traga aqui — disse ela — o cálice reservado ao uso dos reis. Encha-o com o mesmo vinho delicioso que meu irmão, o rei Eetes, tanto elogiou quando me visitou pela última vez com minha bela filha Medeia. Que menina boa e adorável! Se estivesse aqui agora, ficaria encantada em me ver oferecendo este vinho ao meu convidado de honra.

Mas, enquanto o mordomo saíra para buscar o vinho, Ulisses segurou a flor branca de neve perto do nariz.

— É um vinho saudável? — perguntou ele.

Diante disso, as quatro donzelas cochicharam um tanto nervosamente; então a feiticeira lhes voltou um olhar severo.

— É o sumo mais saudável que já se espremeu de uma uva — disse ela —, pois, em vez de oferecer disfarces a um homem, como outras bebidas alcoólicas costumam fazer, traz à tona o que nele há de verdadeiro, e mostra como ele deveria ser.

O mordomo-chefe gostava, mais que tudo, de ver as pessoas transformadas em porcos ou qualquer outro tipo de besta-fera; por isso, apressou-se a trazer o cálice real, cheio de um líquido tão brilhante quanto o ouro e que espargia sem cessar, salpicando a borda de gotículas ensolaradas. O vinho parecia delicioso, porém estava misturado aos encantamentos mais potentes que Circe sabia inventar. Para cada gota do suco de uva puro havia duas gotas do puro mal; e o perigo da coisa era que o mal o tornava ainda mais saboroso. O mero aroma das bolhas, que efervesciam na borda, era o bastante para transformar a barba de um homem em cerdas de porco, ou fazer as garras de um leão crescerem de seus dedos, ou um rabo de raposa em suas costas.

— Beba, meu nobre convidado — disse Circe, sorrindo, enquanto lhe oferecia o cálice. — Você encontrará nesse recipiente um consolo para todos os seus problemas.

O rei Ulisses pegou o cálice com a mão direita, enquanto com a esquerda segurava a flor branca de neve perto das narinas, inalando-a por tanto tempo que seus pulmões estavam cheios de sua simples e pura fragrância. Então, bebendo todo o vinho, ele encarou calmamente a feiticeira.

— Miserável! — gritou Circe, dando-lhe um rápido golpe com a varinha. — Como você se atreve a conservar a forma humana por um instante a mais! Assuma a forma do animal a que você mais se assemelha. Se for um porco, junte-se aos seus companheiros suínos no chiqueiro; se for um leão, um lobo, um tigre, vá uivar com os animais no gramado; se for uma raposa, vá exercer seu ofício no roubo de aves. Você bebeu do meu vinho; homem já não pode ser.

Mas tal era a virtude da flor branca de neve que, em vez de chafurdar do trono ao chão como um suíno, ou tomar qualquer outra forma brutal, Ulisses parecia ainda mais viril e altivo do que antes. Ele se desfez do cálice mágico e o lançou ao chão de mármore, no qual o copo deslizou até a extremidade mais distante do salão. Então, desembainhando a espada, agarrou a feiticeira pelos belos cachos e fez um gesto como se quisesse cortar sua cabeça de um só golpe.

— Vil Circe — gritou ele, com voz terrível —, esta espada deve pôr fim aos teus encantamentos. Morrerás, miserável vilã, e não farás mais nenhum mal no mundo, tentando os seres humanos a incorrer em vícios que os transformam em animais.

O tom e o semblante de Ulisses eram tão terríveis, e sua espada brilhava com tanta intensidade, e parecia ter um gume tão intoleravelmente afiado, que Circe quase morreu de susto, sem esperar o golpe. O mordomo-chefe correu para fora do salão, recolhendo a taça de ouro

"Miserável!", gritou Circe.

na saída; a feiticeira e as quatro donzelas caíram de joelhos, torcendo as mãos unidas e clamando por misericórdia.

— Poupe-me! — gritou Circe. — Poupe-me, real e sábio Ulisses. Pois agora eu sei que você é aquele sobre quem Azougue me preveniu, o mais prudente dos mortais, contra quem nenhum encantamento poderá prevalecer. Apenas você podia derrotar Circe. Poupe-me, ó mais sábio dos homens. Vou lhe mostrar a verdadeira hospitalidade, e até oferecer-me para ser sua escrava, e que este magnífico palácio seja, doravante, o seu lar.

As quatro ninfas, entretanto, faziam o mais lamentável dos fuzuês; especialmente a ninfa do oceano, de cabelo verde-mar, que chorava grandes quantidades de água salgada; e a ninfa da fonte, que, além de espargir as gotas de orvalho das pontas dos dedos, se desfazia em lágrimas. Mas Ulisses não encontraria paz até que Circe jurasse solenemente devolver seus companheiros, e tantos outros, segundo sua vontade, de suas atuais aparências de animal ou pássaro às anteriores formas humanas.

— Nessas condições — disse ele —, eu concordo em poupar sua vida. Caso contrário, morrerá aqui mesmo.

Com uma espada desembainhada pairando sobre si, a feiticeira teria prontamente consentido em fazer o bem na mesma proporção em que praticara o mal, por menos que gostasse da tarefa. Assim, conduziu Ulisses pela entrada dos fundos e mostrou-lhe os porcos no chiqueiro. Havia cerca de cinquenta desses animais no rebanho, todos imundos; e embora a maior parte fosse de porcos por nascimento e educação, havia, maravilhosamente, pouca diferença entre eles e seus novos irmãos, que tão pouco tempo atrás ainda conheciam a forma humana. Para falar com rigor, de fato, estes últimos levaram a coisa ao extremo, e pareciam fazer questão de chafurdar na parte mais enlameada do chiqueiro; e em outros aspectos superavam os porcos originais em sua própria vocação natural. Uma vez que os homens se transformam em animais, a insignificância da sagacidade humana que neles permanece aumenta em dez vezes sua brutalidade.

Os camaradas de Ulisses, no entanto, não haviam perdido de todo a lembrança de ter andado sobre dois pés. Quando ele se aproximou do chiqueiro, vinte e dois porcos enormes se separaram do rebanho e correram em sua direção, com um coro de guinchos horríveis que o fizeram levar as mãos aos ouvidos. E, no entanto, eles não pareciam saber o que queriam, nem se estavam apenas com fome ou infelizes por algum outro motivo. Era curioso, em meio a sua angústia, observá-los enfiando o nariz na lama em busca de algo para comer. A ninfa com o corpete de casca de carvalho (ela era a hamadríade do carvalho) jogou um punhado de bolotas entre eles; e os vinte e dois porcos escorregaram e lutaram pelo prêmio, como se não tivessem provado nem uma gota de leite azedo por um ano.

— Estes devem ser meus camaradas — disse Ulisses. — Reconheço a disposição deles. Não chega a valer a pena se dar ao trabalho de transformá-los em homens novamente. No entanto, faremos isso para que o mau exemplo não corrompa os outros porcos. Que recobrem suas formas originais, portanto, senhora Circe, se sua habilidade estiver à altura da tarefa. Exigirá maior magia, assim o creio, do que a exigida para metamorfoseá-los em suínos.

Então Circe balançou a varinha e repetiu algumas palavras mágicas, ao som das quais os vinte e dois porcos ergueram as orelhas caídas. Era uma maravilha ver como os focinhos ficavam cada vez mais curtos, e as bocas (pelas quais pareciam lamentar, porque com elas não poderiam engolir tão depressa) cada vez menores, e como um ou outro começava a ficar sobre as patas traseiras e coçar o nariz com as dianteiras. A princípio, mal se sabia se eram porcos ou homens, mas pouco a pouco concluiu-se que se assemelhavam a homens. Finalmente, lá estavam os vinte e dois camaradas de Ulisses, na aparência quase os mesmos de quando deixaram o navio.

Vocês não devem imaginar, porém, que a qualidade suína os tivesse abandonado. Uma vez que se fixa no caráter de uma pessoa, é muito difícil se livrar dela. Isso se provou pela hamadríade, que, sendo excessivamente afeiçoada ao mal, jogou outro punhado de bolotas diante das vinte e duas pessoas cujas formas acabavam de ser restauradas; ao que eles logo chafurdaram e as engoliram da maneira mais vergonhosa. Então, lembrando-se de quem eram, levantaram-se, parecendo mais estúpidos que de costume.

— Obrigado, nobre Ulisses! — bradaram eles. — De animais brutos, você nos restaurou à condição de homens.

— Não se deem ao trabalho de me agradecer — disse o sábio rei. — Temo ter feito pouco por vocês.

Para dizer a verdade, havia uma espécie suspeita de grunhido em suas vozes, e por um longo tempo eles se expressaram grosseiramente, a todo momento prontos a emitir um guincho.

— Dependerá do seu comportamento futuro — acrescentou Ulisses —, se vocês tomarão ou não o caminho de volta para o chiqueiro.

Nesse instante, a nota de um pássaro soou do galho de uma árvore vizinha.

— A-li, a-li, a-li-li... uiiiiii!

Era o passarinho púrpura, que durante todo esse tempo estivera sentado sobre suas cabeças, observando o que se passava e esperando que Ulisses se lembrasse de como ele havia se empenhado para mantê--lo, bem como a seus seguidores, fora de perigo. Ulisses ordenou a Circe que de pronto transformasse a pequena ave tão bondosa em rei, e a deixasse exatamente como o havia encontrado. Mal as palavras foram ditas e, antes que o pássaro tivesse tempo de proferir outro "A-li-li", o rei Pico saltou do galho de uma árvore com sua majestosa soberania, coberto de um longo manto púrpura e lindas meias amarelas, um colarinho esplendidamente trabalhado em torno do pescoço e uma coroa dourada na cabeça. Ele e o rei Ulisses trocaram as cortesias dignas de sua posição elevada. Mas, a partir desse momento, o rei Pico já não se sentia orgulhoso de sua coroa e de seus ornamentos reais, nem do fato de ser rei; ele se sentia apenas o servo maior de seu povo, e que seu trabalho pelo resto da vida devia ser torná-los melhores e mais felizes.

Quanto aos leões, tigres e lobos (embora Circe pudesse restaurar suas formas anteriores à menor palavra), Ulisses achou aconselhável que permanecessem como estavam e, assim, alertassem sobre suas disposições cruéis, em vez de andar sob o disfarce de homens e fingir afetos humanos enquanto seus corações tinham a sede de sangue dos animais selvagens. Então os deixou uivar o quanto quisessem, mas sem chegar a se preocupar minimamente. E, quando tudo foi resolvido segundo sua vontade, mandou chamar os demais companheiros que deixara na praia. Com sua chegada, capitaneada pelo prudente Euríloco, todos se acomodaram no palácio encantado de Circe, e descansaram e se revigoraram das tarefas e dificuldades da viagem.

Então ela examinou a entrada da caverna.

As sementes de romã

Ceres amava muito sua filha Prosérpina, e raramente a deixava sair sozinha para os campos. Mas, justo no momento em que minha história começa, a boa senhora estava muito ocupada, porque precisava cuidar do trigo, do milho, do centeio e da cevada, em suma, da colheita de todos os grãos por toda parte; e como a estação tinha atrasado de forma incomum, era necessário fazer a lavoura amadurecer mais rápido que o habitual. Então ela pôs o turbante feito de papoulas (uma flor que nunca deixava de usar), subiu na carroça puxada por uma parelha de dragões alados e estava pronta para partir.

— Querida mãe — pediu Prosérpina —, ficarei muito sozinha enquanto você estiver fora. Não posso correr até a praia e pedir a algumas das ninfas do mar que saiam das ondas e brinquem comigo?

— Pode, filha — respondeu Ceres. — As ninfas do mar são boas criaturas e nunca lhe causarão nenhum mal. Mas você deve tomar cuidado para não se afastar delas, nem sair vagando pelos campos sozinha. Meninas jovens, sem as mães por perto para cuidar delas, ficam muito propensas a sofrer maldades.

A menina prometeu ser prudente como se adulta fosse; e tão logo os dragões alados conduziram a carruagem para longe dos olhos, ela já estava na praia, chamando as ninfas do mar. Elas conheciam a voz de Prosérpina, e não demoraram a mostrar seus rostos brilhantes e cabelos verde-mar acima da superfície do oceano, em cujas profundezas tinham seu lar. Traziam consigo muitas conchas bonitas; e, sentadas na areia úmida, onde as ondas quebravam sobre elas, ocuparam-se fazendo um colar, que penduraram no pescoço de Prosérpina. Como forma de mostrar sua gratidão, a menina suplicou-lhes que a seguissem por um pequeno trecho na direção dos campos, a fim de reunir flores com as quais faria uma guirlanda para cada uma das amigas.

— Ai, não, querida Prosérpina — responderam as ninfas do mar. — Não temos coragem de ir com você até a terra seca. Podemos desmaiar se não sentirmos a brisa salgada do oceano enquanto respiramos. Você não percebeu que temos cuidado para que as ondas quebrem sobre nós a cada momento, para estarmos todo o tempo no conforto da umidade? Se não fosse por isso, ficaríamos como aqueles montes de algas secas largadas ao sol.

— É uma pena — disse Prosérpina. — Mas esperem por mim aqui, eu vou correr e encher meu avental de flores… Volto antes que dez on-dinhas tenham se quebrado sobre vocês. Quero muito fazer essas guir-landas: elas vão ficar tão bonitas quanto este colar de conchas coloridas.

— Vamos esperar, então — responderam as ninfas do mar. — Mas enquanto você estiver fora, vamos nos deitar em um banco de esponja macia sob a água. O ar hoje está seco demais. Vamos erguer a cabeça acima da linha d'água de vez em quando para ver se você está vindo.

A jovem Prosérpina disparou, então, em direção a um local onde, no dia anterior, vira um grande número de flores. Agora, no entanto, elas pareciam um pouco sem viço; desejando oferecer a suas amigas as flo-res mais frescas e bonitas, entrou mais longe nos campos e encontrou ali algumas que a fizeram dar gritinhos de alegria. Nunca encontrara flores tão belas: violetas tão grandes e perfumadas; rosas de rubor tão vivo e delicado; jacintos tão esplendorosos e cravinas tão aromáticas; e muitas outras, algumas das quais pareciam ter formas e cores inusi-tadas. Além disso, por duas ou três vezes a menina não pôde deixar de pensar que um ramalhete das mais esplêndidas flores havia brotado repentinamente da terra diante de seus olhos, como se, de propósito, a atraíssem para dar alguns passos adiante. O avental de Prosérpina logo se encheu e transbordou de flores adoráveis. Ela estava prestes a voltar para se unir às ninfas do mar e sentar-se com elas nas areias úmidas, entrelaçando as guirlandas juntas. Mas, um pouco adiante, o que avistava? Era um arbusto enorme, completamente coberto com as flores mais magníficas do mundo.

— Dálias! — exclamou Prosérpina. E então pensou consigo mesma: "Mas eu estava olhando para aquele lugar agora mesmo. Como não as vi? Que estranho!".

Quanto mais se aproximava do arbusto, mais atraente ele lhe parecia, até que chegou bem perto; e então, embora a beleza estivesse além do que as palavras podem descrever, ela não sabia dizer se gostava do que via ou não. Eram mais de cem flores dos mais brilhantes matizes, cada qual única em si mesma, mas todas compartilhando uma espécie de semelhança que demonstrava serem flores irmãs. Contudo, havia um lustro profundo e brilhante nas folhas do arbusto e nas pétalas das flores que fazia Prosérpina duvidar se não seriam venenosas. Para dizer a verdade, por mais tolo que isso possa parecer, ela estava um tanto inclinada a dar meia-volta e fugir.

"Mas que menina boba eu sou!", pensou ela, tomando coragem. "É realmente o arbusto mais bonito que já brotou da terra. Vou arrancá-lo pelas raízes, levá-lo para casa e plantá-lo no jardim da minha mãe."

Segurando o avental transbordando de flores com a mão esquerda, Prosérpina agarrou o grande arbusto com a direita e puxou, puxou, mas não conseguiu soltá-lo do solo. Que raízes profundas eram aquelas! A menina puxou mais uma vez com todas as forças, e observou que a terra começou a se mover e rachar a alguma distância ao redor do caule. Deu um novo puxão, mas logo parou de fazer força, imaginando ter escutado um rumor bem debaixo de seus pés. Será que as raízes se estendiam até alguma caverna encantada? Então, rindo de si mesma por ter uma ideia tão infantil, fez novo esforço: o arbusto se soltou, e Prosérpina cambaleou para trás, segurando o caule em triunfo e olhando para o buraco profundo que as raízes haviam deixado no solo.

Para seu espanto, o buraco continuou a se abrir cada vez mais e a ficar cada vez mais fundo, até que parecia não ter fim; e o tempo todo saía um rumor grave das profundezas, cada vez mais alto, cada vez mais próximo, soando como o galope de cascos de cavalos e o chacoalhar das rodas de uma carruagem. Assustada demais para fugir, Prosérpina ficou diante daquele buraco fantástico, forçando os olhos para dentro dele; e logo avistou quatro cavalos negros em parelhas, soltando fumaça pelas ventas e rasgando o ar rumo à superfície, atrelados a uma esplêndida carruagem dourada. Eles saltaram para fora do buraco sem fundo, com carruagem e tudo; e lá estavam eles, balançando as crinas negras, erguendo as caudas negras e corcoveando com os cascos no ar, todos ao mesmo tempo, perto do local onde estava a menina. Na carruagem se via a figura de um homem belamente vestido, com uma coroa na cabeça e reluzindo de diamantes por inteiro. Tinha um aspecto nobre e era bastante bonito, mas parecia mal-humorado e descontente; esfregava os olhos e, com a mão, fazia sombra sobre eles, como se não vivesse o bastante sob o sol para gostar de sua luz.

Assim que viu a assustada Prosérpina, acenou para que ela se aproximasse um pouco mais.

— Não tenha medo — disse ele, com um sorriso tão alegre quanto era capaz de fingir. — Venha! Você não gostaria de passear um pouco comigo na minha bela carruagem?

Mas Prosérpina ficou tão assustada que seu único desejo era correr para longe. Não é de admirar! O estranho não parecia exatamente afável, apesar do sorriso; e quanto à voz, ela tinha um tom grave e severo, assemelhando-se mais ao estrondo de um terremoto das profundezas do que a qualquer outra coisa. Como sempre acontece às crianças em apuros, o primeiro pensamento de Prosérpina foi chamar a mãe.

— Mãe, mãe! — gritava enquanto tremia sem parar. — Venha depressa e me salve!

Mas sua voz era fraca demais para a mãe ouvir. Na verdade, o mais provável era que Ceres estivesse a muitos e muitos quilômetros de distância, fazendo o milho crescer em algum lugar distante. Tampouco teria servido de alguma coisa para sua pobre filha, ainda que a escutasse; pois assim que Prosérpina começou a gritar, o estranho saltou da carruagem, tomou a criança em seus braços e voltou para o veículo, sacudindo as rédeas e ordenando que os quatro cavalos negros partissem. De pronto eles se puseram a galopar num trote tão veloz que mais pareciam voar do que correr com os cascos na terra. Num instante, Prosérpina perdeu de vista o agradável vale de Enna, em que passara toda a sua vida. Noutro piscar de olhos, até mesmo o cume do monte Etna ganhara os tons azulados da distância, de modo que ela mal conseguia distingui-lo da fumaça que a cratera expelia. Mesmo assim, a pobre criança gritou, derramou seu avental cheio de flores pelo caminho e deixou um longo brado na esteira da carruagem; e muitas mães, a quem seu pranto chegou, correram sem demora para ver se algum mal acometera seus filhos. Mas Ceres estava muito longe e não conseguiu ouvi-la.

Enquanto cavalgavam, o estranho fez tudo ao seu alcance para acalmá-la.

— Qual é a razão de tanto medo, minha menininha linda? — disse ele, tentando suavizar a voz áspera. — Prometo não lhe fazer nenhum mal. Quê? Você estava colhendo flores? Espere até chegarmos ao meu palácio, e lhe darei um jardim cheio de flores mais bonitas que aquelas, flores todas feitas de pérolas, diamantes e rubis. Será que você consegue adivinhar quem sou eu? Me chamam de Plutão; e eu sou o rei dos diamantes e de todas as outras pedras preciosas. Cada átomo de ouro e prata que jaz debaixo da terra pertence a mim, para não falar do cobre e do ferro, e das minas de carvão, que me fornecem abundância de combustível. Está vendo esta coroa esplêndida na minha cabeça? Você pode ficar com ela como brinquedo. Ah, seremos muito bons amigos, e você me achará mais agradável do que imagina quando sairmos desse sol incômodo.

— Quero ir para casa! — gritou Prosérpina. — Quero a minha casa!

— Minha casa é melhor que a da sua mãe — observou o rei Plutão. — É um palácio todo feito de ouro e com janelas de cristal; e como há pouca ou nenhuma luz do sol, os aposentos são iluminados com lâmpadas de diamante. Você nunca viu nada tão magnífico quanto o meu trono. Se quiser, pode se sentar nele e ser minha rainhazinha, e eu ficarei no escabelo a seus pés.

— Eu não ligo para palácios e tronos dourados — soluçou Prosérpina. — Ai, a minha mãe, a minha mãe! Leve-me de volta para a minha mãe!

Mas o rei Plutão, como ele chamava a si mesmo, apenas gritou para os corcéis irem mais rápido.

— Por favor, Prosérpina, não seja tola — disse num tom um pouco ríspido. — Ofereço a você o meu palácio, a minha coroa e todas as riquezas que existem debaixo da terra; e você me trata como se eu lhe fizesse mal. A única coisa de que meu palácio precisa é de uma donzela alegre que corra para cima e para baixo e anime os cômodos com seu sorriso. E isso é o que você precisa fazer pelo rei Plutão.

— Jamais! — retrucou Prosérpina, exibindo toda a tristeza que era capaz de estampar no rosto. — Nunca mais voltarei a sorrir até que você me devolva à porta da casa de minha mãe.

Mas não teria feito diferença se ela dissesse aquilo ao vento que assoviava em seus ouvidos, pois Plutão instigava os cavalos, que galopavam mais rápido do que nunca. Prosérpina continuou a gritar, e gritou por tanto tempo e tão alto que sua pobre voz quase se foi com o grito; e quando havia se reduzido a não mais do que um sussurro, ela acabou por deparar com um vasto campo de grãos que balançavam ao vento. E quem vocês acham que ela viu? Quem, senão sua mãe, Ceres, fazendo o milho crescer, ocupada demais para dar atenção à carruagem dourada que corria e chacoalhava. A criança reuniu todas as forças e deu mais um grito, porém, quando Ceres virou a cabeça, Prosérpina já não podia ser vista.

O rei Plutão havia tomado uma estrada que começava então a ficar excessivamente sombria. Era limitada de um lado e de outro por rochas e precipícios, entre os quais o estrondo das rodas reverberava como um trovão. Árvores e arbustos que cresciam nas fendas das rochas tinham folhagens sombrias; e, pouco a pouco, embora mal fosse meio-dia, um crepúsculo cinzento se abateu por toda a atmosfera. Os cavalos pretos tinham se apressado com tamanha velocidade que haviam deixado os limites do sol para trás. Porém, quanto mais escuro ficava, mais o rosto de Plutão assumia um ar de satisfação. Por fim, viu-se que não era pessoa de má aparência, sobretudo quando parou de retorcer as feições naquele sorriso que não era natural. Prosérpina espiou seu rosto através do crepúsculo e teve esperança de que ele não fosse tão perverso quanto pensara.

— Ah, que delícia de crepúsculo, é mesmo revigorante — disse o rei Plutão. — Que tormento é aquele brilho horroroso e impertinente do sol. Quão mais agradável é a luz da lamparina ou da tocha, ainda mais quando refletida nos diamantes! Será uma visão magnífica, quando chegarmos ao meu palácio.

— Fica muito longe? — perguntou Prosérpina. — Você vai me levar de volta depois?

— Conversaremos sobre isso depois — respondeu Plutão. — Acabamos de chegar aos meus domínios. Você está vendo aquele portão alto à nossa frente? Quando passarmos por ele, estaremos em casa. E lá está o meu fiel mastim à minha espera. Cérbero! Cérbero! Venha cá, meu cãozinho!

Assim dizendo, Plutão puxou as rédeas e parou a carruagem bem entre os pilares altos e pesados do portal. O mastim de que havia falado levantou-se e ficou de pé sobre as patas traseiras, apoiando as dianteiras na roda da carruagem. Mas, céus, que cachorro bizarro! Era um monstro imenso, feio, intratável, de três cabeças separadas, cada uma mais feroz que as outras; no entanto, por mais ferozes que fossem, o rei Plutão dava tapinhas em todas elas. Parecia tão afeiçoado ao seu cachorrinho de três cabeças como se fosse um cocker spaniel, com as orelhinhas sedosas e pelo encaracolado. Cérbero, por sua vez, ficou evidentemente feliz ao ver o dono, e expressou seu apego, como outros cães, abanando o rabo. Com os olhos atraídos por aquele movimento rápido, Prosérpina viu que o rabo em questão — pasmem vocês! — era um dragão mais do que vivo, de olhos de fogo e presas que tinham um aspecto venenoso. E enquanto o Cérbero de três cabeças fazia sua amorosa recepção ao rei Plutão, lá estava a cauda em forma de dragão, abanando contra sua própria vontade e parecendo, por si só, muito contrariada e colérica — vocês podem fazer uma ideia, imagino.

— Esse cachorro vai me morder? — perguntou Prosérpina, encolhendo-se para mais perto de Plutão. — Que bicho feio é esse!

— Oh, não tenha medo — respondeu o rei. — Ele nunca faz mal às pessoas, a menos que tentem entrar em meus domínios sem serem convidadas, ou fugir quando minha vontade é mantê-las aqui. Quieto, Cérbero! Agora, minha linda Prosérpina, vamos em frente.

Assim, a carruagem seguiu adiante, e o rei Plutão parecia muito contente de estar mais uma vez em seu próprio reino. Chamou a atenção de Prosérpina para os ricos veios de ouro que se viam entre as rochas, e apontou vários lugares onde um único golpe de picareta soltaria um alqueire de diamantes. Ao longo de toda a estrada, de fato, reluziam pedras preciosas que seriam de valor inestimável na superfície, mas que aqui eram consideradas do tipo mais vil e mal valiam o esforço de um mendigo para se inclinar e recolhê-las.

Não muito longe do portão, chegaram a uma ponte que parecia feita de ferro. Plutão parou a carruagem e pediu que Prosérpina olhasse para o riacho que fluía preguiçoso debaixo dela. Nunca em sua vida ela vira riacho tão lento, tão negro, tão lodoso; as águas não refletiam imagens de nada que estivesse nas margens, e tão devagar ele se movia que era como se tivesse esquecido completamente o rumo que deveria tomar, preferindo ficar parado a correr para um lado ou para o outro.

— Esse é o rio Lete — observou o rei Plutão. — Não é um riacho agradável?

— Ele me parece muito triste — respondeu Prosérpina.

— Bom, ele está de acordo com o meu gosto — respondeu Plutão, que tendia a ficar contrariado quando alguém discordava dele. — De qualquer forma, sua água é de excelente qualidade: um único gole faz com que as pessoas esqueçam todas as preocupações e tristezas que até então as atormentavam. Tome só um gole, minha querida Prosérpina, e vai parar imediatamente de lamentar por sua mãe, e não terá nada na memória que a impeça de ser absolutamente feliz em meu palácio. Mandarei trazer um pouquinho em um cálice de ouro quando chegarmos.

— Ah, não, não, não! — gritou Prosérpina, começando a chorar de novo. — Eu prefiro mil vezes ser infeliz com a lembrança da minha mãe a ser feliz e esquecê-la. Ai, minha mãe querida! Eu nunca, nunca vou esquecê-la.

— Veremos — disse o rei Plutão. — Você não tem ideia dos bons momentos que teremos no meu palácio. Aqui estamos nós, às suas portas. Esses pilares são de ouro maciço, posso garantir.

Ele desceu da carruagem e, com Prosérpina nos braços, subiu um lance elevado de degraus em direção ao grande salão. Este era esplendidamente iluminado por imensas pedras preciosas de vários matizes, que pareciam queimar como lamparinas e brilhavam com um esplendor cem vezes maior por todo o vasto local. E, no entanto, imperava uma espécie de escuridão em meio a essa luz encantada: não havia um único objeto ali que fosse realmente agradável de se ver, exceto a pequena Prosérpina, a menina linda com uma flor que ela não soltara da mão. Sou da opinião de que o rei Plutão jamais havia sido feliz em seu palácio, e que essa era a verdadeira razão pela qual raptara Prosérpina: ter algo para amar, em vez de continuar enganando seu coração por mais tempo com aquela magnificência aborrecida. E, embora fingisse não gostar da luz do sol do mundo superior, o efeito da presença da menina, ainda que entristecida como estava por suas lágrimas, era como se um raio de sol fraco e úmido tivesse de alguma forma adentrado o salão encantado.

Plutão convocou então a criadagem e ordenou-lhe que preparasse de imediato o mais suntuoso dos banquetes, e que, acima de todas as coisas, não deixasse de servir um copo de ouro com a água do Lete ao lado do prato de Prosérpina.

— Eu não vou beber isso nem qualquer outra coisa — disse Prosérpina. — Nem vou comer um pedaço que seja da sua comida, ainda que você me mantenha para sempre no seu palácio.

— Eu deveria ficar triste com isso — respondeu o rei Plutão, acariciando o rosto da menina, pois ele realmente queria ser gentil, apenas não sabia como. — Minha pequena Prosérpina, percebo que você é uma menina mimada, mas, quando vir as coisas boas que meu cozinheiro irá preparar para você, seu apetite vai voltar em um instante.

Mandando, então, chamar o cozinheiro-chefe, Plutão deu ordens estritas de que toda sorte de iguarias — do tipo que geralmente agradam aos jovens — fosse posta diante de Prosérpina. Ele tinha um motivo secreto para isso — pois, vocês vão entender, é lei pétrea que, quando as pessoas são levadas a uma terra de magia, se provarem ali qualquer alimento, nunca mais poderão voltar para a companhia de seus amigos. Ora, se o rei Plutão fosse astuto o bastante para oferecer a Prosérpina alguma fruta, ou pão e leite (a comida simples a que a criança sempre estivera acostumada), era muito provável que ela logo ficasse tentada a comer. Mas deixou o assunto aos cuidados do cozinheiro, que, como é costume de sua profissão, não considerava digno comer outra coisa que não uma bela torta, uma carne ricamente temperada ou sobremesas requintadas — coisas que a mãe de Prosérpina nunca lhe oferecera, e cujo cheiro tirava todo o apetite da menina, em vez de aguçá-lo.

Mas minha história deve agora percorrer um longo e duro caminho para longe dos domínios do rei Plutão e ver como estava Ceres, a mãe da menininha roubada. Passamos rápido por ela, como vocês se lembram, entre os grãos oscilantes, enquanto os quatro corcéis negros galopavam a toda brida conduzindo a carruagem na qual sua amada Prosérpina era levada contra a vontade. Vocês se lembram, também, do grito altíssimo que Prosérpina deu, justo quando a carruagem já não podia ser vista.

De todos os gritos da criança, aquele último foi o único que chegou aos ouvidos da mãe. Ela havia confundido o estrondo das rodas da carruagem com um trovão, imaginando que uma chuva estava próxima e que isso a ajudaria a fazer o milho crescer. Mas, ao som do grito de Prosérpina, se assustou e olhou em todas as direções, sem saber de onde vinha, mas quase certa de que era a voz da filha. Parecia tão inexplicável, no entanto, que a menina tivesse se perdido por tantas terras e mares (que ela mesma não poderia ter atravessado sem a ajuda de seus dragões alados) que a boa Ceres tentou acreditar que aquele grito cheio de dor viesse do filho ou da filha de alguma outra mãe ou pai, e não de sua querida Prosérpina. No entanto, sentiu doer em si um sem-número de amorosos medos, como os que estão prontos para se agitar no coração de cada mãe que se veja sob a necessidade de se afastar dos filhos queridos sem deixá-los sob os cuidados de alguma tia solteira ou outro guardião fiel. Assim, deixou sem demora o campo em que estivera tão ocupada; e, como seu trabalho não havia chegado à metade, no dia seguinte os grãos pareciam necessitados de sol e chuva, como se as espigas estivessem doentes ou houvesse alguma coisa com as raízes.

A parelha de dragões devia ter asas muito ágeis, pois em menos de uma hora Ceres apeou à porta de sua casa e a encontrou vazia. Sabendo, no entanto, que a menina gostava de se divertir na praia, correu para lá o mais rápido que pôde, e viu os rostos molhados das pobres ninfas do mar espiando por sobre uma onda. Todo esse tempo, as boas criaturas haviam esperado sobre o banco de esponjas e, uma vez a cada meio minuto ou mais, erguiam as quatro cabeças acima da água para ver se a companheira de diversão voltava. Quando viram Ceres, subiram na crista de uma onda e deixaram que ela as levasse até a areia a seus pés.

— Onde está Prosérpina? — gritou Ceres. — Onde está minha filha? Digam-me, ninfas do mar, vocês que são cheias de traquinagens, vocês a atraíram para o fundo das águas?

— Oh, não, tia Ceres — disseram as inocentes ninfas marinhas, jogando para trás os cachos verdes e encarando-a. — Nós jamais sonharíamos com uma coisa dessas. Prosérpina estava brincando conosco, é verdade; mas ela foi embora faz um bom tempo... quis dar uma corridinha até o campo para colher umas flores e fazer uma guirlanda. Isso foi no início do dia, e não soubemos dela desde então.

Ceres não esperou sequer que as ninfas terminassem de falar e se apressou a perguntar sobre o paradeiro da filha por toda a vizinhança. Mas ninguém foi capaz de dizer qualquer coisa que permitisse à pobre mãe adivinhar o que havia acontecido com Prosérpina. Um pescador, é verdade, percorrendo a praia ao voltar para casa com uma cesta de peixes, notara as pegadas deixadas por seus pezinhos na areia; um camponês vira a menina inclinando-se para colher flores; várias pessoas escutaram o barulho das rodas da carruagem, ou o estrondo distante das trovoadas; e uma velha, quando apanhava verbena e erva-gateira, chegou a escutar um grito, mas imaginou que fosse alguma traquinagem infantil, por isso não se deu ao trabalho de saber do que se tratava. Gente estúpida! Levaram tanto tempo para contar o nada que sabiam que já fazia noite escura quando Ceres descobriu que devia procurar a filha em outro lugar. Assim, ela acendeu uma tocha e partiu, decidida a nunca mais voltar até que Prosérpina fosse encontrada.

Em sua pressa, e angustiada com tamanhas preocupações, ela se esqueceu por completo da carroça e dos dragões alados; ou talvez tenha pensado que poderia fazer uma busca mais minuciosa a pé. De qualquer forma, foi assim que começou a dolorosa jornada, segurando uma tocha diante de si e vasculhando com todo o cuidado cada objeto ao longo do caminho. E não tinha ido muito longe quando deu com uma das magníficas flores do arbusto que Prosérpina arrancara.

— Ah! — exclamou Ceres, examinando-a à luz da tocha. — Vejo maldade nesta flor! Não foi a terra que a fez brotar, nem com ajuda minha, nem por vontade própria. Isso é obra de encantamento e, portanto, é venenosa... talvez tenha envenenado minha filhinha.

Mesmo assim, guardou a flor venenosa no peito, sem saber se conseguiria encontrar qualquer outra recordação de Prosérpina.

Durante toda a noite, à porta de cada cabana e casa de fazenda, Ceres bateu e chamou os trabalhadores cansados para lhes perguntar se tinham visto sua filha; e eles, bocejando e meio adormecidos, responderam da porta, lamentosos, e imploraram que ela entrasse e descansasse. Aos portões de cada palácio, eram tão altos os seus clamores que os serviçais se apressavam em abri-los, pensando ser algum grande rei ou rainha a exigir um banquete para o jantar e um imponente aposento para o repouso. E quando deparavam tão somente com uma mulher triste e ansiosa, com uma tocha na mão e uma guirlanda de papoulas murchas na cabeça, a tratavam com grosseria, a ponto de ameaçá-la vez por outra com os cachorros. Mas ninguém tinha visto Prosérpina, nem poderia dar a Ceres a menor sugestão de como a procurar. Assim, a noite passou, com Ceres prosseguindo em sua busca incansável, sem parar para descansar, comer ou mesmo se lembrar de apagar a tocha, embora a rosada alvorada e, depois, a luz alegre do sol da manhã fizessem o rubor da chama parecer fraco e pálido. De minha parte, eu me pergunto de que tipo de material essa tocha era feita, pois tinha um lume fraco durante o dia e, à noite, brilhava como nunca, sem jamais se apagar, fizesse chuva ou vento, por todos os exaustivos dias e noites em que Ceres procurou por Prosérpina.

Não era apenas aos seres humanos que ela pedia notícias da filha. Nos bosques e junto aos riachos, encontrou criaturas de outra natureza, que, naqueles velhos tempos, costumavam habitar lugares agradáveis e recônditos, e eram muito sociáveis com quem entendia sua língua e seus costumes, como era o caso de Ceres. Às vezes, por exemplo, ela batia com o dedo contra o tronco nodoso de um majestoso carvalho; e imediatamente a casca áspera se desfazia para surgir uma bela donzela, a hamadríade do carvalho, que dentro dele vivia partilhando a longa vida da árvore e regozijando-se quando suas folhas verdes brincavam com a brisa. Mas nenhuma dessas donzelas verdejantes vira Prosérpina. Então, indo um pouco mais longe, Ceres chegou a uma fonte, cujas águas jorravam de uma cavidade cheia de seixos, e agitou a superfície com a mão. E eis que, através do leito de areia e pedra contíguo ao jorro da fonte, uma jovem mulher de cabelos encharcados se ergueu e fitou Ceres, meio para fora da água, ondulando para cima e para baixo com um movimento sempre inquieto. Quando a mãe perguntou se sua pobre filha perdida havia parado para beber da fonte, a náiade, com os olhos cheios de lágrimas (pois essas ninfas da água tinham lágrimas de sobra para a dor de todos), respondeu: "Não!", numa voz murmurante, que era como o sussurrar da correnteza.

Muitas vezes, da mesma forma, ela encontrou faunos, que pareciam camponeses de pele queimada pelo sol, exceto pelo fato de terem as orelhas peludas, pequenos chifres na testa e as patas traseiras de cabra, sobre as quais brincavam alegremente por bosques e campos. Os faunos eram um tipo folgazão de criatura, mas ficavam tão tristes quanto a alegria de sua natureza lhes permitia quando Ceres perguntava pela filha, e eles não tinham boas notícias a dar. Às vezes, porém, calhava de ela deparar com um bando grosseiro de sátiros, cujos rostos eram como o dos macacos e tinham caudas de cavalo nos traseiros — geralmente, dançavam e se comportavam de forma histérica, aos gritos e gargalhadas ruidosas. Quando Ceres parava para lhes perguntar sobre o paradeiro de Prosérpina, eles apenas riam mais alto e encontravam divertimento na angústia da mulher solitária. Quão desagradáveis eram esses sátiros horrorosos! Certa vez, ao atravessar uma solitária pastagem de ovelhas, ela viu Pã, sentado ao pé de uma rocha alta tocando melodias em sua flauta de pastor. Ele também tinha chifres, orelhas peludas e pés de cabra; mas, familiarizado com Ceres, respondeu a sua pergunta com toda a civilidade de que era capaz, e a convidou a provar um pouco de leite e mel de uma tigela de madeira; mas não tinha mais a dizer sobre o que havia se passado com Prosérpina do que o restante daquela gente selvagem.

E assim Ceres vagou por nove longos dias e noites, sem encontrar nenhum vestígio de Prosérpina, a não ser, de quando em quando, uma flor murcha; e ela as recolhia e guardava em seu seio, porque imaginava que poderiam ter caído da mão de sua pobre filha. Durante todo o dia caminhava sob o sol quente; e também à noite, quando a chama da tocha avermelhada brilhava ao longo do caminho, prosseguia em sua busca sem nunca se sentar para descansar.

No décimo dia, Ceres teve a oportunidade de espiar a boca de uma caverna dentro da qual (embora o meio-dia reluzisse em toda parte) só encontrou, a princípio, um crepúsculo escuro; acontece, contudo, que havia uma tocha queimando ali. Ela cintilava e lutava contra a escuridão, mas não conseguia iluminar minimamente a caverna sombria com toda a sua melancólica luminosidade. Ceres estava decidida a não deixar nenhum lugar sem busca; então examinou a entrada da caverna e avivou a tocha um pouco mais, enquanto erguia seu próprio archote diante de si. Ao fazer isso, teve um vislumbre do que parecia ser uma mulher sentada sobre as folhas marrons do último outono, uma grande pilha arrastada para dentro da caverna pelo vento. A mulher (se mulher fosse) não era de modo algum tão bonita quanto muitas de seu sexo; pois sua cabeça, assim me contaram, assemelhava-se em muito à de um cão, e como ornamento trazia uma coroa formada de cobras. No instante em que a viu, Ceres soube que aquele era um tipo estranho de ser, que colocava todo o seu prazer em ser miserável, e nunca teria uma palavra para dizer às outras pessoas, a menos que fosse tão triste e melancólica quanto ela se deleitava em ser.

— Já basta a minha própria tristeza — pensou a pobre Ceres — para conversar com essa melancólica Hécate, ainda que ela estivesse dez vezes mais triste que nunca.

Então entrou na caverna e sentou-se nas folhas murchas ao lado da mulher com cabeça de cachorro. Em todo o mundo, desde a perda da filha, ela não encontrara outra companhia.

— Ó Hécate — disse Ceres —, se vier um dia a perder uma filha, saberá o que é tristeza. Diga-me, por piedade, você viu minha pobre Prosérpina passar pela boca da sua caverna?

— Não — respondeu Hécate, com uma voz pouco firme, suspirando entre cada palavra ou duas. — Não, Ceres, não sei nada sobre sua filha. Mas meus ouvidos são feitos de tal maneira que todos os gritos de angústia e medo em todo o mundo certamente encontrarão um caminho para chegar a eles; e nove dias atrás, quando me sentei em minha caverna, mergulhada em tristeza, ouvi a voz de uma jovem gritando como se estivesse em grande dificuldade. Algo terrível aconteceu com a menina, disso você pode ter certeza. Tanto quanto pude julgar, um dragão ou algum outro monstro cruel a levou embora.

— Você me mata dizendo uma coisa dessas — gritou Ceres, quase a ponto de desmaiar. — Onde estava o som, e para que lado parecia ir?

— Passou muito rápido — disse Hécate —, e, ao mesmo tempo, houve um forte estrondo de rodas em direção ao leste. Não posso dizer mais nada, exceto que, na minha sincera opinião, você nunca mais verá a sua filha. O melhor conselho que posso lhe dar é fazer desta caverna sua morada, onde seremos as duas mulheres mais tristes do mundo.

— Ainda não, Hécate sombria — respondeu Ceres. — Antes venha com a sua tocha e me ajude a procurar minha filha perdida. E, quando não houver mais esperança de encontrá-la (se um dia funesto como este estiver destinado a chegar), então, se você me der espaço para desabar, que seja sobre essas folhas secas ou sobre a rocha nua, e mostrarei o que é ser triste. Mas até que eu saiba se ela já não vive neste mundo, não me permitirei espaço nem mesmo para me entristecer.

A melancólica Hécate não gostou muito da ideia de sair da caverna para o mundo ensolarado. Mas então refletiu que a tristeza da desconsolada Ceres seria como um crepúsculo sombrio ao redor das duas, a despeito de o sol brilhar tão intensamente, e que, portanto, poderia desfrutar de seus maus humores como se estivesse na caverna. Assim, finalmente consentiu em ir, e elas partiram juntas, ambas carregando tochas, embora fizesse dia claro. A luz do archote parecia produzir escuridão, de modo que as pessoas que encontraram ao longo da estrada não conseguiam distinguir muito claramente suas figuras. De fato, se uma única vez tivessem um vislumbre de Hécate, com a coroa de cobras cingindo-lhe a testa, achariam prudente fugir, sem esperar pelo segundo relance.

Enquanto viajavam com o fardo de tamanhas infelicidades, um pensamento ocorreu a Ceres.

— Há uma pessoa — exclamou ela — que deve ter visto minha pobre filha e, sem dúvida, pode dizer o que aconteceu com ela. Por que não pensei nisso antes? É Febo.

— O quê — disse Hécate —, o jovem que sempre está sentado ao sol? Ai, por favor, nem pense em se aproximar dele. É um jovem alegre, airoso, sem preocupações, só vai sorrir para você. Além disso, traz um clarão de sol tamanho ao seu redor que cegará de vez meus pobres olhos, que quase já desfiz em lágrimas.

— Você prometeu me acompanhar — respondeu Ceres. — Venha, vamos nos apressar ou o sol terá desaparecido, e Febo junto com ele.

Assim, partiram em busca de Febo, ambas suspirando gravemente, e Hécate, para dizer a verdade, se lamentando muito mais que Ceres; pois todo o prazer que tinha, vocês sabem, resumia-se a ser infeliz, portanto ela não media esforços nesse sentido. Por fim, depois de uma longa jornada, chegaram ao local mais ensolarado do mundo. Lá viram um belo jovem, de longos cachos ondulados que pareciam feitos de raios de sol dourados; suas vestes eram como nuvens leves de verão; e a expressão do rosto era tão vívida que Hécate levou as mãos aos olhos, murmurando que ele deveria usar um véu preto. Febo (pois esta era exatamente a pessoa

Chegaram ao local mais ensolarado do mundo.

que estavam procurando) tinha uma lira nas mãos; arpejava os acordes de uma doce canção de sua autoria e cantava lindamente. Pois, além de muitas outras realizações, este jovem era conhecido por sua poesia admirável.

Quando Ceres e sua melancólica companheira se aproximaram, Febo sorriu para elas tão alegre que a coroa de cobras deu um assobio rancoroso, e Hécate desejou de todo o coração voltar para a caverna. Quanto a Ceres, era muito aferrada a sua dor para dar atenção ao fato de Febo sorrir ou franzir a testa.

— Febo! — exclamou ela. — Estou em grande dificuldade e vim até aqui em busca de ajuda. Você pode me dizer o que aconteceu com minha querida filha Prosérpina?

— Prosérpina! Prosérpina... este é o nome dela? — perguntou Febo, esforçando-se para se lembrar; pois havia um fluxo tão contínuo de ideias agradáveis em sua mente que ele estava inclinado a esquecer o que acontecera até no dia anterior. — Ah, sim, lembro-me agora. Uma menina muito adorável, de fato. Estou feliz em lhe dizer, minha querida senhora, que vi a pequena Prosérpina há poucos dias. Você pode ficar absolutamente tranquila em relação a ela. Está segura e em excelentes mãos.

— Oh, mas onde está a minha querida filha? — exclamou Ceres, com as mãos unidas, atirando-se aos pés dele.

— Ora — disse Febo, e enquanto falava não parava de tocar a lira, de forma que a música se misturava às palavras. — Enquanto a pequena donzela colhia suas flores (e ela tem mesmo um gosto muito requintado), foi subitamente raptada pelo rei Plutão e levada para seus domínios. Eu nunca estive naquela parte do universo; mas o palácio real, me disseram, é construído em estilo muito nobre e feito dos materiais mais esplêndidos e caros. Ouro, diamantes, pérolas e todos os tipos de pedras preciosas serão os brinquedos de sua filha. Recomendo, minha querida senhora, que não se incomode. O senso de beleza de Prosérpina será devidamente gratificado, e, mesmo com a falta de luz do sol, ela levará uma vida bastante invejável.

— Cale-se! Não diga uma coisa dessas! — respondeu Ceres, indignada. — O que há para gratificar o coração dela? Quais são todos os esplendores de que você fala sem o afeto? Preciso recuperá-la. Você virá comigo, Febo, exigir do perverso Plutão a minha filha de volta?

— Peço que me perdoe — respondeu Febo, com uma elegante reverência. — Desejo sucesso e lamento que meus próprios assuntos sejam tão urgentes que não possa ter o prazer de a ajudar. Além disso, minha relação com o rei Plutão não passa pelo melhor dos momentos. Para ser franco, o mastim de três cabeças nunca me deixaria passar pelo portal, pois eu seria obrigado a levar um feixe de raios de sol comigo, e eles, você sabe, são proibidos no reino de Plutão.

— Ah, Febo — disse Ceres, com amargura em suas palavras —, você tem uma lira no lugar do coração. Adeus.

— Você não quer ficar mais um momento — perguntou Febo — e me ouvir transformar a bela e tocante história de Prosérpina em versos eternos?

Mas Ceres balançou a cabeça e se apressou, acompanhada de Hécate. Febo (que, como eu disse, era um poeta requintado) logo começou a compor uma ode sobre o sofrimento da pobre mãe; e, se fôssemos julgar sua sensibilidade por essa bela produção, concluiríamos que era dono de um coração muito terno. Mas quando um poeta adquire o hábito de usar as cordas do coração no lugar de sua lira para fazer acordes, ele pode tangê-las tanto quanto quiser, que jamais será atingido por uma grande dor. Assim, embora Febo cantasse a canção mais triste, ele vivia tão alegre quanto os raios de sol em meio aos quais morava.

A pobre Ceres já havia descoberto o que acontecera com a filha, mas não estava nem um pouco mais feliz do que antes. O caso dela, pelo contrário, parecia mais desesperador do que nunca. Se Prosérpina estivesse na superfície, havia esperanças de recuperá-la. Mas agora que a pobre criança se achava trancada dentro dos portões de ferro do rei das minas, no limiar do qual estava Cérbero, com suas três cabeças, parecia não haver possibilidade de escapar. A melancólica Hécate, que adorava ter a visão mais sombria das coisas, declarou que era melhor Ceres ir com ela para a caverna e viver na tristeza o resto da vida. Ceres respondeu que Hécate podia ficar à vontade se quisesse voltar. Quanto a ela, vagaria pela terra em busca da entrada dos domínios do rei Plutão. Hécate aceitou a ideia e correu de volta para sua amada caverna, assustando no caminho muitas crianças com o vislumbre de seu rosto canino.

Pobre Ceres! É melancólico pensar nela em seu laborioso caminho, solitária, segurando aquela tocha que jamais se apagava, cuja chama parecia um emblema da dor e da esperança que ardiam unidas em seu coração. Tanto havia sofrido que, embora tivesse aspecto jovem quando os problemas começaram, em pouco tempo sua aparência se tornara a de uma pessoa idosa. Ela não se importava com o que vestia, nem jamais pensara em jogar fora a coroa de papoulas murchas que usava na manhã do desaparecimento da filha. Perambulava de maneira tão enlouquecida, e com o cabelo tão desgrenhado, que as pessoas a consideravam uma criatura malcuidada, sem jamais sonharem que era Ceres, a quem cabia a supervisão de cada semente plantada pelo agricultor. Naqueles tempos, porém, ela não se preocupava de modo algum com as épocas do plantio e da colheita, deixando que os agricultores ficassem a sua própria sorte, e as culturas se perdessem ou não brotassem. Nada mais parecia, então, interessá-la senão a visão de crianças brincando ou colhendo flores ao longo do caminho. Nesses casos, ela se levantava e olhava-as com lágrimas nos olhos. As crianças pareciam se compadecer de sua dor, e se aglomeravam em um pequeno grupo em torno de seus joelhos e a fitavam melancolicamente; Ceres, depois de dar um beijo em cada uma, as levava para suas casas e aconselhava suas mães a nunca as deixar fora do alcance da vista.

— Porque, se você fizer isso — dizia ela —, pode lhe acontecer o que aconteceu a mim: que Plutão, o rei de coração de ferro, acabe por se afeiçoar a seus queridos, raptando-os em sua carruagem e levando-os embora.

Um dia, durante a peregrinação em busca da entrada para o reino de Plutão, Ceres chegou ao palácio do rei Celeus, que governava Elêusis. Subindo uma elevada escadaria, ela entrou no portal e encontrou a casa real em grande alarme em torno do bebê da rainha. A criança, ao que parece, estava doente (perturbada com a dentição, suponho), não aceitava comida e passava o tempo todo gemendo de dor. A rainha — seu nome era Metanira — desejava pagar os cuidados de uma ama; quando viu uma mulher de aspecto de matrona subindo as escadarias do palácio, pensou consigo mesma que ali estava a pessoa de quem precisava. Então correu à porta com o pobre bebê nos braços e implorou a Ceres que tomasse conta dele, ou pelo menos lhe dissesse o que faria bem à criança.

— Você confiaria a criança inteiramente a mim? — perguntou Ceres.

— Sim, e com alegria — respondeu a rainha. — Se você se dedicar integralmente a ela. Pois vejo que já foi mãe.

— Você está certa — disse Ceres. — Eu já tive uma filha. Bem, serei a ama deste pobre menininho doente. Mas atenção: você não pode interferir em qualquer tipo de tratamento que eu julgue adequado. Se fizer isso, a pobre criança há de sofrer pela loucura da mãe.

Então beijou a criança, e parece que o beijo fez bem, pois o menino sorriu e aninhou-se bem colado ao seio da recém-chegada.

Ceres deixou a tocha a um canto (onde continuara a queimar o tempo todo) e passou a morar no palácio do rei Celeus como ama do pequeno príncipe Demofonte. Tratou a criança como se fosse seu filho, não permitiu que nem o rei nem a rainha dissessem se devia ser banhado em água morna ou fria, o que devia comer, quantas vezes tomaria ar ou quando devia ser posto na cama. Vocês não acreditariam em mim se eu lhes contasse como o bebê se livrou depressa de suas doenças, engordou, ficou rosadinho e forte, com duas fileiras de dentes de marfim em menos tempo do que qualquer amiguinho, antes ou depois. Em vez do diabrete mais pálido e coitadinho do mundo (como a própria mãe o qualificara quando Ceres o tomou nos braços pela primeira vez), era agora um bebê forte, cantante, sorridente, agitado e que não parava de ir de um lado a outro do quarto. Todas as boas mulheres da vizinhança se aglomeraram no palácio e ergueram as mãos aos céus, em indizível espanto ante a beleza e saúde do querido principezinho. O maravilhamento era ainda maior porque ele nunca fora visto se alimentar de qualquer coisa, nem mesmo de um copo de leite.

— Por favor, ama — insistia a rainha em perguntar —, como você faz a criança crescer desse jeito?

— Eu já fui mãe — Ceres sempre respondia —, e, tendo cuidado de minha própria filha, sei do que as outras crianças precisam.

Mas a rainha Metanira, como era natural, tinha grande curiosidade em saber exatamente o que a ama fazia com o filho. Uma noite, então, se escondeu no aposento onde Ceres e o príncipe costumavam dormir. Havia fogo na lareira, que se desfizera em grandes achas e brasas incandescentes, com uma chama bruxuleando vez por outra, lançando uma luz quente e avermelhada sobre as paredes. Ceres sentou-se diante da lareira com a criança no colo, com a luz do fogo fazendo a sombra da ama dançar no teto. Despiu o principezinho e o banhou com um líquido perfumado conservado em um cálice. Em seguida, recolheu as brasas incandescentes e abriu, exatamente onde estava a acha principal, um espaço vazio entre elas. Por fim, enquanto o bebê ronronava, batia palminhas e lançava um sorriso para o rosto da ama (assim como vocês podem ter visto um irmãozinho ou irmã fazerem antes de entrar no banho tépido), Ceres de repente o pôs, nu em pelo como estava, no vazio entre as brasas. Em seguida, reuniu as cinzas sobre ele e virou-se silenciosamente.

Vocês podem imaginar, se puderem, o quanto a rainha Metanira gritou, não pensando em outra coisa senão que o filhinho querido seria reduzido a cinzas. Saiu do esconderijo e correu em direção à lareira, desfez o arranjo do fogo e arrancou o pobre príncipe Demofonte da cama de brasas vivas, das quais ele segurava uma em cada mão. O menino imediatamente soltou um grito sofrido, como os bebês são capazes de fazer quando rudemente tirados de um sono profundo. Para espanto e alegria da rainha, não foi capaz de identificar nenhum sinal de que a criança havia sido ferida pelo fogo. Virou-se então para Ceres e pediu que explicasse o mistério.

— Mulher tola — respondeu Ceres —, você não prometeu confiar essa pobre criança inteiramente a mim? Você não tem ideia do mal que fez a ela. Se a tivesse deixado aos meus cuidados, ela teria crescido como uma criança de nascimento celestial, dotada de força e inteligência sobre-humanas, e teria vivido para sempre. Acredita que as crianças terrenas se tornam imortais sem serem temperadas no calor mais feroz do fogo? Mas você destruiu seu próprio filho. Embora ele venha a ser um homem forte e herói a seu tempo, por causa de sua loucura envelhecerá e por fim morrerá, como os filhos de outras mulheres. A fraqueza dos sentimentos da mãe custou ao pobre menino a imortalidade. Adeus.

Ditas essas palavras, beijou o pequeno príncipe Demofonte, suspirou ao pensar no que ele havia perdido e partiu sem dar ouvidos à rainha Metanira, que lhe implorou para ficar e cobrir a criança entre as brasas quentes quantas vezes quisesse. Pobre bebê! Nunca mais dormiu tão quentinho.

Enquanto viveu no palácio do rei, Ceres esteve tão intensamente ocupada com os cuidados do jovem príncipe que seu coração ficou um pouco aliviado da dor pela perda de Prosérpina. Mas agora, não tendo mais nada de que se ocupar, voltou a se sentir tão aflita quanto antes. Por fim, em seu desespero, chegou à terrível resolução de que nem um talo de grão, nem uma lâmina de grama, nem uma batata, nem um nabo, nem qualquer outro vegetal que servisse de alimento para homem ou animal deveria crescer até que a filha lhe fosse restituída. Ceres chegou a ponto de proibir que as flores se abrissem, para que ninguém se alegrasse com sua beleza.

Pois bem: como nem sequer uma cabeça de aspargo ousaria se insinuar para fora da terra sem a permissão especial de Ceres, vocês podem conceber que calamidade terrível se abateu sobre a terra. Os agricultores lavravam e plantavam como de costume; mas ali jaziam os bastos sulcos negros, todos estéreis como um deserto de areia. As pastagens pareciam tão marrons no doce mês de junho quanto se mostravam no frio de novembro. Os vastos hectares do homem rico e a pequena horta do camponês estavam igualmente arruinados. Nos canteiros de flores de cada menina não havia mais do que caules secos. Os velhos balançavam as cabeças brancas e diziam que a terra envelhecera como eles, não sendo mais capaz de armar o sorriso caloroso do verão em seu rosto. Era mesmo lamentável ver o pobre gado e as pobres ovelhas famélicas seguindo Ceres, a mugir e balir, como se seu instinto as tivesse ensinado a esperar a ajuda dela; todos que estavam familiarizados com seu poder imploravam que tivesse misericórdia da raça humana e, a despeito do que fosse, deixasse o relvado crescer. Mas Ceres, embora dotada de um coração afetuoso, encontrava-se então implacável.

— Nunca — disse ela. — Se a terra quiser ver novamente qualquer abundância, deve primeiro crescer ao longo do caminho que minha filha trilhará de volta a mim.

Finalmente, como parecia não haver outro remédio, nosso velho amigo Azougue foi enviado a toda a ligeireza ao encontro do rei Plutão, na esperança de o persuadir a desfazer o mal que praticara e deixar as coisas em seus devidos lugares, desistindo assim de Prosérpina. Azougue, então, deu tudo de si e, num tempo inconcebivelmente curto, chegou ao grande portão, deu um salto voador sobre o mastim de três cabeças e parou às portas do palácio. Os criados o conheciam tanto pelo rosto quanto pelo traje; pois já tinham visto muitas vezes por ali, em outros tempos, a capa curta, o chapéu alado, os sapatos e o cajado serpeante. Ele pediu para ser levado imediatamente à presença do rei; e Plutão, que ouviu sua voz do topo da escada, e que gostava de se divertir com a conversa alegre de Azougue, mandou-o subir. Enquanto acertavam seus assuntos, devemos perguntar o que Prosérpina vinha fazendo desde que a vimos pela última vez.

A menina havia declarado, como vocês devem se lembrar, que não provaria um bocado de comida sequer enquanto fosse obrigada a permanecer no palácio do rei Plutão. Como conseguiu manter sua resolução e, ao mesmo tempo, conservar-se rechonchuda e rosada é mais do que posso explicar; algumas jovens damas, assim compreendo, possuem a faculdade de viver de ar, e Prosérpina parece ter sido dotada dessa virtude. De qualquer forma, já se passavam seis meses desde que ela deixara o exterior da terra, e nenhum bocado de alimento, até onde os serviçais podiam testemunhar, passara por entre seus lábios. Isso demonstrava ainda mais a tenacidade de Prosérpina, porque o rei Plutão tinha feito com que ela fosse tentada diariamente com todos os tipos de doces e frutas em deliciosas conservas, e iguarias de toda sorte, das quais os jovens em geral gostam. Mas sua boa mãe muitas vezes lhe falara de quão nocivas eram aquelas coisas; e apenas por essa razão, à falta de qualquer outra, ela permanecera resoluta na recusa em prová-las.

Por todo esse período, sendo a menina dotada de um feitio alegre e ativo, a pequena donzela não ficou tão infeliz quanto vocês podem imaginar. O imenso palácio tinha mil quartos e estava cheio de objetos bonitos e maravilhosos. Havia uma escuridão incessante, é verdade, que se escondia parcialmente entre os inúmeros pilares, deslizando diante da criança enquanto ela vagava e seguindo furtivamente no encalço de seus passos. Nem todo o esplendor das pedras preciosas, que flamejavam com luz própria, valia um raio do sol natural; nem podia a mais brilhante das gemas multicoloridas que serviam a Prosérpina de brinquedos competir com a beleza singela das flores que costumava colher. Mesmo assim, sempre que a menina atravessava aqueles salões e câmaras douradas, parecia levar consigo a natureza e a luz do sol, como se espalhasse flores orvalhadas para todo lado. Depois da chegada de

Prosérpina, o palácio havia deixado de ser a mesma morada de artifício imponente e magnificência sombria que era antes. Todos os habitantes sentiam isso, e o rei Plutão mais que qualquer um.

— Minha pequena Prosérpina, toda minha — ele costumava dizer. — Queria tanto que você gostasse um pouco mais de mim... Nós, pessoas de natureza sombria e nebulosa, temos muitas vezes, no fundo, corações tão calorosos quanto a gente de disposição mais alegre. Se você ficasse comigo por vontade própria, isso me faria mais feliz do que a posse de uma centena de palácios como este.

— Ah — respondeu Prosérpina —, deveria ter tentado me fazer gostar de você antes de me raptar. O melhor agora é me deixar partir. Assim, posso me lembrar de você e pensar que foi gentil comigo o máximo de que era capaz. Quem sabe, de vez em quando, eu voltasse para uma visita.

— Não, não — respondeu Plutão, com seu sorriso sombrio. — Eu não vou confiar em você a esse ponto. Você gosta muito de viver ao ar livre, em plena luz do dia, e de colher flores. Que gosto ocioso e infantil! Essas gemas, que ordenei que fossem escavadas para você e que são mais exuberantes que qualquer coroa que eu tenha, não são mais belas que uma violeta?

— Não valem uma pétala — disse Prosérpina, arrancando as pedras da mão de Plutão e arremessando-as para o outro lado. — Oh, minhas doces violetas, nunca mais as verei!

E então irrompeu em lágrimas. Mas as lágrimas dos jovens têm pouquíssima salinidade ou acidez, e não inflamam os olhos tanto quanto as das pessoas adultas; de modo que não é de admirar que, alguns minutos depois, Prosérpina estivesse desfilando pelo salão quase tão alegre quanto se ela e suas amigas ninfas estivessem brincando à beira-mar. O rei Plutão a admirava — ele próprio desejava ser também criança. E a pequena Prosérpina, quando se virou e deparou com aquele grande rei de pé em seu esplêndido salão, parecendo tão imenso, melancólico e solitário, foi atingida por uma espécie de piedade. Ela correu de volta e, pela primeira vez, pôs a mão pequena e macia sobre a dele.

— Eu o amo um pouquinho — sussurrou ela, olhando-o.

— Sério, menina? — indagou Plutão, curvando o rosto sombrio para beijá-la.

Mas Prosérpina recuou diante do beijo, pois, embora as feições do rei fossem nobres, eram demasiado lúgubres e sombrias.

— Bem, eu não merecia isso, depois de manter você prisioneira por tantos meses, e além disso passando fome. Não está cheia de fome? Não há nada que eu possa trazer para você comer?

Ao fazer essa pergunta, o rei das minas tinha um propósito muito astuto; pois, como vocês vão lembrar, se Prosérpina provasse um pedaço de comida em seus domínios nunca mais teria a liberdade de os deixar.

— Não, não mesmo — disse Prosérpina. — Seu cozinheiro-chefe vive assando carnes e bolos, ou fazendo ensopados e abrindo massas, sempre inventando um prato novo que imagina ser do meu agrado. Mas ele poderia muito bem poupar-se ao trabalho, pobre homenzinho gordo. Eu não tenho apetite para nada no mundo a não ser uma fatia de pão que minha própria mãe tivesse assado, ou um pouco das frutas do nosso jardim.

Quando Plutão ouviu isso, percebeu que havia se equivocado quanto à melhor estratégia para tentar fazer Prosérpina comer. Os pratos preparados pelo cozinheiro e as guloseimas artificiais não eram tão deliciosos, na opinião da boa criança, quanto a comida simples a que Ceres a acostumara. Constatando que nunca havia pensado nisso, o rei então enviou um de seus fiéis assistentes com uma enorme cesta para colher algumas das melhores e mais suculentas peras, pêssegos e ameixas que pudesse encontrar em qualquer lugar do mundo superior. Infelizmente, porém, isso se deu na época em que Ceres proibiu o cultivo de frutas ou vegetais; e, depois de procurar por toda a terra, o criado encontrou uma única romã, tão seca que não valia a pena ser comida. No entanto, como não havia nada melhor, levou a fruta murcha e passada para o palácio, colocou-a em uma magnífica salva dourada e levou-a a Prosérpina. Pois muito bem: curiosamente, enquanto o servo entrava com a romã pela porta dos fundos do palácio, nosso amigo Azougue acabava de subir os degraus da frente, em sua missão de levar Prosérpina para longe do rei Plutão.

Assim que Prosérpina viu a romã na salva dourada, disse ao servo que era melhor recolhê-la.

— Eu não vou tocar nela, posso garantir. Ainda que estivesse morrendo de fome, nunca pensaria em comer uma romã tão miserável como essa.

— É a única no mundo — disse o criado.

O servo pousou a salva dourada e deixou o aposento. Quando ele se foi, Prosérpina não conseguiu deixar de se aproximar da mesa e olhar aquele pobre espécime de fruta seca com uma grande dose de ansiedade; pois, para dizer a verdade, ao ver algo que convinha a seu paladar, ela sentiu todo o apetite dos seis meses passados arrebatando-a de uma só vez. Não escondamos a verdade: era uma romã de aparência lamentável; parecia não ter mais sumo que uma concha de ostra. Mas não havia opção parecida no palácio do rei Plutão. Aquele era o primeiro fruto que a menina vira ali, e provavelmente o último; a menos que o comesse logo, secaria mais ainda, ficando totalmente imprópria para o consumo.

— Pelo menos posso sentir o cheiro — pensou Prosérpina.

Então pegou a romã e a levou ao nariz; e, de um jeito ou de outro, tão perto da boca estava que a fruta encontrou o caminho para aquela caverninha vermelha. Meu Deus! A pena eterna! Antes que Prosérpina entendesse o que estava prestes a fazer, seus dentes de fato a morderam por vontade própria. No instante seguinte à consumação do feito fatal, a porta do aposento se abriu e por ela passou o rei Plutão, seguido de Azougue, que o instou a deixar a pequena prisioneira partir. Ao primeiro som de sua entrada, Prosérpina retirou a romã da boca. Mas Azougue (cujos olhos eram muito perspicazes e de inteligência mais aguda que a de qualquer ser) percebeu que a menina estava confusa; e vendo a salva vazia, suspeitou que ela tinha dado uma ligeira dentadinha em alguma coisa. Quanto ao honesto Plutão, não se deu conta do segredo.

— Minha pequena Prosérpina — chamou o rei, sentando-se e trazendo-a carinhosamente para seu colo —, aqui está Azougue, que me contou que muitas desgraças aconteceram com gente inocente porque a mantive cativa em meus domínios. Para dizer a verdade, eu mesmo já havia chegado à conclusão de que era um ato injustificável afastar você de sua boa mãe. Mas o que deve passar em sua cabeça, minha querida menina, é que neste palácio imenso só restam sombras (ainda que as pedras preciosas brilhem muito), e que eu não tenho a mais alegre das disposições. Portanto, é absolutamente natural buscar o convívio de alguma criatura mais alegre do que eu. Esperava que você tomasse a minha coroa como um brinquedo, e eu... ah, você ri, Prosérpina travessa... eu, soturno como sou, como companheiro de brincadeiras. Era uma expectativa tola.

— Não tão tola — sussurrou Prosérpina. — Houve momentos em que você realmente me divertiu.

— Obrigado — disse o rei Plutão, um tanto secamente. — Mas posso ver com clareza que você acha o meu palácio uma prisão escura, e me considera um guardião de coração de ferro. E um coração de ferro eu certamente teria se conseguisse prendê-la aqui por mais tempo, minha pobre criança, quando já faz seis meses desde que comeu pela última vez. Concedo-lhe a liberdade. Vá com Azougue. Corra para casa e para a sua querida mãe.

Embora possa não ter passado pela cabeça de vocês, Prosérpina achou impossível se despedir do pobre rei Plutão sem uma pontinha de pena, e uma boa dose de culpa por não lhe contar sobre a romã. Ela até derramou umas poucas lágrimas, pensando como ficaria solitário e triste o grande palácio, com todo o seu feio brilho de luz artificial, depois que ela — seu pequeno raio de sol natural, a quem ele havia roubado, claro, mas apenas porque a tinha em grande estima — partisse. Não sei quantas coisas gentis poderia ter dito ao desconsolado rei das minas se Azougue não apressasse seu caminho.

— Venha depressa — sussurrou ele em seu ouvido —, sua majestade pode mudar de ideia. Tome cuidado, acima de tudo, para não dizer nada do que lhe foi trazido na salva dourada.

Sem demora, passaram pelo grande portal (deixando para trás o Cérbero de três cabeças latindo, uivando e rosnando triplamente) e emergiram na superfície da terra. Era delicioso ver, enquanto Prosérpina avançava, como o caminho verdejava, à sua passagem, de um lado e de outro. Onde quer que pousasse seu abençoado pé, surgia de pronto uma flor orvalhada. As violetas irrompiam pelo caminho aos jorros. O relvado e os grãos começaram a brotar com dez vezes mais vigor e abundância para compensar os tristes meses desperdiçados na esterilidade. Sem demora, o gado faminto se pôs a trabalhar pastando, depois do longo jejum, e comeu à larga, o dia todo, e levantou-se à meia-noite para comer mais.

Posso garantir a vocês que os agricultores viveram um tempo bem agitado quando se viram diante do verão que chegava a todo o vapor. Também não posso me esquecer de dizer que todos os pássaros do mundo inteiro saltaram sobre as árvores em botão e cantaram juntos em um prodigioso êxtase de alegria.

Ceres voltara para sua casa deserta e estava sentada em absoluto desconsolo à porta, com a tocha acesa na mão. Observava a chama quando, de repente, ela bruxuleou e se extinguiu.

— O que isso significa? — pensou ela. — Era uma tocha encantada; tinha de ficar acesa até que minha filha voltasse.

Erguendo os olhos, ficou surpresa ao ver a verdura brilhando sobre os campos pardacentos e estéreis, exatamente como observamos matizes dourados luzindo por toda a paisagem com o nascer do sol.

— Será que a terra me desobedece? — exclamou Ceres, indignada. — Será que ousa verdejar quando ordenei que permanecesse estéril até que minha filha fosse devolvida aos meus braços?

— Então abra os braços, mãe querida — gritou uma voz conhecida —, e leve sua filhinha para junto deles.

Prosérpina veio correndo e se atirou ao colo da mãe. Não há como descrever a alegria mútua. A dor da separação fizera com que ambas derramassem muitas lágrimas; naquele momento, porém, elas derramaram muitas mais, pois sua alegria não podia ser expressada de outra maneira.

Quando seus corações se acalmaram um pouco, Ceres olhou ansiosa para Prosérpina.

— Minha filha — disse ela —, você provou alguma comida enquanto estava no palácio do rei Plutão?

— Querida mãe — exclamou Prosérpina —, eu lhe direi toda a verdade. Até esta manhã, nenhum pedaço de comida tinha passado por meus lábios. Mas hoje me levaram uma romã (era uma romã muito seca, e toda murcha, não tinha muito mais que sementes e casca), e não tendo visto nenhum fruto por tanto tempo, e desmaiando de fome, fui tentada apenas a mordê-la. No instante em que a provei, o rei Plutão e Azougue entraram no salão. Não cheguei a engolir; mas... querida mãe, espero que não tenha feito mal... porém receio que seis das sementes de romã tenham ficado na minha boca.

— Ai, criança infeliz! Ai, pobre de mim! — exclamou Ceres. — Cada uma dessas seis sementes de romã corresponde a um mês por ano que você deve passar no palácio do rei Plutão. Você voltou para sua mãe apenas pela metade. Só seis meses comigo, e seis com aquele imprestável rei das trevas!

— Não seja tão dura com o pobre rei Plutão — disse Prosérpina, beijando a mãe. — Ele tem algumas qualidades muito boas; e eu acho que posso suportar passar seis meses em seu palácio se ele me deixar ficar os outros seis com você. Ele certamente fez muito mal em me levar embora; mas, como ele mesmo diz, viver naquele lugar imenso e sombrio sem companhia era muito triste; e ter uma menininha subindo e descendo escadas causou maravilhas em seu humor. Vejo algum conforto em torná-lo assim feliz; diante disso, querida mãe, sejamos gratas por Plutão não ficar comigo o ano todo.

"O que devo fazer?", disse ele.

O velocino de ouro

QUANDO JASÃO, filho do rei deposto de Iolco, era menino, foi enviado para longe dos pais e deixado aos cuidados do professor mais estranho de quem vocês já ouviram falar. Essa figura erudita era uma daquelas pessoas — ou quadrúpedes — chamadas centauros. Ele vivia em uma caverna; tinha o corpo e as pernas de cavalo branco, a cabeça e o torso de homem. Seu nome era Quíron; apesar da aparência estranha, era um excelente professor e tinha sob sua batuta muitos pupilos que, depois, lhe deram crédito ao fazer bela figura no mundo. O famoso Hércules era um deles, assim como Aquiles, Filoctetes e Esculápio, este último homem de imensa reputação como médico. O bom Quíron ensinou a seus alunos como tocar a lira, como curar doenças, usar a espada e o escudo, além de enveredar pelos vários outros ramos da educação nos quais os rapazinhos daqueles tempos costumavam ser instruídos, em vez de aprender gramática ou fazer contas.

Eu tenho lá minhas suspeitas de que o professor Quíron não era de fato muito diferente das outras pessoas, mas, sendo um senhor alegre e de bom coração, por vezes fingia que era um cavalo movimentando-se pela sala de quatro e deixando os menininhos andarem em seu lombo. E assim, quando estes cresceram, envelheceram e passaram a trotar de joelhos com seus netos nas costas, contavam sobre as brincadeiras do tempo de escola; e esses jovenzinhos puseram na cabeça que seus avós haviam aprendido as primeiras letras com um centauro, meio homem e meio cavalo. As criancinhas, não entendendo muito bem o que lhes é dito, muitas vezes ficam com umas ideias amalucadas, vocês bem sabem.

Enfim, não importa: sempre se aceitou como fato (e assim sempre será, enquanto existir mundo) que Quíron, com a cabeça de homem, tinha o corpo e as pernas de um cavalo. Imaginem esse velho e educado senhor pateando e caminhando a trote pela sala nos quatro cascos, talvez pisando nos dedos de algum rapazinho, erguendo a cauda em lugar do ponteiro e, de vez em quando, deixando a sala para mastigar um pouco de capim! Fico pensando em quanto o ferreiro lhe cobrou por um par de sapatos!

Pois bem: Jasão viveu na caverna com esse Quíron de quatro patas desde a mais tenra infância, quando contava apenas alguns meses de idade, até atingir a altura de homem-feito. Ele se tornou, imagino cá comigo, um tocador de lira dos bons, bastante habilidoso no manejo das armas, relativamente familiarizado com ervas e outros assuntos médicos e, acima de tudo, um cavaleiro admirável; pois, ao ensinar os jovens a montar, o bom Quíron deve ter sido um professor como nenhum outro. Depois de um bom tempo, sendo então um jovem alto e atlético, Jasão decidiu buscar sua sorte no mundo sem pedir qualquer conselho a Quíron nem mencionar nada sobre o assunto. Isso foi muito imprudente, sem dúvida; e espero que nenhum de vocês, meus pequenos ouvintes, jamais siga o exemplo de Jasão. Mas, é preciso que vocês entendam, ele ouvira dizer que era príncipe e que seu pai, o rei Jasão, fora deposto do trono em Iolco por um certo Pelias, que também teria assassinado o pequeno Jasão se ele não estivesse escondido na caverna do centauro. Tendo atingido a força varonil, Jasão decidiu passar a história a limpo e punir o perverso Pelias por injustiçar seu querido pai, derrubá-lo do trono e ocupar seu lugar.

Com essa intenção, tomou de uma lança em cada mão, cobriu os ombros com a pele de um leopardo para se proteger da chuva e partiu em viagem, com os longos cachos loiros balançando ao vento. A parte de seus trajes de que mais se orgulhava era um par de sandálias que tinham pertencido a seu pai. Elas eram lindamente bordadas, e se atavam a seus pés com cordões de ouro. Aquele traje, como um todo, era do tipo que o povo não estava acostumado a ver por ali; quando passava, as mulheres e as crianças corriam para portas e janelas, perguntando-se aonde ia aquele jovem tão bonito com uma pele de leopardo sobre os ombros e sandálias amarradas com cordões de ouro, e que atos heroicos pretendia realizar, com uma lança na mão direita e outra na esquerda.

Eu não sei quão longe Jasão tinha viajado quando chegou a um rio de águas turbulentas que atravessava o seu caminho, com espuma branca tingindo os redemoinhos negros; avançava em grande tumulto e produzia em sua passagem um rugido furioso. Embora não fosse um rio dos mais largos nas estações secas do ano, naquela época passava por uma cheia decorrente de fortes chuvas e do derretimento da neve das escarpas do monte Olimpo; tão alto retumbava e tão selvagem e perigoso era que Jasão, a despeito de sua coragem, achou prudente parar à margem. O leito parecia estar coberto de rochas ásperas e cortantes, algumas das quais projetadas acima da superfície da água. Depois de um tempo, uma árvore arrancada, de galhos quebrados, chegou à deriva flutuando pela correnteza e se prendeu às rochas. Vez por outra, uma ovelha afogada e, a certa altura, a carcaça de uma vaca passavam flutuando.

Resumindo, a cheia do rio já havia deixado um grande rastro de destruição. Evidentemente, era um rio profundo demais para Jasão atravessar a pé, e muito turbulento para fazê-lo a nado; ele não conseguia ver ponte nenhuma por perto; e, em um piscar de olhos, as rochas teriam despedaçado qualquer bote, se houvesse algum.

— Veja o pobre rapaz — disse uma voz áspera a seu lado. — Deve ter tido uma educação muito ruim se não sabe como atravessar um corregozinho como este. Ou tem medo de molhar os cordões de ouro de suas lindas sandálias? É uma pena que seu professor de quatro patas não esteja aqui para carregá-lo em segurança nas costas!

Jasão olhou em volta muito surpreso, pois não havia percebido a presença de ninguém por perto. Mas a seu lado estava uma senhora, com um manto esfarrapado sobre a cabeça e apoiada em um cajado, cuja extremidade era esculpida em forma de cuco. Parecia muito velha, enrugada e enferma; e, no entanto, seus olhos, castanhos como os de um boi, eram grandes e dotados de uma beleza tão incrível que Jasão, ao dar com eles mirando-o, não conseguia olhar para outra coisa. A velha tinha uma romã na mão, embora a fruta estivesse fora de época.

— Para onde vai, Jasão? — perguntou ela.

A mulher sabia o nome dele, como não deve ter escapado a vocês; e, de fato, aqueles grandes olhos castanhos pareciam ter conhecimento de tudo, do passado e do futuro. Enquanto Jasão olhava para ela, um pavão aproximou-se elegante e se postou ao lado da velha.

— Eu vou para Iolcos — respondeu o jovem —, exigir do malvado rei Pelias que abdique do trono de meu pai e me deixe reinar em seu lugar.

— Ah, muito bem — disse a velha, com a mesma voz áspera —, se isso é tudo, você não precisa se apressar. Leve-me nas suas costas, vejo uma boa juventude nelas, e me deixe do outro lado do rio. Eu e meu pavão temos algo a fazer do outro lado, assim como você.

— Minha boa senhora — respondeu Jasão —, seu assunto certamente não é tão importante quanto a derrubada de um rei. Além disso, como a senhora pode ver por si mesma, o rio está muito agitado, e se por acaso eu tropeçasse ele nos varreria com mais facilidade do que arrancou e arrastou aquelas árvores. Ficaria muito feliz em ajudá-la, se pudesse, mas duvido que seja forte o suficiente para carregá-la até o outro lado.

— Então — disse ela com ar desdenhoso —, você também não é forte o bastante para apear o rei Pelias do trono. E, Jasão, a menos que você ajude uma mulher idosa, você não será rei. Para que são feitos os reis, senão para socorrer os fracos e aflitos? Faça como quiser! Ou você me leva nas costas ou, com os meus pobres e velhos membros, lutarei como puder para atravessar a correnteza.

Dizendo isso, a velha pôs-se a tatear o rio com o cajado, como se buscasse no leito rochoso o lugar mais seguro aonde pudesse dar o primeiro passo. Mas, a essa altura, Jasão se sentiu envergonhado da hesitação em ajudá-la. Ele tinha para si que nunca poderia se perdoar se aquela pobre senhora tão fraquinha sofresse algum mal na tentativa de lutar contra a correnteza. O bom Quíron, meio cavalo ou não, lhe havia ensinado que o uso mais nobre de sua força estava no auxílio aos fracos; e também que ele deveria tratar cada jovem mulher como se fosse sua irmã, e cada senhora como se fosse sua mãe. Lembrando-se dessas máximas, o jovem belo e viril ajoelhou-se e pediu à boa dama que montasse em suas costas.

— A passagem não me parece muito segura — observou ele. — Mas como o seu assunto é urgente, tentarei atravessá-la. Se a correnteza a levar, me levará também.

— Isso, sem dúvida, será um grande conforto para nós dois — cravou a velha. — Mas não tenha medo. Vamos atravessar em segurança.

Então lançou os braços em torno do pescoço de Jasão, que, levantando-a do chão, entrou corajosamente na correnteza furiosa e espumante, caminhando a árduos passos para longe da margem. Quanto ao pavão, pousou no ombro da velha. As duas lanças de Jasão, uma em cada mão, o impediam de tropeçar e permitiam que ele sentisse o caminho por entre as rochas submersas, embora a cada instante ele jurasse que seu fim e o da companheira se daria correnteza abaixo, junto com os troncos e galhos das árvores despedaçadas e as carcaças de animais. A torrente gelada e cheia de neve descia do lado íngreme do Olimpo, furiosa e tonitruante como se tivesse alguma coisa contra Jasão, ou, no mínimo, como se estivesse determinada a arrebatar o fardo vivo que levava aos ombros. Quando ele já estava na metade do caminho, a árvore arrancada do solo (que já mencionei) soltou-se de entre as rochas e veio em desabalada carreira sobre eles, com todos os galhos destruídos projetando-se como os cem braços do gigante Briareu. Passou por eles, no entanto, sem tocá-los. Mas, no instante seguinte, Jasão enfiou o pé em uma fenda entre duas pedras, e ali ficou tão preso que, no esforço para se libertar, perdeu uma das sandálias de cordões dourados.

Diante do ocorrido, não pôde deixar de proferir um grito de irritação.

— Qual é o problema, Jasão? — perguntou a senhora.

— Um belo problema — disse o jovem. — Perdi uma das sandálias entre as rochas. E que tipo de figura eu farei, na corte do rei Pelias, com uma sandália de cordões dourados em um pé e o outro descalço!

— Não se aborreça — respondeu a companheira, contente. — Perder aquela sandália foi a melhor coisa que lhe aconteceu. Fico feliz em saber que você é a pessoa sobre quem o Carvalho Falante tem comentado.

Ali naquele instante não havia tempo para perguntar o que o Carvalho Falante dissera. Mas a alegria no tom daquela fala deu ânimo ao jovem; e, além disso, ele nunca havia se sentido em sua vida tão cheio de vigor e potência como desde que pusera aquela senhora nas costas. Em vez de ficar exausto, reunia forças à medida que avançava; e, lutando contra a torrente, finalmente ganhou e subiu à margem oposta, pousando a velha dama e o pavão em segurança no relvado. Assim que o fez, porém, não pôde deixar de olhar um tanto desanimado para o pé descalço, tendo-lhe restado apenas uma volta do cordão dourado cingindo seu tornozelo.

— Logo você terá um belo par de sandálias — disse a velha, com um olhar gentil que emanava de seus belos olhos castanhos. — Que o rei Pelias apenas tenha um vislumbre desse pé descalço e você o verá ficar pálido como cinzas, eu prometo. Aí está o seu caminho. Vá, meu bom Jasão, e a minha bênção o acompanhará. Quando você se sentar ao trono, lembre-se da velha a quem ajudou a atravessar o rio.

Com essas palavras, ela seguiu seu caminho a passos trôpegos, lançando um sorriso por cima do ombro enquanto partia.

Jasão não sabia dizer se era a luz de seus belos olhos castanhos que lançava glórias ao redor dela ou qualquer outra coisa — mas o jovem jurava que havia algo de muito nobre e majestoso naquela figura e que, embora seus passos apresentassem dificuldade, ela se movia com tanta graça e dignidade quanto qualquer rainha da terra. O pavão, que agora descera do ombro, desfilava o dorso em prodigiosa pompa e abria a cauda magnífica de propósito, para que Jasão a admirasse.

Quando a velha senhora e o pavão já haviam se perdido de vista, Jasão partiu em sua jornada. Depois de percorrer uma longa distância, chegou a uma cidade situada no sopé de uma montanha, não muito longe da costa. Do lado de fora havia uma imensa multidão, não apenas de homens e mulheres mas também de crianças, todos vestidos com suas melhores roupas e claramente desfrutando de um feriado. O povaréu se adensava em direção à linha do mar; e naquela direção, sobre as cabeças das pessoas, Jasão viu uma coroa de fumaça formar espirais e subir em direção ao azul do céu. Perguntou a um dos habitantes qual era aquela cidade e a razão de tanta gente estar ali reunida.

— Este é o reino de Iolcos — respondeu o homem —, e nós somos os súditos do rei Pelias. Nosso monarca nos reuniu aqui para que possamos vê-lo sacrificar um touro negro a Netuno, que, dizem, é o pai de sua majestade. Ali está o rei, onde se vê a fumaça que sobe do altar.

Enquanto o homem falava, olhou para Jasão com grande curiosidade; pois seus trajes eram bem diferentes das vestes do povo de Iolcos, e parecia muito estranho ver um jovem com uma pele de leopardo sobre os ombros levando uma lança em cada mão. Jasão também percebeu que o homem olhava com particular atenção para seus pés, um dos quais, vocês se lembram, estava nu, enquanto o outro calçava a sandália de cordões dourados de seu pai.

— Aqui! Veja aqui! — disse o homem ao vizinho. — Está vendo? Ele usa apenas uma sandália!

Com isso, primeiro uma pessoa e depois outra começaram a olhar para Jasão, e todos pareciam muito impressionados com algo em seu aspecto; embora voltassem os olhos com muito mais frequência para os pés do que para qualquer outra parte de sua figura. Podia ouvi-los sussurrar uns para os outros:

— Uma sandália só! Uma sandália só! O homem de uma sandália só! Aqui está ele, finalmente! De onde veio? Que pretende fazer? Que palavras o rei dirá ao homem de uma sandália só?

O pobre Jasão ficou muito envergonhado e concluiu que o povo de Iolcos era extremamente indiscreto, pois só isso justificava tornar de conhecimento público uma deficiência acidental em seus trajes. Enquanto isso, se foram eles que o empurraram adiante ou se foi Jasão que, por sua própria vontade, abriu caminho através de toda aquela gente, o fato é que ele logo se viu perto do altar fumegante onde o rei Pelias sacrificava o touro preto. O murmúrio e o zumbido da multidão, ante a surpresa do espetáculo de Jasão com o pé descalço, ficaram tão altos que perturbaram a cerimônia; e o rei, segurando a grande faca com a qual estava a ponto de cortar a garganta do touro, virou-se irritado e fixou os olhos no rapaz. As pessoas já haviam se afastado dele, de modo que o jovem ficou em um espaço aberto, próximo ao altar fumegante, frente a frente com o enfurecido rei Pelias.

— Quem é você? — bradou o rei, armando uma terrível carranca. — E como se atreve a causar esse estardalhaço enquanto estou sacrificando um touro preto para o meu pai Netuno?

— Não é culpa minha — respondeu Jasão. — Sua majestade deve culpar a grosseria de seus súditos, que fizeram todo esse tumulto só porque um dos meus pés está descalço.

Quando Jasão disse isso, o rei lançou um olhar rápido e assustado para seus pés.

"Ah!", murmurou consigo mesmo, "aqui está o sujeito de uma sandália só! O que posso fazer com ele?"

E apertou a grande faca ainda com mais força, como se lhe tivesse passado pela cabeça matar Jasão em vez do touro preto. O povo ao redor escutou as palavras do rei, apesar da indistinção com que foram proferidas; primeiro se fez um burburinho entre eles, depois, um ruidoso alarido.

— O homem de uma sandália só chegou! A profecia deve ser cumprida!

Pois vocês devem saber que, muitos anos antes, o rei Pelias havia sido informado pelo Carvalho Falante de Dodona que seria destituído do trono por um homem com uma sandália só. Por essa razão, dera ordens estritas para que ninguém jamais viesse à sua presença senão com as duas sandálias firmemente amarradas aos pés; e mantinha em seu palácio um oficial cuja única função era examinar as sandálias das pessoas e fornecer-lhes um novo par — e tudo isso às custas do tesouro real! — tão logo as antigas começassem a ficar gastas. Durante todo o seu reinado, nunca tinha sentido tal medo e agitação como diante do espetáculo do pé descalço do pobre Jasão. Mas como era por natureza um homem ousado e de coração duro, logo tomou coragem e passou a arquitetar planos para se livrar do terrível forasteiro.

— Meu bom jovem — disse o rei Pelias, no tom mais suave que se possa imaginar, a fim de despistar Jasão —, você é mais do que bem-vindo ao meu reino. A julgar por sua vestimenta, vejo que deve ter percorrido uma longa distância, pois não é moda por estas bandas usar peles de leopardo. O jovem poderia por obséquio dizer-nos seu nome? E onde recebeu educação?

— Meu nome é Jasão — respondeu o jovem estranho. — Desde a infância tenho vivido na caverna de Quíron, o centauro. Ele foi meu professor e me ensinou música, equitação, como curar feridas e também como causá-las com minhas armas!

— Ouvi falar de Quíron, o mestre-escola — respondeu o rei Pelias —, e de como há uma quantidade imensa de conhecimento e sabedoria em sua cabeça, embora esteja no corpo de um cavalo. Fico muito feliz em receber um de seus discípulos em minha corte. Mas, para testar o quanto conquistou tendo professor tão excelente, você me daria a permissão de lhe fazer uma única pergunta?

— Não tenho pretensões a sábio — disse Jasão. — Mas pergunte o que quiser, e responderei como puder.

Vejam só: o rei Pelias tinha a intenção de fazer o jovem cair em uma armadilha forçando-o a dizer algo que causaria problemas e confusão. Então, com um sorriso astuto e maligno, falou:

— O que você faria, meu valente Jasão, se houvesse um homem no mundo por quem (e teria razão para acreditar nisso) você estaria condenado a ser arruinado e morto? O que você faria, pergunto, se esse homem estivesse diante de você e em seu poder?

Quando Jasão reconheceu a malícia e a maldade que luziam nos olhos do rei sem que as pudesse esconder, é provável que tenha adivinhado que Pelias descobrira a razão de ele estar ali e tinha a intenção de voltar as palavras de Jasão contra si mesmo. Ainda assim, desprezou a ideia de dizer uma mentira. Como o príncipe íntegro e honrado que era, decidiu falar toda a verdade. Uma vez que o rei escolhera lhe fazer a pergunta, e uma vez que Jasão lhe prometera uma resposta, não havia outra saída senão dizer precisamente o que seria o mais prudente a fazer se estivesse no poder de seu pior inimigo.

Portanto, depois de um momento de reflexão, respondeu, com voz firme e viril:

— Eu enviaria um homem como este em busca do velocino de ouro!

Essa aventura, entendam, era, entre todas, a mais difícil e perigosa. Em primeiro lugar, seria necessário fazer uma longa viagem atravessando mares nunca antes navegados. Eram mínimas as esperanças, ou a possibilidade, de que qualquer jovem que empreendesse a jornada fosse bem-sucedido em trazer o velocino de ouro, ou mesmo em sobreviver para voltar e contar os perigos vividos. Portanto, os olhos do rei Pelias brilharam de alegria ao ouvir a resposta de Jasão.

— Muito bem dito, homem sábio de uma sandália só! — bradou. — Vá, então, e, sob o risco de perder a vida, traga-me o velocino de ouro.

— Eu irei — respondeu Jasão calmamente. — Se eu falhar, vocês não precisam temer que os incomode novamente. Mas se eu voltar a Iolcos com o prêmio, então, rei Pelias, é bom que você se apresse a deixar seu trono e me entregar sua coroa e seu cetro.

— Combinado — disse o rei, com um sorriso de escárnio. — Enquanto isso, vou cuidar direitinho deles para você.

A primeira coisa que Jasão fez, depois de deixar a presença do rei, foi ir a Dodona e perguntar ao Carvalho Falante qual o melhor caminho a seguir. Essa árvore maravilhosa ficava no centro de uma floresta antiga. Seu tronco imponente erguia-se a trinta metros de altura e lançava uma sombra larga e densa sobre mais de um quilômetro de terra ao redor. De pé debaixo dela, Jasão olhou para cima, para os galhos nodosos e as folhas verdes, para o misterioso coração da velha árvore, e elevou a voz, como se estivesse se dirigindo a alguma pessoa escondida nas profundezas da folhagem.

— O que devo fazer — disse ele — para conquistar o velocino de ouro?

No início, fez-se um profundo silêncio, não apenas sob a sombra do Carvalho Falante, mas por toda a floresta solitária. Em pouco tempo, porém, as folhas do carvalho começaram a se agitar e farfalhar, como se uma brisa suave passeasse por entre elas, embora as outras árvores se conservassem em perfeita quietude. O som ficou mais alto e ganhou as alturas do ronco de um vento forte. Pouco a pouco, Jasão teve a impressão de que conseguia distinguir palavras, mas muito confusamente, pois cada folha separada da árvore parecia ser uma língua, e toda a infinidade de línguas balbuciava ao mesmo tempo. Mas o ruído cresceu e ficou mais profundo, até que se assemelhou a um tornado que varria o carvalho e produzia, dos milhares e milhares de pequenos murmúrios que cada língua frondosa emitia em seu farfalhar, uma imensa declaração. E então, embora ainda tivesse o tom de um vento poderoso que rugia entre os galhos, também passou a guardar semelhança com uma voz grave profunda que, falando com tanta clareza quanto uma árvore pode falar, pronunciou as seguintes palavras:

— Vá a Argos, o construtor naval, e peça que construa uma galera de cinquenta remos.

Então a voz se derreteu novamente no murmúrio indistinto das folhas farfalhantes e aos poucos se desfez. Quando tudo se foi, Jasão pôs-se a duvidar se de fato tinha escutado aquelas palavras, ou se sua fantasia não as havia moldado a partir de sons quaisquer derivados de uma brisa em contato com a folhagem espessa da árvore.

Mas, ao consultar habitantes de Iolcos, descobriu que havia realmente um homem na cidade, de nome Argos, que era um construtor de navios muito hábil. Isso comprovou a inteligência do carvalho — caso contrário, como ia saber que essa pessoa existia? A pedido de Jasão, Argos aceitou sem pestanejar lhe construir uma galera grande o bastante para que nela remassem cinquenta homens fortes, embora nenhum navio de tais proporções e carga tivesse sido visto até então no mundo. Assim, o carpinteiro principal e todos os seus aprendizes e trabalhadores puseram mãos à obra; e assim permaneceram um bom tempo, ocupados em cortar as madeiras e fazer um barulho tremendo com os martelos, até que o novo navio, a que deram o nome de *Argo*, parecia prontíssimo para o mar. E como o Carvalho Falante lhe dera um conselho tão bom, Jasão concluiu que não seria má ideia levar mais um papinho com a árvore. Assim, ele a visitou novamente e, de pé ao lado do tronco áspero e imenso, perguntou o que fazer a seguir.

Dessa vez não se fez o tremor geral das folhas por toda a árvore, como antes. Mas, depois de um tempo, Jasão observou que a folhagem de um grande galho que se estendia acima de sua cabeça começara a farfalhar, como se o vento agitasse unicamente aquele galho, enquanto todos os outros continuavam em repouso.

— Corte-me! — disse o ramo, assim que pôde falar com clareza. — Corte-me! Corte-me! E me transforme em uma carranca de proa para a sua galera.

Jasão obedeceu as palavras do galho e cortou-o da árvore. Um escultor da vizinhança se comprometeu a fazer a carranca de proa. Era um trabalhador razoavelmente bom e já havia esculpido várias carrancas, para as quais em geral moldava formas femininas, muito parecidas àquelas que vemos hoje presas sob o mastro de proa dos navios, com grandes olhos abertos, que nunca piscam sob o espargir das águas. O escultor notou, porém (o que julgou muito estranho), que sua mão era guiada por algum poder invisível e por uma habilidade além da sua, e que suas ferramentas moldavam uma imagem com a qual nunca sonhara. Quando terminou o trabalho, revelou-se a figura de uma bela mulher que levava à cabeça um elmo, sob o qual longos cachos caíam sobre os ombros. No braço esquerdo havia um escudo e, no centro, uma representação realista da cabeça da Medusa com suas madeixas serpenteantes. O braço direito estava estendido, como se apontasse sempre adiante. O rosto dessa maravilhosa estátua, embora não enfurecido ou desagradável, era grave e majestoso, exalando severidade; quanto à boca, parecia pronta a abrir os lábios e proferir palavras da mais profunda sabedoria.

Jasão ficou encantado com a imagem e não deu descanso ao escultor até que estivesse concluída, instalando-a onde as carrancas sempre estiveram, desde aqueles longínquos tempos até nossos dias: na proa do navio.

— E agora — bradou o príncipe, enquanto mirava o rosto calmo e majestoso da estátua —, devo ir ao Carvalho Falante e perguntar o que fazer a seguir?

— Não há necessidade, Jasão — respondeu uma voz que, embora muito mais baixa, lembrava os tons poderosos do grande carvalho. — Quando você desejar um bom conselho, pode me consultar.

Jasão estava olhando diretamente para o rosto da figura quando as palavras foram ditas. Mal podia acreditar em seus ouvidos e olhos. A verdade, no entanto, era que os lábios de carvalho haviam se movido e, ao que tudo indica, a voz saíra da boca da estátua. Recuperando-se um pouco da surpresa, Jasão constatou que a imagem fora esculpida na madeira do Carvalho Falante, portanto não era realmente uma grande maravilha, mas, pelo contrário, a coisa mais natural do mundo que possuísse a faculdade da fala. Teria sido estranho, na verdade, se assim não fosse. Sem dúvida era uma grande sorte poder levar um bloco de madeira tão sábio na perigosa viagem.

— Diga-me, carranca maravilhosa — exclamou Jasão —, já que você traz a sabedoria do Carvalho Falante de Dodona, do qual é filha, diga--me: onde encontrarei cinquenta jovens valentes que assumirão, cada qual, um remo da minha galera? Eles precisam ter braços fortes para remar e corações valentes para enfrentar perigos, ou jamais conquistaremos o velocino de ouro.

— Vá — respondeu a imagem de carvalho —, vá, reúna todos os heróis da Grécia.

E, de fato, levando-se em conta a grandeza do feito, que outro conselho seria mais sábio que aquele? Ele não perdeu tempo: enviou mensageiros a todas as cidades e espalhou para todo o povo da Grécia que o príncipe Jasão, filho do rei Jasão, partiria em busca do velocino de ouro, e que era sua vontade contar com quarenta e nove dos jovens mais corajosos e fortes daquelas terras para remar o navio e compartilhar dos perigos da viagem. E que Jasão em pessoa seria o quinquagésimo tripulante.

Diante dessa notícia, jovens aventureiros de todo o país se puseram em polvorosa. Alguns já tinham enfrentado gigantes e matado dragões; e os mais jovens, que ainda não haviam tido tanta sorte, achavam uma pena viver todo aquele tempo sem montar em uma serpente voadora ou espetar a lança em uma quimera, ou, pelo menos, enfiar o braço direito na garganta monstruosa de um leão. Havia uma expectativa forte de que fossem se deparar com muitas dessas aventuras antes de encontrar o velocino de ouro. Assim que poliram os elmos e escudos e prenderam à cintura as confiáveis espadas, chegaram a Iolcos em multidão e subiram a bordo da galera. Cumprimentando Jasão, asseguraram que não davam a mínima para suas vidas e que ajudariam a levar o navio até o ponto mais remoto do mundo, tão longe quanto ele julgasse necessário.

Muitos desses bravos companheiros tinham sido educados por Quíron, o pedagogo de quatro patas. Eram, portanto, velhos colegas de

Jasão e sabiam que ele era um rapaz de coragem. O poderoso Hércules, cujos ombros depois viriam a sustentar o céu, era um deles. E lá estavam Cástor e Pólux, os irmãos gêmeos, que nunca foram acusados da covardia de uma galinha, embora tivessem sido chocados de um ovo; e Teseu, já famoso por ter matado o Minotauro; e Linceu, com seus olhos maravilhosamente afiados, capazes de ver através de uma rocha ou de olhar diretamente para as profundezas da terra e descobrir os tesouros ali escondidos; e Orfeu, o melhor dos tocadores de lira, que cantava e tocava o instrumento com tamanha doçura que animais ferozes ficavam sentadinhos nas patas traseiras e brincavam felizes ao som da música. Sim, em algumas de suas melodias mais comoventes as rochas agitavam as coberturas de musgo pelo chão; e um bosque de árvores da floresta chegou a se levantar sobre as raízes e, acenando com as copas umas para as outras, executou uma dança campestre.

Um dos remadores era uma bela jovem, de nome Atalanta, que recebera os cuidados de um urso nas montanhas. Essa bela donzela era dotada de pés tão leves que podia passar da crista espumosa de uma onda a outra sem molhar mais do que a sola da sandália. Ela crescera de forma selvagem, falava sobre os direitos das mulheres e amava a caça e a guerra muito mais do que a agulha e a costura. Mas, na minha opinião, os mais notáveis dessa famosa trupe eram dois filhos do Vento Norte (jovens airosos e de disposição bastante impetuosa), que tinham asas nos ombros e, em caso de calmaria, eram capazes de estufar as bochechas e soprar uma brisa quase tão forte quanto a de seu pai. Não devo esquecer os profetas e feiticeiros, dos quais havia vários na tripulação, que previam o que iria acontecer amanhã ou depois de amanhã ou cem anos depois, mas eram, em geral, bastante inconscientes do que se passava no presente.

Jasão nomeou Tifis para o lugar do timoneiro, pois era um observador de estrelas e conhecia os pontos da bússola. Linceu, pela visão apurada, tinha seu posto de vigia à proa, de onde era capaz de enxergar um dia de navegação adiante, embora tendesse a ignorar as coisas que estavam imediatamente sob seu nariz. Se acontecesse de o mar ser profundo o bastante, porém, Linceu dizia com precisão que tipos de rocha ou areia se encontravam no leito; e não foram poucas as vezes em que avisou aos companheiros de tesouros afundados sobre os quais navegavam e cuja contemplação não o tornava mais rico. Para dizer a verdade, poucos acreditavam nele quando dizia isso.

Pois muito bem! Quando os argonautas, como eram chamados esses cinquenta valentes aventureiros, se preparavam para a viagem, uma dificuldade imprevista ameaçou acabar com tudo antes mesmo que iniciassem a jornada. O navio, é preciso que vocês entendam, era tão comprido, largo e pesado que a força dos cinquenta homens juntos não era suficiente para empurrá-lo até a água. Hércules, suponho, ainda não contava com toda a sua força, ou de outro modo teria levado sozinho o casco à água, e de modo tão fácil quanto um menino lança seu barquinho na enxurrada. Mas ali estavam aqueles cinquenta heróis, com os rostos vermelhos de tanta força que faziam para o empurrar, mas sem deslocar *Argo* um centímetro. Por fim, exaustos, sentaram-se na praia em um tremendo desconsolo, pensando se deviam deixar o navio ali apodrecendo até cair aos pedaços e que o jeito era cruzar o mar a nado ou deixar o velocino de ouro para lá.

De repente, Jasão se lembrou da carranca milagrosa.

— Ó, filha do Carvalho Falante — exclamou ele —, como devemos trabalhar para levar nossa embarcação à água?

— Sentem-se — respondeu a imagem (pois desde o início ela sabia o que devia ser feito, só estava esperando que fizessem a pergunta) —, sentem-se com os remos à mão e permitam que Orfeu toque a lira.

Em um instante os cinquenta heróis encontravam-se sentados a bordo e, com os remos em punho, seguravam-nos perpendicularmente no ar, enquanto Orfeu (que gostava muito mais de tocar a lira do que de remar) passou os dedos pelo instrumento. À primeira nota da música, sentiram o navio se mover. Orfeu dedilhou com vigor, e a galera deslizou de uma só vez para o mar, mergulhando a proa tão profundamente que a carranca bebeu a onda com seus belíssimos lábios, para, em seguida, subir leve como um cisne. Os remadores dobravam seus cinquenta remos; a espuma branca se erguia diante da proa; a água formava borbulhas em sua esteira; enquanto Orfeu continuava a tocar uma melodia tão animada que o navio parecia dançar sobre as ondas para manter o ritmo. Foi assim que, em triunfo, o *Argo* enfunou velas e deixou o porto em meio a vivas e bons augúrios de toda a gente, exceto de Pelias, o velho mau, que ficou sobre um promontório de cara amarrada desejando ter o poder de soprar de dentro de seu peito a tempestade de ira que lhe dominava o coração e, assim, afundar a embarcação com todos a bordo. Quando já tinham navegado bem uns cem quilômetros mar adentro, calhou de Linceu lançar o olhar aguçado para trás, e então disse aos homens que enxergava o rei de vil coração empoleirado no promontório com a cara que mais parecia uma nuvem de trovão negro naquele trecho do horizonte.

A fim de fazer o tempo passar mais agradavelmente durante a viagem, os heróis conversavam sobre o velocino de ouro. Ao que parece, ele pertencera originalmente a um carneiro da Beócia, que tinha tomado em suas costas duas crianças em perigo de vida e fugido com elas por terra e mar até a Cólquida. Uma das crianças, cujo nome era Hele, caiu no mar e se afogou. Mas a outra (um garotinho chamado Frixo) chegou em segurança à terra firme com o leal carneiro. O animal estava tão exausto que imediatamente veio ao chão e morreu. Em memória da boa ação, e como símbolo de seu verdadeiro coração, o velocino do pobre carneiro morto foi milagrosamente transformado em ouro e se tornou um dos mais belos objetos já vistos na terra. Estava pendurado em uma árvore num bosque sagrado, onde era mantido não sei havia quantos anos e objeto de cobiça de reis poderosos, que nada tinham de tão magnífico em seus palácios.

Se eu lhes contasse todas as aventuras dos argonautas, ficaria aqui falando até o anoitecer, e talvez por muito mais tempo. Acontecimentos maravilhosos não faltaram, como podem deduzir do que já ouviram. Em certa ilha, foram recebidos com hospitalidade pelo rei Cízico, seu soberano, que lhes ofereceu um banquete e os tratou como irmãos. Mas os argonautas perceberam que o bom homem parecia abatido e muito perturbado, portanto lhe perguntaram qual era o problema. O rei Cízico contou que ele e seus súditos eram muito maltratados e incomodados pelos habitantes de uma montanha vizinha, que declararam guerra contra eles, mataram muitas pessoas e devastaram a cidade. Enquanto conversavam sobre o caso, Cízico apontou para a montanha e perguntou a Jasão e seus companheiros o que viam lá.

— Vejo alguns objetos muito altos — respondeu Jasão. — Mas a essa distância não consigo distinguir bem o que são. Para dizer a verdade, parecem tão estranhos que estou inclinado a imaginar que são nuvens que por acaso assumiram a forma de algo parecido com o homem.

— Eu os vejo muito claramente — observou Linceu, cujos olhos, vocês sabem, tinham a potência de um telescópio. — É um bando de gigantes enormes, todos com seis braços, armados de porretes, espadas ou qualquer outra arma em cada uma das mãos.

— Que maravilha de visão você tem — admirou-se o rei Cízico. — Sim, eles são gigantes de seis braços, como você descreveu, e são os inimigos contra quem eu e meus súditos precisamos lutar.

No dia seguinte, quando os argonautas estavam prestes a zarpar, os terríveis gigantes desceram, percorrendo cem metros a cada passo e brandindo os seis braços, todos parecendo assustadores ali daquelas alturas. Cada um dos monstros era capaz de travar uma guerra inteira sozinho, pois com um braço atiravam pedras imensas, com o segundo empunhavam porretes e espadas com o terceiro, enquanto o quarto estocava os inimigos com lanças compridas e o quinto e o sexto manejavam arcos e flechas. Mas, felizmente, embora os gigantes fossem imensos e dotados de tantos braços, tinham apenas um coração, e esse coração não era nem maior nem mais corajoso do que o coração de um homem comum. Além disso, ainda que fossem como o Briareu de cem braços, os bravos argonautas os teriam enfrentado do mesmo jeito. Jasão e seus amigos foram corajosamente de encontro aos monstros, que morreram em grande número; quem sobreviveu deu no pé, de modo que, se os gigantes tivessem seis pernas em vez de seis braços, veriam nisso mais vantagem.

Outra estranha aventura aconteceu quando os viajantes chegaram à Trácia, onde encontraram um pobre rei cego, chamado Fineu, que fora abandonado por seus súditos e vivia solitário e muito triste. Quando Jasão perguntou se podiam lhe prestar algum serviço, o rei respondeu que era terrivelmente atormentado por três grandes criaturas aladas, chamadas Harpias, que possuíam rostos de mulher, mas asas, corpos e garras de abutres. Esses seres miseráveis e medonhos tinham o hábito de lhe roubar o jantar, e não lhe davam paz. Ao ouvir isso, os argonautas espalharam um banquete abundante na praia, sabendo, pelo que o rei cego contara sobre sua gula, que as Harpias sentiriam o cheiro das provisões e logo viriam roubá-las. E assim aconteceu; pois mal haviam se posto à mesa quando avistaram os três abutres horrendos baterem as asas, tomarem a comida em suas garras e voarem dali o mais rápido que podiam. Porém, os dois filhos do Vento Norte desembainharam suas espadas, abriram as asas e dispararam no ar à caça das ladras, que por fim alcançaram entre algumas ilhas, depois de uma perseguição de centenas de quilômetros. Os dois jovens alados voaram como um tufão sobre as Harpias (pois tinham o temperamento rude do pai) e as assustaram de tal modo com as espadas em riste que elas prometeram nunca mais incomodar o rei Fineu.

Então os argonautas seguiram viagem e toparam com muitos outros acontecimentos maravilhosos. Cada um deles já valeria uma história por si. Certo dia, desembarcaram em uma ilha e estavam descansando no relvado quando, de repente, se viram atacados pelo que parecia uma chuva de flechas de aço. Algumas ficaram presas no chão, enquanto outras bateram contra seus escudos, e várias lhes penetraram a carne. Os cinquenta heróis se levantaram e procuraram no entorno pelo inimigo oculto, mas não conseguiram encontrá-lo, nem ver nenhum ponto, em toda a ilha, onde um único arqueiro pudesse se esconder. Mesmo assim, as flechas com pontas de aço continuavam a descer zunindo entre eles; por fim, sem querer, olhando para cima, viram um grande bando de pássaros pairando, girando no alto e atirando suas penas sobre os argonautas. Essas penas eram as flechas que tanto os atormentavam. Não havia possibilidade de armar resistência, e os cinquenta heroicos argonautas seriam mortos ou feridos por um bando de pássaros encrenqueiros sem jamais ter posto os olhos no velocino de ouro se não tivesse ocorrido a Jasão pedir o conselho da carranca de carvalho.

Então ele correu até a galera tão rápido quanto suas pernas permitiam.

— Ó, filha do Carvalho Falante — gritou ele, já sem fôlego —, precisamos de sua sabedoria mais do que nunca! Estamos em grande perigo: um bando de pássaros nos ataca com suas penas de pontas de aço. Como afastá-los?

— Façam barulho com os escudos — respondeu a imagem.

Ao receber esse excelente conselho, Jasão correu de volta até os companheiros (que se encontravam em consternação muito maior do que quando haviam lutado com os gigantes de seis braços) e ordenou-lhes que batessem com as espadas nos escudos de bronze. Imediatamente os cinquenta heróis se puseram a batucar com toda a força, e produzindo um barulho tão terrível que os pássaros saíram em debandada; embora tivessem atirado metade de suas penas, logo foram vistos vogando por entre as nuvens, a uma longa distância, no que parecia ser um bando de gansos selvagens. Orfeu celebrou a vitória tocando um hino de triunfo, com tão bela melodia que Jasão implorou que ele parasse, pois, assim como tinham sido afugentados com estrondos horríveis, os pássaros de penas poderiam voltar atraídos pela beleza da canção.

Enquanto os argonautas permaneceram nessa ilha, viram um pequeno navio se aproximando da costa, no qual estavam dois jovens de modos principescos e beleza sem igual, o que era bastante comum para um príncipe daqueles tempos. Então vejamos: quem vocês imaginam que eram esses dois viajantes? Eu juro: eram os filhos daquele mesmo Frixo, que, na infância, fora levado para a Cólquida no lombo do carneiro do velocino dourado. Já naquela época, Frixo casou-se com a filha do rei; e os dois jovens príncipes nasceram e cresceram na Cólquida, passando seus dias de traquinagens nos arredores do bosque em cujo centro o velocino de ouro ficava pendurado em uma árvore. Eles estavam agora a caminho da Grécia, na esperança de recuperar um reino que fora usurpado de seu pai.

Quando os príncipes entenderam para onde os argonautas estavam indo, se ofereceram para voltar e guiá-los até lá. Ao mesmo tempo, porém, falaram com descrença na possibilidade de Jasão obter o velocino de ouro: a árvore em que estava pendurada a pele era guardada por um terrível dragão, que devorava de uma só bocada cada pessoa que se aventurasse ao seu alcance.

— Há outras dificuldades no caminho — prosseguiram os jovens príncipes. — Mas essa já não basta? Bravo Jasão, volte antes que seja tarde demais. Ficaríamos muito, muito tristes se você e seus bravos companheiros fossem devorados em cinquenta bocadas pelo dragão maligno.

— Meus jovens amigos — respondeu Jasão calmamente —, não me surpreende que vocês achem o dragão tão terrível. Cresceram desde a infância sob o medo desse monstro e, portanto, ainda o consideram com o temor que as crianças sentem pelos bichos-papões e pelos velhos do saco que apareciam nas histórias de suas amas. Mas, na minha opinião, o dragão é só uma serpente grande, que não tem metade da probabilidade de me abocanhar de uma só vez quanto tenho eu de lhe cortar a cabeça medonha e esfolar a pele de seu corpo. Em todo caso, que voltem os que quiserem; jamais verei a Grécia de novo, a menos que tenha comigo o velocino de ouro.

— Nenhum de nós vai voltar! — gritaram seus quarenta e nove bravos companheiros. — Vamos embarcar agora mesmo; e se o dragão nos transformar em café da manhã, que faça bom proveito.

Orfeu (cujo costume era verter tudo em música) começou a tocar a lira e a cantar gloriosamente, fazendo com que todos ali se sentissem como se nada neste mundo fosse tão delicioso quanto lutar contra dragões, e nada tão verdadeiramente honroso quanto ser devorado de uma só bocada, na pior das hipóteses.

Depois disso (estando agora sob a orientação dos dois príncipes familiarizados com o caminho), eles rapidamente avançaram rumo à Cólquida. Quando o rei do país, cujo nome era Eetes, ouviu falar de sua chegada, logo convocou Jasão à corte. O rei era um potentado de aparência severa e cruel; embora ostentasse uma expressão tão educada e hospitaleira quanto possível, Jasão não simpatizou com ele — nem um tiquinho a mais do que com o perverso rei Pelias, que destronara seu pai.

— Bem-vindo, bravo Jasão — cumprimentou o rei Eetes. — Diga-me, por favor: está em viagem de lazer?... Ou tem em vista descobrir ilhas desconhecidas?... Ou que outra razão me proporciona a felicidade de encontrá-lo em minha corte?

— Meu grande senhor — respondeu Jasão com reverência, pois Quíron o havia ensinado a se comportar com propriedade, fosse diante de reis ou de mendigos —, cheguei até aqui com um propósito para o qual, agora, peço a sua majestade permissão de executar. O rei Pelias, que se senta no trono de meu pai (ao qual ele não tem mais direito do que a este em que sua majestade está agora sentada), comprometeu-se a me entregar sua coroa e seu cetro desde que lhe entregue o velocino de ouro. Este, como é do conhecimento de sua majestade, encontra-se agora pendurado em uma árvore aqui na Cólquida; humildemente solicito sua graciosa permissão para levá-lo.

Apesar de todo esforço, o rosto do rei contorceu-se em uma expressão irritada; pois ele valorizava o velocino de ouro acima de todas as outras coisas no mundo, e era mesmo suspeito de ter realizado um ato de vilania a fim de obtê-lo e guardá-lo em sua posse. Portanto, o pedido que escutou de Jasão e de quarenta e nove dos jovens guerreiros mais corajosos da Grécia, que tinham viajado à Cólquida com o único propósito de tirar-lhe seu principal tesouro, fez com que ficasse no pior humor possível.

— Você sabe — perguntou o rei Eetes, lançando um olhar bastante duro a Jasão — quais são as condições que deve cumprir para ter o velocino de ouro?

— Soube — respondeu o jovem — que um dragão jaz debaixo da árvore em que o prêmio paira, e que quem se aproxima corre o risco de ser devorado em uma bocada.

— Verdade — disse o rei, com um sorriso que não parecia particularmente agradável. — É verdade, meu jovem. Mas há outras coisas tão difíceis, ou talvez até mais, a fazer antes que você tenha o privilégio de ser devorado pelo dragão. Por exemplo: preciso que você dome os dois touros de pés e pulmões de bronze que Vulcano, aquele ferreiro maravilhoso, fez para mim. Há uma fornalha em seus estômagos; e a respiração que suas bocas e narinas exalam é tão quente que ninguém até hoje se aproximou deles sem ser instantaneamente incinerado. Que tal, meu valente Jasão?

— O perigo é algo que preciso enfrentar — respondeu o jovem com tranquilidade —, uma vez que esteja no caminho do meu propósito.

— Depois de domar os touros de fogo — continuou o rei Eetes, estava decidido a botar medo em Jasão, se possível —, é preciso que os amarre a um arado; com eles, deve lavrar a terra sagrada dos Bosques de Marte e semear alguns daqueles mesmos dentes de dragão com os quais Cadmo fez brotar uma colheita de guerreiros. Eles são um bando indomável de canalhas, aqueles filhos dos dentes do dragão; e a menos que os trate adequadamente, se abaterão sobre você de espada em punho. Você e seus quarenta e nove argonautas, meu valente Jasão, dificilmente serão numerosos ou fortes o bastante para lutar com um exército como o que brotará.

— Meu professor Quíron — respondeu Jasão — ensinou-me, há muito tempo, a história de Cadmo. Talvez eu possa lidar com os filhos encrenqueiros dos dentes do dragão tão bem quanto ele.

"Antes o dragão o levasse", murmurou o rei Eetes para si mesmo, "e de quebra acabasse com o pedante quadrúpede junto. Ora, mas que tonto arrogante e sem noção! Veremos o que os meus touros cuspidores de fogo farão por ele."

— Muito bem, príncipe Jasão — continuou ele, com toda a falsa simpatia que era capaz de expressar —, acomode-se por hoje, e amanhã de manhã, uma vez que insiste, vá testar suas habilidades no arado.

Enquanto o rei conversava com Jasão, havia uma bela jovem de pé atrás do trono. Ela manteve os olhos fitos no jovem estrangeiro e ouviu atentamente cada palavra dita; quando Jasão se retirou, a jovem o seguiu para fora da sala.

— Sou a filha do rei — disse ela —, e o meu nome é Medeia. Sei de muitos assuntos que outras princesas ignoram e posso fazer muitas coisas, coisas com as quais elas teriam medo até de sonhar. Se você confiar em mim, posso ensiná-lo a domar os touros de fogo, semear os dentes do dragão e pegar o velocino de ouro.

— Ora, minha bela princesa — respondeu Jasão —, se me fizer este favor prometo ser grato por toda a minha vida.

Olhando para Medeia, reconheceu em seu rosto uma inteligência maravilhosa. Era uma daquelas pessoas cujos olhos estão cheios de mistério — tanto que, ao olhar para eles, você parece vislumbrar um longo caminho, como se fossem um poço profundo, mas sem jamais ter certeza de que conseguiria enxergar as profundezas mais distantes, ou se não há algo mais escondido lá no fundo. Se Jasão fosse capaz de temer qualquer coisa, seria fazer dessa jovem princesa sua inimiga, pois, por mais bonita que ela lhe parecesse então, poderia, no instante seguinte, se tornar tão terrível quanto o dragão que vigiava o velocino de ouro.

— Princesa — exclamou ele —, você parece realmente muito sábia e muito poderosa. Mas como pode me ajudar a fazer as coisas de que fala? Por acaso é uma feiticeira?

— Sou, príncipe Jasão — respondeu Medeia, com um sorriso. — É a verdade. Sou uma feiticeira. Circe, irmã de meu pai, foi quem me ensi-

"Sou a filha do rei."

nou, e eu poderia lhe dizer, se quisesse, quem era a velha com o pavão, a romã e o cajado de cuco que você atravessou no rio; e, da mesma forma, quem fala através dos lábios da imagem de carvalho que fica na proa de sua galera. Estou a par de alguns dos seus segredos, como vê. É bom que eu fique a seu favor, caso contrário você dificilmente escaparia de ser abocanhado pelo dragão.

— Eu não me importaria tanto com o dragão — respondeu Jasão — se soubesse antes como lidar com os touros de pés de bronze e pulmões de fogo.

— Se você é tão corajoso quanto acho que é e tem necessidade de ser — disse Medeia —, o seu próprio coração corajoso vai ensinar que há apenas uma forma de lidar com um touro bravo. Que maneira é essa, deixo que você descubra na hora do perigo. Quanto ao hálito ardente desses animais, tenho aqui um unguento encantado que o impedirá de ser queimado e irá curá-lo caso venha a ficar um pouco chamuscado.

Então ela entregou a Teseu uma caixa de ouro, o ensinou a aplicar o unguento perfumado que havia dentro e disse onde encontrá-la à meia-noite.

—Concentre-se em sua coragem — acrescentou —, e antes do amanhecer os touros de bronze estarão domesticados.

O jovem assegurou que a coragem não lhe faltaria. Assim, juntou-se a seus camaradas e contou o que havia se passado entre a princesa e ele, e avisou-os para estarem de prontidão no caso de haver necessidade de ajuda. Na hora marcada, encontrou a bela Medeia nos degraus de mármore do palácio do rei. Ela lhe deu uma cesta, na qual estavam os dentes do dragão tal qual haviam sido retirados das mandíbulas do monstro por Cadmo, há muito tempo. Medeia então conduziu Jasão pelos degraus do palácio e pelas ruas silenciosas da cidade até o pasto real, onde ficavam os dois touros de pés de bronze. Era uma noite estrelada, com um luzir brilhante ao longo da borda leste do céu, de onde a lua logo surgiria. Depois de adentrar o pasto, a princesa parou e olhou em volta.

— Lá estão eles — disse ela —, descansando e ruminando sua comida fumegante naquele canto mais distante. Será um excelente divertimento, garanto, quando virem de relance a sua figura. Não há coisa que divirta tanto meu pai e toda a corte do que ver um estranho tentando pôr a canga sobre eles para depois ir ter ao velocino de ouro. É dia de festa na Cólquida sempre que uma coisa dessas acontece. De minha parte, gosto bastante. Você não pode imaginar em que mero piscar de olhos o bafo quente deles reduz um jovem a um montinho de cinzas.

— Você tem certeza, bela Medeia — perguntou Jasão —, certeza de verdade, que o unguento na caixa de ouro servirá contra essas terríveis queimaduras?

— Se você duvida, se está minimamente com medo — disse a princesa, fitando-o sob a luz fraca das estrelas —, é melhor nunca ter nascido do que dar um passo a mais para perto dos touros.

Mas Jasão estava decidido a pegar o velocino de ouro. E de fato duvido que ele tivesse recuado, mesmo sob o risco de ser transformado em brasa quente ou em um punhado de cinzas no momento em que desse um passo adiante. Assim, soltou a mão de Medeia e caminhou corajosamente na direção que ela apontara. A certa distância, observou quatro jatos de vapor ardente que apareciam e desapareciam a intervalos regulares, acendendo vagamente a obscuridade circundante para depois nela desaparecer. Como vocês podem imaginar, eles eram causados pela respiração dos touros de bronze, fluindo tranquilos das quatro ventas enquanto os animais ruminavam o alimento.

Quando Jasão deu os primeiros dois ou três passos, os quatro jatos de fogo pareceram ganhar força; pois os dois touros de bronze ouviram a movimentação dos pés do herói e ergueram os focinhos para farejar o ar. Jasão caminhou um pouco mais, e pela direção do vapor vermelho julgou que as criaturas se haviam posto de pé. Foi quando pôde ver faíscas brilhantes e jatos vivos de chamas. No passo seguinte, cada um dos touros fez o pasto ecoar com um mugido terrível, enquanto o hálito ardente que lhes vinha de dentro iluminava o campo inteiro com lampejos momentâneos. Um novo passo deu o ousado Jasão; e, de repente, como o risco de um relâmpago, os animais de fogo avançaram em meio ao ribombar de rugidos e dispararam línguas de chama branca pelos focinhos, iluminando o espaço de tal forma que o jovem era capaz de discernir cada objeto mais distintamente do que à luz do dia. E mais claro que tudo, ele viu as duas criaturas medonhas a galope em sua direção; os cascos de bronze retiniam e chacoalhavam pelo chão, e as caudas se erguiam rijas no ar, como é costume nos touros bravos. A respiração queimava o pasto pelo caminho. Tão intensamente quente era, de fato, que tocou uma árvore seca sob a qual Jasão estava e a incendiou num lume ardente. Quanto ao próprio Jasão (graças ao unguento encantado de Medeia), as línguas brancas do fogo envolviam seu corpo sem o ferir mais do que se ele fosse feito de asbesto.

Animado por ainda não ter se transformado em cinzas, o jovem esperou o ataque dos touros. No instante em que as bestas de bronze se imaginavam certas de lançá-lo aos ares, Jasão agarrou uma delas pelo chifre e a outra pelo rabo, e em cada mão imprimia a força de um torno de ferro. Devia ter uma potência nos braços que só mesmo vendo! Mas o xis da questão era que os touros de bronze eram criaturas encantadas, e Jasão havia quebrado o feitiço de sua ferocidade ardente com o destemor com que os tratou. E, desde aquela época, o método favorito das pessoas valentes, quando o perigo se abate sobre elas, é fazer o que chamam de "agarrar o touro pelos chifres"; pegá-lo pelo rabo é praticamente a mesma coisa — isto é, deixar de lado o medo e superar o perigo, desprezando-o. A essa altura, ficou fácil pôr as cangalhas nos touros e atá-los ao antigo arado, que estava largado à ferrugem no chão havia muitos, mas muitos anos — desde o tempo em que era possível encontrar quem lavrasse aquele pedaço de terra. Suponho que Jasão tenha aprendido a arar com o bom e velho Quíron, que talvez se deixasse às vezes atrelar ao arado. De qualquer forma, nosso herói conseguiu perfeitamente romper os torrões cobertos de mato; e, quando a lua cumpriu um quarto de sua jornada pelo céu, Jasão tinha o campo lavrado diante de si, um grande pedaço de terra negra pronta para a semeadura dos dentes do dragão. Ele então os espalhou por toda parte, e, com a ajuda de uma roçadeira, fez com que encontrassem recanto mais profundo no solo; depois ficou à beira do campo, ansioso para ver o que aconteceria.

— Precisamos esperar muito pela colheita? — perguntou ele a Medeia, que agora estava a seu lado.

— Mais cedo ou mais tarde, com certeza virá — respondeu a princesa. — Quando os dentes do dragão são semeados, nunca deixa de brotar uma safra de homens armados.

A lua ia agora no alto do céu e lançava seus raios brilhantes sobre o campo arado, onde ainda não havia nada para ser visto. Qualquer fazendeiro, ao observá-lo, diria a Jasão que era preciso esperar semanas antes que as lâminas verdes se insinuassem por entre os torrões, e meses inteiros antes que o grão amarelo se apresentasse maduro para a foice. Mas pouco a pouco, por todo o campo, surgiu algo que reluzia sob os raios da lua, como se fossem gotas cintilantes de orvalho. Esses objetos brilhantes brotaram mais alto e se revelaram as pontas de aço de lanças. Em seguida se fez o brilho deslumbrante de um grande número de capacetes de latão polido, sob os quais, à medida que despontavam mais e mais do solo, apareciam os semblantes escuros e barbudos dos guerreiros, que lutavam para se libertar da terra que os aprisionava. O primeiro olhar que dirigiram ao mundo tinha um brilho de ira e desafio. Em seguida, expuseram-se as couraças brilhantes; e cada mão direita segurava uma espada ou uma lança, e em cada braço esquerdo havia um escudo; e quando essa estranha safra de guerreiros já se erguia do solo pela metade, eles começaram a lutar — tal era a impaciência ante a contenção — e, por assim dizer, a se arrancar do solo pela raiz. Onde quer que um dente de dragão tivesse caído, lá havia um homem armado para a batalha. Eles faziam retinir as espadas contra os escudos e se entreolhavam ferozmente; pois tinham vindo a este belo mundo e ao pacífico luar cheios de fúria e paixões tempestuosas, prontos para tirar a vida de cada irmão humano em recompensa do benefício de sua própria existência.

Já houve muitos outros exércitos que pareciam possuir natureza idêntica à que agora brotava dos dentes do dragão; mas estes que vinham à terra iluminados pela lua tinham a desculpa de jamais terem conhecido mulheres que fossem suas mães. E criar uma safra de soldados armados com tamanha facilidade teria feito o regozijo de qualquer grande general empenhado em conquistar o mundo, como Alexandre ou Napoleão! Por um tempo, os guerreiros se limitaram ao gesto de brandir as armas, batendo espadas contra escudos e fervilhando na sede ardente de batalha. Então começaram a gritar:

— Mostre-nos o inimigo! Conduza-nos à luta! Morte ou vitória!

— Vamos, bravos camaradas! À vitória... ou à morte!

E mais uma centena de outros gritos, como os que os homens sempre bradam em um campo de batalha, e que esse povo dragão parecia ter na ponta da língua. Por fim, a linha de frente avistou Jasão, que, contemplando o reluzir de tantas armas ao luar, achou por bem desembainhar a espada. Em um instante, todos os filhos dos dentes do dragão pareciam tomar Jasão por inimigo e bradaram em uma só voz:

— Guardemos o velocino de ouro!

Então correram em sua direção, com espadas em riste e lanças em prontidão. Jasão sabia que seria impossível resistir àquele batalhão sedento de sangue com um só braço, e, uma vez que nada melhor havia a ser feito, decidiu morrer com tanta valentia como se ele próprio tivesse brotado do dente de um dragão.

Medeia, no entanto, ordenou-lhe que arrancasse uma pedra do chão.

— Atire-a entre eles, rápido! — exclamou. — É a sua única salvação.

Os homens armados estavam agora tão próximos que Jasão era capaz de discernir o lume aceso em seus olhos enfurecidos. Foi quando atirou a pedra e viu que ela atingiu o capacete de um guerreiro alto, que corria em sua direção com a lâmina da espada em riste. A pedra saltou do capacete desse homem para o escudo do companheiro mais próximo, e dali direto para o rosto raivoso de outro, atingindo-o bem entre os olhos. Cada um dos três atingidos pela pedra deu por certo que o autor da afronta havia sido o vizinho; e em vez de seguir em desabalada carreira contra Jasão, passaram a travar combate entre si. A confusão se instalou pela hoste, de modo que num piscar de olhos — quando muito! — todos se cortavam, mutilavam, estocavam, arrancavam braços, cabeças e pernas uns dos outros, e realizavam atos tão memoráveis que Jasão se viu cheio de imensa admiração; embora, ao mesmo tempo, não pudesse deixar de rir ao ver aqueles homens poderosos punindo uns aos outros por uma ofensa que ele próprio cometera. Num espaço de tempo incrivelmente curto (quase tão curto, na verdade, quanto o que haviam levado para crescer), todos, exceto um dos heróis dos dentes do dragão, encontravam-se estirados sem vida no campo. O único sobrevivente, o mais corajoso e mais forte entre todos, tinha força apenas para brandir a espada tingida de sangue no ar e gritar em exultação:

— Vitória! Vitória! A glória imortal! — quando ele próprio foi ao chão e não mais se ergueu, jazendo em silêncio entre os irmãos assassinados.

E esse foi o fim do exército que brotou dos dentes do dragão! Aquela luta febril e feroz foi o único prazer que desfrutaram neste lindo planeta.

— Que durmam em seu leito de honra — disse a princesa Medeia, não sem um sorriso malicioso. — O mundo sempre terá gente estúpida que em nada difere desses homens, que lutaram e morreram sem saber por que, imaginando que a posteridade se daria ao trabalho de lhes pôr coroas de louros sobre os capacetes enferrujados e castigados. É possível não rir, príncipe Jasão, diante da presunção desse último sujeito, assim que ele tombou?

— Fiquei, sim, muito triste — respondeu Jasão, consternado. — E, para dizer a verdade, princesa, o velocino de ouro não parece valer a vitória depois do que vi aqui!

— Você vai pensar de forma diferente ao amanhecer — disse Medeia. — É verdade que o velocino de ouro pode não ser tão valioso quanto você pensava; mas por ora não há nada melhor no mundo; e as pessoas precisam ter objetivos, você bem sabe. Venha! Sua noite de trabalho foi proveitosa. Amanhã poderá informar ao rei Eetes que a primeira parte da tarefa que lhe foi atribuída se cumpriu.

Seguindo o conselho de Medeia, Jasão foi de manhã ao palácio do rei Eetes. Ao adentrar o grande salão real, ficou ao pé do trono e se inclinou em reverência.

— Seus olhos parecem pesados, príncipe Jasão — observou o rei. — Está com o aspecto de quem passou a noite sem dormir. Espero que tenha considerado o assunto com um pouco mais de sabedoria e optado por não ser reduzido a cinzas na tentativa de domar meus touros de bronze.

— Isso já foi feito, o que espero ser do agrado de sua majestade — respondeu Jasão. — Os touros foram domesticados e postos sob a canga; o campo foi arado; os dentes do dragão, semeados no solo; a colheita de guerreiros armados brotou, e eles mataram uns aos outros até o último homem. Agora peço permissão a sua majestade para ir ao encontro do dragão, pegar o velocino de ouro da árvore e partir com meus quarenta e nove companheiros.

O rei Eetes contraiu o rosto. Parecia enfurecido e excessivamente perturbado: sabia que, de acordo com sua promessa, devia agora permitir que Jasão conquistasse o velocino, se sua coragem e habilidade o permitissem. Mas, uma vez que o jovem tinha encontrado tamanha sorte na questão dos touros de bronze e dos dentes do dragão, o rei temia que fosse igualmente bem-sucedido em matar o monstro. Portanto, por mais que tivesse visto de bom grado Jasão desaparecer em uma só bocada, estava decidido (e nisso esse potentado perverso errou feio) a não correr nenhum outro risco de perder seu amado velocino.

— Você nunca teria encontrado sucesso, jovem — disse ele —, se minha desobediente filha Medeia não o ajudasse com seus encantamentos. Se tivesse agido de forma justa, neste instante estaria reduzido a brasa ou a um punhado de cinzas. Eu o proíbo, sob pena de morte, de realizar qualquer outra tentativa de obter o velocino de ouro. Sendo direto e franco, você nunca há de deitar os olhos em nenhum daqueles pelos brilhantes.

Jasão deixou o salão real com raiva e grande tristeza. Não conseguia pensar em nada melhor senão reunir os quarenta e nove corajosos argonautas, marchar imediatamente em direção ao Bosque de Marte, matar o dragão, tomar posse do velocino de ouro, embarcar no *Argo* e enfunar velas rumo a Iolcos. O sucesso do plano dependia, é verdade, de saber se os cinquenta heróis não corriam o risco de serem devorados, bocada após bocada, pelo dragão. Mas, enquanto Jasão descia os degraus do palácio, a princesa Medeia o chamou e acenou para que ele voltasse. Os olhos negros da princesa brilhavam com inteligência tão afiada que Jasão pensou que por eles se insinuava uma serpente; e, embora ela lhe tivesse prestado tamanho favor na noite anterior, não estava de forma alguma certo de que Medeia não lhe faria um mal igualmente grande antes de o sol se pôr. Nunca se pode contar com as feiticeiras, vocês devem saber disso.

— O que diz o rei Eetes, meu pai íntegro e nobre? — perguntou Medeia, com um leve sorriso no rosto. — Ele lhe dará o velocino de ouro, sem mais riscos ou problemas?

— Pelo contrário — respondeu Jasão —, está muito zangado por eu ter domesticado os touros de bronze e semeado os dentes do dragão. Proíbe que eu faça outras tentativas e se recusa terminantemente a abrir mão do velocino de ouro, mate eu ou não o dragão.

— Sim, Jasão — disse a princesa —, e posso lhe dizer mais. A menos que você zarpe da Cólquida antes do amanhecer, o rei pretende incendiar sua galera de cinquenta remos e executá-lo e a seus quarenta e nove bravos companheiros. Mas seja corajoso. Haverá de ter o velocino de ouro, se estiver ao alcance do poder dos meus encantamentos consegui-lo para você. Espere por mim aqui uma hora antes da meia-noite.

Na hora marcada, vocês veriam o príncipe Jasão e a princesa Medeia, lado a lado, andando furtivamente pelas ruas da Cólquida, a caminho do bosque sagrado, no centro do qual o velocino de ouro se encontrava suspenso em uma árvore. Enquanto atravessavam o pasto, os touros de bronze vieram em direção ao jovem guerreiro, baixando a cabeça e esticando os focinhos, que, como outros bovinos, adoravam sentir esfregados e acariciados por mão amiga. Sua natureza feroz estava completamente domesticada; e, com a ferocidade, as duas fornalhas dos estômagos também haviam se apagado, de modo que desfrutavam de muito mais conforto em pastar e ruminar seu alimento. Na verdade, até então aquilo havia sido um grande inconveniente para esses pobres animais, pois sempre que desejavam comer um bocado de relva o fogo de suas ventas as secava antes que pudessem sequer tocá-la. Como conseguiram dar um jeito de se manter vivos até então, é mais do que posso imaginar. Agora, em vez de produzirem jatos de chamas e fluxos de vapor sulfuroso, suas narinas exalavam o mais doce hálito de uma vaca.

Depois de acariciar os touros, Jasão seguiu Medeia até o Bosque de Marte, onde os grandes carvalhos, que vinham crescendo há séculos, lançavam sombra tão espessa que os raios da lua lutavam em vão para atravessar a folhagem. Apenas aqui e ali uma tímida réstia tocava a terra coberta de folhas, ou de vez em quando uma brisa agitava os galhos e dava a Jasão um vislumbre do céu, que parecia temer que, nas profundezas daquela escuridão, o jovem se esquecesse de que ele existia lá ao alto. Por fim, quando já haviam penetrado fundo o coração da treva, Medeia apertou sua mão.

— Olhe ali — sussurrou ela. — Está vendo?

Luzindo entre os veneráveis carvalhos, havia um brilho, não como os raios da lua, mas como as glórias douradas do sol poente. Ele vinha de um objeto que parecia estar suspenso à altura de um homem, a pouca distância bosque adentro.

— O que é aquilo? — perguntou Jasão.

— Você percorreu tão longos caminhos para buscá-la — exclamou Medeia —, e não reconhece a recompensa de todos os seus trabalhos e perigos quando ela brilha diante de seus olhos? É o velocino de ouro.

Jasão caminhou alguns passos à frente e parou para admirar. Oh, quão belo parecia, brilhando com uma luz própria maravilhosa, aquele prêmio inestimável que tantos heróis haviam desejado contemplar e que pereceram em sua demanda, fosse pelos perigos da viagem, fosse pelo sopro ardente dos touros de bronze.

— Que brilho glorioso! — exclamou Jasão, num arrebatamento. — É certo que foi mergulhado no mais vivo ouro do pôr do sol. Preciso apressar-me e tomá-lo entre meus braços.

— Fique — disse Medeia, segurando-o. — Você se esqueceu de quem o guarda?

Para dizer a verdade, na alegria da contemplação do objeto de seus desejos, o terrível dragão escapara da memória de Jasão. Logo, no entanto, algo o lembrou que perigos ainda deviam ser enfrentados. Um antílope, que provavelmente confundiu o luzir dourado com o nascer do sol, veio saltitando célere pelo bosque. Ia direto ao encontro do velocino de ouro quando, de repente, se ouviu um sibilo assustador, e a imensa cabeça e metade do corpo escamoso do monstro projetaram-se adiante (pois ele envolvia o tronco da árvore em que o velocino estava pendurado) e, agarrando o pobre animal, engoliu-o num estalo de mandíbulas.

Após essa façanha, o dragão pareceu notar que alguma outra criatura viva estava a seu alcance, com a qual ele se sentia inclinado a finalizar a refeição. Apontou o focinho horroroso entre as árvores em várias direções, esticando o pescoço longamente, ora aqui, ora ali, ora perto de um carvalho, atrás do qual Jasão e a princesa estavam escondidos. Quando a cabeça se aproximou, insinuando-se e ondulando no ar, chegando quase ao alcance do príncipe, que visão mais tenebrosa e desconfortável não foi! A abertura das enormes mandíbulas era quase tão ampla quanto o portal do palácio do rei.

— Bem, Jasão — sussurrou Medeia (pois ela era má, como todas as feiticeiras, e queria fazer o jovem ousado vacilar) —, o que você acha agora da perspectiva de conquistar o velocino de ouro?

Jasão respondeu apenas desembainhando a espada e dando um passo à frente.

— Fique, jovem tolo — disse Medeia, segurando-lhe o braço. — Você não percebe que está perdido sem que eu seja seu anjo da guarda? Nesta caixa de ouro tenho uma poção mágica que vai acabar com o dragão de forma muito mais eficaz do que sua espada.

O dragão deve ter ouvido as vozes, pois, velozes como um relâmpago, a cabeça negra e a língua bifurcada sibilaram entre as árvores novamente, disparando a uma distância de dez metros. Quando se aproximou, Medeia lançou o conteúdo da caixa dourada goela abaixo do monstro. De pronto, com um assobio violentíssimo e uma tremenda contorção — que o fez arrojar a cauda até a ponta da árvore mais alta, quebrando-lhe todos os galhos enquanto vinha pesadamente ao chão —, o dragão desabou de corpo inteiro e ficou imóvel no solo.

— É apenas uma poção sonífera — disse a feiticeira. — Cedo ou tarde sempre se encontra uma utilidade para essas criaturas malvadas; por isso não era minha intenção matá-lo aqui e agora. Rápido! Agarre o prêmio e vamos embora. Você conquistou o velocino de ouro.

Jasão tirou o troféu da árvore e correu pelo bosque, cujas sombras profundas se iluminavam com o passar do esplendor dourado que emanava da preciosa pelagem. Um pouco à frente, viu a velha a quem havia ajudado a atravessar o riacho, com o pavão a seu lado. A anciã bateu palmas de alegria e, acenando-lhe para se apressar, desapareceu em meio à escuridão do bosque. Ao ver os dois filhos alados do Vento Norte (que estavam se divertindo ao luar, a algumas centenas de metros de altura), Jasão lhes ordenou que avisassem ao resto dos argonautas para embarcar o mais rápido possível. Mas Linceu, com seus olhos afiados, já o vislumbrara trazendo o velocino de ouro, embora várias paredes de pedra, uma colina e as sombras negras do Bosque de Marte os separassem. Os heróis então sentaram-se nos bancos da galera, com os remos conservados perpendicularmente, prontos para cair na água.

Quando Jasão se aproximou, ouviu a imagem da proa chamando-o com ardor:

— Apresse-se, príncipe Jasão! Por sua vida, se apresse!

De um só salto ele embarcou. Ao ver o glorioso brilho do velocino de ouro, os quarenta e nove heróis deram um poderoso grito, e Orfeu, dedilhando a lira, cantou uma canção de triunfo, em cuja cadência a galera singrou as águas rumo ao lar, como se asas a conduzissem!

CRONOLOGIA:
VIDA E OBRA DE NATHANIEL HAWTHORNE

1804 | 4 jul.: Nasce em Salem, Massachusetts, Nathaniel Hathorne (mais tarde Nathaniel Hawthorne), segundo filho do capitão de navio Nathaniel Hathorne e Elizabeth Clarke Manning.

1808: Nascimento de Mary Louisa Hathorne, terceira filha do casal. Nathaniel Hathorne, o pai, contrai febre amarela em uma viagem ao Suriname e morre aos 28 anos. Elizabeth muda-se com os três filhos, Elizabeth (1802), Nathaniel e a recém-nascida Mary Louisa, para a casa de seus pais, na Herbert Street, na mesma cidade.

1813-5: Uma lesão no pé força Nathaniel Hawthorne a passar um longo período de cama e dedicar a maior parte do seu tempo à leitura.

1816: Viaja com a mãe para a casa do tio, Richard Manning, em Raymond, Maine. Elizabeth Manning e os filhos passarão grande parte dos próximos anos em Raymond.

1820 | Ago.-set.: Publica com sua irmã Louisa, por conta própria, o jornalzinho *The Spectator*, que será distribuído entre familiares e amigos.

1821-5: Ingressa no Bowdoin College, em Brunswick, Maine, onde será colega do poeta Henry Wadsworth Longfellow e de Franklin Pierce, mais tarde presidente dos Estados Unidos.

1825 | 7 set.: Forma-se no Bowdoin College e retorna à casa da mãe, em Salem.

1827: Muda o sobrenome de Hathorne para Hawthorne a fim de eliminar o sinal de parentesco com o trisavô, um dos juízes envolvidos no tenebroso caso da caça às bruxas de Salem.

1828: Custeia a publicação anônima de seu primeiro romance, *Fanshawe*.

1830: Publica o conto "The Hollow Three Hills" no *Salem Gazette*.

1836: Torna-se editor da *American Magazine of Useful and Entertaining Knowledge*. Conhece a pintora e ilustradora Sophia Peabody.

1837: Publica *Peter Parley's Universal History*, com sua irmã Elizabeth Hathorne, e sua primeira coleção de contos, *Twice Told Tales*, financiada pelo amigo dos tempos do Bowdoin College, Horatio Bridge.

1839: Começa a trabalhar como inspetor da Alfândega de Boston. Fica noivo de Sophia Peabody.

1841: Deixa o emprego e vai morar em Brook Farm, comunidade utópica e transcendentalista, em Roxbury, Massachusetts.

1842 | 9 jul.: Casa-se com Sophia Peabody, em Boston. Mudança para Concord, também localizada no estado de Massachusetts. Na cidade mantém contato com os escritores Henry David Thoreau, Ralph Waldo Emerson e Ellery Channing. Publica *Biographical Stories for Children*.

1844 | 3 mar.: Nascimento da primeira filha de Nathaniel e Sophia, Una Hawthorne.

1845: Enfrentando dificuldades financeiras, retorna a Salem e muda-se com a mulher e a filha para um quarto na casa de sua mãe.

1846: É nomeado inspetor fazendário do porto de Salem. **| 2 jun.:** Nascimento de Julian Hawthorne, segundo filho do casal.

1849 | Jun.: Com um novo governo federal eleito no ano anterior, é demitido do cargo de inspetor fazendário por sua ligação com o partido Democrata. | **31 jul.:** Morte da mãe, Elizabeth Clarke Manning. Começa a escrever *A letra escarlate*.

1850 | Mar.: Lançamento de *A letra escarlate*, sucesso imediato e o romance mais conhecido do autor. A primeira tiragem do livro esgotou em poucos dias após o lançamento. | **Abr.:** A família Hawthorne muda-se para Lenox, também Massachusetts. | **5 ago.:** Nathaniel conhece o escritor Herman Melville, um de seus maiores amigos.

1851 | 20 maio: Nascimento de Rose Hawthorne, última filha do casal. Publica *A casa das sete torres* e *Mitos gregos*, outro sucesso imediato. Herman Melville publica o clássico *Moby Dick* e o dedica a Hawthorne.

1852: Escreve *Blithedale Romance*, livro inspirado na experiência do autor em Brook Farm, e produz a biografia de Franklin Pierce, então candidato à Presidência dos Estados Unidos. Muda-se novamente para Concord. Franklin Pierce ganhas as eleições.

1853 | 26 mar.: Franklin Pierce nomeia o amigo de faculdade cônsul dos Estados Unidos em Liverpool e Manchester, Inglaterra. Publica *The Tanglewood Tales*, segundo volume de mitos gregos recontados.

1856: A família Hawthorne recebe visita de Herman Melville, provavelmente o último encontro entre os autores.

1857 | 31 ago.: Com o fim do mandato de Pierce, é exonerado do cargo de cônsul.

1857-8: Viaja com a família pela Europa e vivem por um tempo em Roma e Florença, onde Nathaniel manterá contato com artistas expatriados americanos e ingleses.

1859: Retorna à Inglaterra. Conclui *O fauno de mármore*, romance inspirado na comunidade artística americana que vivia em Roma.

1860: Retorna a Concord, Estados Unidos. Lança *O fauno de mármore*.

1862: Durante a Guerra Civil americana, Hawthorne viaja para Washington, D.C., onde é apresentado a Abraham Lincoln. Escreve sobre a experiência em *Chiefly About War Matters*.

1863: Publica *Our Old Home*, livro sobre sua estadia na Europa.

1864 | 19 maio: Morre em Plymouth, New Hampshire, enquanto dormia. Hawthorne estava em viagem com o ex-presidente Pierce a White Mountains, uma cordilheira nevada no estado. É enterrado no cemitério Sleepy Hollow, em Concord.